Salomon Lefmann

Franz Bopp - sein Leben und seine Wissenschaft

Salomon Lefmann

Franz Bopp - sein Leben und seine Wissenschaft

ISBN/EAN: 9783743621329

Hergestellt in Europa, USA, Kanada, Australien, Japan

Cover: Foto ©Raphael Reischuk / pixelio.de

Manufactured and distributed by brebook publishing software (www.brebook.com)

Salomon Lefmann

Franz Bopp - sein Leben und seine Wissenschaft

Franz Bopp,

sein Leben und seine Wissenschaft

von

D^r. S. Lefmann

Professor an der Universität Heidelberg.

Nachtrag.

Mit einer Einleitung
und einem vollständigen Register.

Berlin.

Druck und Verlag von Georg Reimer.

1897.

Franz Bopp,

sein Leben und seine Wissenschaft

von

Dr. S. Lefmann
Professor an der Universität Heidelberg.

Nachtrag.

Mit einer Einleitung
und einem vollständigen Register.

Berlin.
Druck und Verlag von Georg Reimer.
1897.

Weiter hat sich mein Hoffen auf Briefe Franz Bopps an Wilhelm von Humboldt nicht mehr erfüllt. So mußte ich mich begnügen, und dankbar für das was noch gefunden und mir freundlichst überlassen ward, durfte ich die Ausgabe nicht länger verzögern.

Im Umfange des vorhandenen begründet, war es nach dem Wunsche meines Verlegers — der edle ist in diesen Tagen nun auch dahin gegangen — und nach meinem eignen, diesen Briefwechsel als „Nachtrag" besonders heraus zu geben. Man hat lange darauf warten müssen, nur hoffentlich nicht allzu lange, so daß dessen Werte und „Wirken" dadurch abbruch getan. Denn es will mich doch bedünken, als ob diesen Zuschriften, den Briefen Humboldts an Bopp wohl wirklich noch mehr abzugewinnen sei als ein bloß literar-historisches Interesse, als ob daraus noch etwas zu lernen. Nicht nur was zu lernen — mehr als notdürftig Latein und Griechisch und einiges Sanskrit — auch nicht nur wie zu lernen — aus dem Grunde, aus der gegebenen Fülle, mit „dem wahren Sprachsinn", wie es heißt. Mehr als dieß, auch das Wissen und Können, die Eigenart anderer zu achten und gebührend zu würdigen, mit einem Worte, so etwas von dem was als das Wahrzeichen echten Forscherwesens anzusehen, Bescheidenheit.

Und was nun noch die Einleitung betrifft. Sie wurde vor nahezu dreißig Jahren geschrieben, bald nach dem Hinscheiden Franz Bopps, und jetzt etwas kürzer gehalten. Um doch auch die hundert Jahr von Leibniz an und die Vorläufer der neueren Wissenschaft an sich vorbei zu führen. Da sind denn wieder Namen, viele Namen; aber ihre Bedeutung ist mitgegeben, hier wie in früherer Darstellung. Warum will man denn immer nur so sehr auf jene, auf die Namen, auf „die äußere Lautform" — es ist freilich das feste, das greifbare — aber so gar wenig oder gar nicht auch auf die Bedeutung, auf den Geist acht haben? — Doch genug damit; ich möchte, will's Gott, noch anderes „schaffen".

Heidelberg, Oktober 1897.

S. L.

Einleitung.

Im Jahre 1716 war Gottfried Wilhelm von Leibniz gestorben. Leibniz war der erste deutsche Philosoph gewesen, doch bekanntlich nicht nur Philosoph, sondern auch Theolog, auch Jurist und Politiker, auch Mathematiker und Sprachforscher. Sprache war sein Lieblingsstudium. Auf sprachliches Gebiet war er seinem berühmten Gegner, dem englischen Philosophen John Locke gefolgt um dort mit ihm den Kampf der Ideen auszukämpfen. Wesen und Ursprung, Verschiedenheit und Verteilung der Sprachen waren Gegenstände seiner eifrigen Teilnahme und Tätigkeit. Mit einer Universalsprache und Schrift hatte er sich sein lebelang herum getragen. Denn Leibniz war ein Universalgenie — aber die ihm folgten hielten wohl an den Universalia fest, aber das Genie und die Genialität war ihnen abhanden gekommen. — Wohl war die Richtung zum allgemeinen bestehend, auch in der Sprachkunde. Aber allgemeine Sprachkunde war entweder eine Kunde von allen Sprachen ohne allgemeines oder nur allgemeines ohne Kenntnis von Sprachen. Auf dieses, das allgemeine Wesen der Sprache, war die Betrachtung der Philosophen gerichtet, teleologisch, auf jenes das Augenmerk der Gelehrten und Liebhaber, welche die Verschiedenheit oder vielmehr die verschiedenen Sprachen in acht nahmen, äußerlich, mechanisch. Theorie und Erfahrung blieben jede für sich — Phantasiegebilde oder Sammelsurien, aber nirgend Wissenschaft.

Um die Mitte des vorigen Jahrhunderts war die Frage nach dem allgemeinen Wesen und Werden der Sprache wieder auf und in

fluſs gekommen. Wie die Alten, die Demokrit und Epikur, die Plato
und Aristoteles, die einen auf ihre Physis — Naturnotwendigkeit aus
Bedingtheit des Sprachlauts durch den Begriff — die andern auf
ihre Thesis — Willkür und Satzung durch Uebereinkunft — sich
beriefen, so oder ähnlich ihre näheren und ferneren Nachfolger, so
nach Locke und Leibniz nachmals die Engländer, die Franzosen,
die Deutschen.   Gegenüber den Anhängern eines Thomas stand
der Aristoteliker James Harris, gegenüber den Abbé de Condillac
und Jean Jacques Rousseau die de Brosses und Courte de Gébelin,
gegenüber den Streitern für die Ehre Gottes, einem Joh. Peter
Süßmilch und seinem bedenklichen Lehrmeister Carpov, die Vorkämpfer für Vernunft und Menschenwürde, die Mendelssohn, die
Philosophen Tetens und Tiedemann. — Da hatte denn die Akademie der Wissenschaften in Berlin, durch ihren Präsidenten angeregt, das Problem wieder aufgenommen, wo es der Genfer Bürger
stehen gelassen und eine Antwort halb vorweg nehmend die Preis-
frage gestellt: wie es zu erklären sei, daſs die Menschen ihren
Fähigkeiten überlassen, sich eine Sprache bilden? Durch Reflexion,
durch Besonnenheit, antwortete zu deutsch der damals sechs und
zwanzigjährige Johann Gottfried Herder, und seine Antwort erhielt
den Preis. Er hatte mit jugendlichem Feuer und warmer Begeisterung für Menschenwürde und Adel das Wort geführt.   Seine Abhandlung über den Ursprung der Sprache ist anmutig, glänzend
und geistreich geschrieben.   Aber er selbst gieng dann in sich und
umkehrend ins Lager seines frommen Freundes Hamann über und
nannte dann Sprache „allwaltenden Unterricht Gottes für sein
Ebenbild, den Liebling seines Herzens, Wunder einer göttlichen
Einsetzung", so wie sie jener, der Magus aus dem Norden, „un-
mittelbares Gnadengeschenk des großen Allgebers" genannt, Gott
den „Lehrmeister des Menschengeschlechts" und seinen Unterricht
„unaussprechlich wunderbar, mystisch". — Weitere Versuche
folgten. Der alte Gegensatz von Gottes- und Menschentat, von
Einsetzung und Erfindung blieb bestehen und das Widerspiel vom
Prius der Vernunft oder Sprache kreiste fort, wie im Werke des
gelehrten Lord Monboddo, wovon Herders Vorwort einen deutsch
übersetzten Teil seinen Deutschen empfahl.   Diese nahmen jedoch

immer noch am liebsten seine Preisschrift vom Jahre 1770 zur
hand, welche zuerst 1772 und wiederholt 1789 gedruckt erschienen.
  Auch in andrer Richtung ward bis dahin versucht und aus-
geführt was an die Tätigkeit des Philosophen anknüpft, der mit
Missionaren, Reisenden und Linguisten sich in Verbindung gesetzt,
um aus aller Welt und Herren Länder Sprachkunde zu erhalten.
Man weiß, wie er auch den russischen Zaren Peter und dessen
Reichsvizekanzler aufgefordert, des ungeheuren Reiches „viele,
großenteils bisher unbekannte und unausgeübte Sprachen schriftbar
zu machen", Wörterbücher oder Vokabularien davon anzulegen
und etwa „die zehen Gebothe Gottes, das Gebeth des Herrn oder
Vater Unser" als Sprachproben daraus mitteilen zu lassen. Solcher
Art Sammelwerke hatte man nämlich schon lange, schon kurz
nach Erfindung der Buchdruckerkunst herzustellen angefangen und
so nach und nach eine wuchtige Polyglotten- oder Vaterunser-
Literatur erhalten. Die Sprachenmannigfaltigkeit im russischen
Reich hatte aber auch schon den Amsterdamer Bürgermeister
Nikolaus Witsen zu Reisen und Sammlungen angeregt, und andere
hatten es ihm nachgetan, als Katharine, die zweite Nachfolgerin
Peters das Werk unternahm. Einer Jugendliebhaberei nachhangend,
folgte sie der Idee, welche ihr Hartwig Bacmeister gegeben, eine
Anzahl Wörter und Redensarten in alle erreichbaren Sprachen
übertragen zu lassen. Deutsche von Geburt, setzte sie Deutsche,
wie die Nikolai in Berlin, einen Simon Pallas in Petersburg als
ihren Redaktor, aber auch andere Gelehrte und Nichtgelehrte in
Bewegung, Beamten, Gesandten u. s. w., bis sie selbst ihres „Stecken-
pferdchens" müde, aber das Werk auch ziemlich fertig geworden.
Es erschien 1787/89, ganz in russischer Sprache bis auf den
einzigen lateinischen Titel: Linguarum totius orbis vocabularia
comparativa.. Augustissimae cura collecta..., ein Werk, so nichts-
nutzig wie gewaltig der Lärm, womit es angekündigt, die
Spannung, womit es erwartet, und die Ruhmredigkeit, womit es
damals und später gefeiert ward, nutzloser gar als einige Re-
zensionen, womit das kaiserlich russische Spielzeug geehrt ward.
Nur beweiset eines wie das andere für die Teilnahme, welche
solche Sammlungen und Vergleichungen damals fanden, für den

1*

Geist, mit dem sie behandelt und beurteilt wurden, und daſs es in dem allem mehr auf Kuriosa und Liebhaberei als auf Sprache und Völkerkunde abgesehen. Wer diese suchte der fand sie besser als in Polyglotten, besser als da oder dort in den Quellen und Denkmälern des klassischen Altertums.

Die klassischen Studien in Deutschland standen bis über die Hälfte des vorigen Jahrhunderts unter dem Einfluſs der holländischen Philologenschulen und der Richtung, welche dort zur Geltung gekommen. Man führte sie auf die Casaubonus, Joseph Scaliger und Salmasius zurück. Ihre Urheber und Begründer aber waren Joh. Friedrich Gronov, der ältere, und Tib. Hemsterhuis, deren Nachfolger Casp. Valckenar, Dan. van Lennep und David Ruhnken, Männer von umfassender Gelehrsamkeit und gründlichem Wissen, welche ihre Schüler übrigens in Mysterien eingeweiht, die heiligen Orakelsprüchen gleich sich von Mund zu Mund fort pflanzten. — Mit dem Verfall der Schule sank auch der Schleier des Geheimnisses, und die esoterische Weisheit, welche vor den Augen entzückter Hörer die Gebilde der klassischen Sprachen entstehen ließ, war eitel Blendwerk und Spielerei. Spiel und Willkür etymologischer Wortgrübeleien waren in ein System gebracht. Und die späteren Enthüllungen Scheids, die 'schola Lennepio-Scheidiana' wurde verspottet.

Indeſs hatten sich in Deutschland Männer gefunden, welche darauf ausgiengen, daſs ihre Schüler „mit den Worten auch den Sinn richtig verstehen lernten, die Kraft der Worte und der Gedanken fühlten und sich Geschmack am Schönen und Edlen aneigneten". Das waren die Joh. Mathias Gesner, der das klassische Studium wieder in Aufnahme brachte, sein älterer Kollege Friedr. Johann Christ, der Vorläufer Winckelmanns, und der in einer Denkschrift das Andenken und Verdienst beider gefeiert, der Freund und Nachfolger des ersteren an der Leipziger Thomasschule, Joh. Aug. Ernesti, welcher mit seinem Schüler Lessing im selben Jahre verstarb. Diese waren Humanisten alten Schlags, Schulmänner im besten Sinne des Wortes. Ihr nächstes Wirken blieb auf die Räume des Schulhauses beschränkt; aber was sie in der Schule lehrten trugen die besten ihrer Schüler und Nachfolger hinaus in die Hörsäle neu gegründeter Universitäten und weiter hinaus in das Leben und die Bildung ihres Volkes.

Mit jenem Schüler Christs und Ernestis in gleichem Alter, aber verschieden an Gesinnung und Kraft war Christian Gottlob Heyne, der Nachfolger Gesners in Göttingen. Auch der verschmähete die herrschende Schulweisheit, welche „den Kopf anfüllt und das Herz leer läßt"; er wurde Humanist im Sinne der Aufklärung, im Sinne des Humanismus seiner Zeit. Durch Kenntnis der antiken Menschenbildung die gegenwärtigen Menschen zu bilden, ihr Gefühl zu veredeln, ihren Geschmack zu verfeinern, dazu war ihm das Studium des Altertums. Solches in das rechte Bette geleitet, in das Studium der Kunst überführt zu haben, pries er als größtes Verdienst Winckelmanns, dessen Armut und dessen Entbehrung und Wissensdrang er in seiner Jugend geteilt hatte, sowie nachmals dessen Begeisterung, mit der er in Bewunderung der großen Kunstwerke junge Gemüter erfaßte und ergriff und zum Gefühl des Schönen anleitete. Heynes Erklärungen des Homer, des Pindar und Horaz waren viel mehr ästhetisch als kritisch, seine Vorlesungen über Literaturgeschichte und Antiquitäten ebenso viel mehr für das Gefühl als für den Verstand berechnet. Und was er versuchte, die klassische Philologie zur herrschenden zu machen, aus den engen Schranken von Schuldisciplinen zu einer „akademischen" Wissenschaft zu erheben, das gelang ihm so wenig als seinen Lehrern und Vorgängern. — Aber es gelang dem Manne, welcher dem Namen nach sein Schüler, in Wirklichkeit aber Autodidakt war, der sich so in das Studium der Alten hinein gelebt hatte, doch auch die neuern mit Fleiß und Eifer kennen gelernt, Friedrich August Wolf. Wohl galt auch diesem Lessings bekanntes Wort, „der Mensch die edelste Beschäftigung des Menschen", und darnach die Kenntnis der Menschheit im Altertum als das Mittel, den „schönen, menschlichen Charakter" auszubilden. Doch weil sich diese Kenntnis allein durch Studium der antiken Kunst- und Schriftdenkmäler erhalten ließ, der Gesamteindruck allein durch richtige Schätzung alles einzelnen in seiner Individualität und in seinem historischen Zusammenhange,

so wollte er nicht bloß genießen, auf Gefühl und Geschmack wirken,
oder doch dieß alles nicht eher als bis er in Wahrheit erkannt
und begriffen. Sein Verfahren war kritisch wie das seines Zeitgenossen, des Philosophen. Wie dieser eine Metaphysik und
scholastische Vernunft vor sein Forum logischer Kritik, so rief
jener die Alten und ihre Ueberlieferung vor sein Forum historischer
Kritik und ward, wie ein Kant für die neuere Philosophie, der
Begründer einer neuern klassischen Philologie in Deutschland. Er
hatte ihr die Methode gegeben, und seine Methode erhub sie zur
Wissenschaft.

Mit ihrer Erhebung sank die frühere Sprachweisheit. Nicht
allein die feine Kunst der Holländer wurde verpönt, nicht nur
ihre Enthüllungen wurden verspottet, sondern auch vom Stand-
punkte der Philologie mit gleichem Recht das ganze Wesen,
welches Sprache an und für sich zum Gegenstand allgemeiner
Betrachtung machte. Denn auf Sprachen und Sprache kam es
nun nicht weiter an, als in sofern ihre Kenntnis in die philologische
Wissenschaft gehörte und dieser zu nutz und frommen gereichte.
Nützlich aber erschien die Erlernung von Sprachen, der „klassischen“
vorzüglich, weil sie Formen und Begriffe bekannt gab, weil sie
eine Vorkenntnis war zum Verständnis der Schriftsteller, und
überhaupt weil, wie es heißt, „Sprachkenntnis ein Mittel ist zur
Sachkenntnis“. Aus diesem Gesichtspunkt konnte auch die „Wissenschaft der Grammatik“ in der Philologie, wie in der Philosophie
die Wissenschaft der Logik wieder zu Ehren kommen. Sie standen
beide zu einander im Verhältnis. Denn nach alter Tradition und
Anschauung war die Rede überall ein „Abdruck des Denkens“,
Kopie vom Original. Wie die Menschen nach einerlei Gesetz alle
denken, so mußte es auch allgemeine Grundsätze geben, wonach
alle Sprache sich richtet. Die Besonderheiten der einzelnen
Sprachen galten demnach für bloße „Zufälligkeiten“. Aber die
Summe der allgemeinen, bei allen Sprachen gleichen Erscheinungen,
das war die allgemeine Sprachlehre oder die allgemeine Grammatik.

Der deutsche Philolog konnte seine Schüler in dieser Hinsicht
auf die Franzosen verweisen, welche im Anschluß an Descartes
zuerst und am meisten über Sprache raisonniert hatten, auf die

Beauzee und andere, die früher genannt sind; er konnte sie auf
die Engländer verweisen, auf das berühmte Werk des gleichfalls
schon genannten James Harris, „Hermes oder Untersuchung über
allgemeine Grammatik", nur nicht auf deutsche Lehrmeister, denn
die Deutschen waren hierin zurück geblieben. Des Philosophen
und Mathematikers Lambert „Neues Organon", eines Meiner „Versuch einer an der Sprache abgebildeten Vernunft" ließen sich in
der tat nicht mit der Schrift jenes Engländers vergleichen, der
seiner Zeit einem Ernesti gleich kam an gründlicher Kenntnis der
Alten, einem Lessing an Klarheit und Würde des Stils. Er war
mit beiden im selben Jahre gestorben, sein „Hermes" dreißig
Jahre früher erschienen, sieben Jahre später die deutsche Uebersetzung. Das war der neue Aristoteles, der mit seinem heraklitischen
„dreist herein, auch hier sind Götter"! den zögernden Fremdling
an das wärmende Feuer seines Herdes rief, dessen Flamme mit
dem Lichte der Logik die grammatische Analyse des Satzes er-
hellte. Nach der gleichen Anschauung wie beim Stagiriten sollte
der Hermes schließlich den Weg zeigen, auf dem wir zu allgemeinen Begriffen, zur Wahrheit und Wissenschaft gelangen. Darum
empfahl ihn Friedr. Aug. Wolf seinen Schülern, als Propädeutik
der klassischen Philologie; denn diese war ihm Wissenschaft; eine
Wissenschaft von der Sprache war aber nicht vorhanden.

Das Jahr 1789 war „epochemachend". Ein frischer Geist,
wie seit dem Reformationszeitalter nicht mehr verspürt worden,
schien im Leben der europäischen Kulturvölker erwacht. Und
mehr oder minder gewaltsam die überlieferten Formen durch-
brechend suchte er neue, größere und freiere sich zu schaffen, im
Statsleben, im Verkehr und in der Wissenschaft.

Im Todesjahre Lessings war Kants Kritik der reinen Vernunft
erschienen. Nach Wahrheit hatte jener sein lebelang gerungen,
und Wahrheit suchte dieser in Sachen der menschlichen Erkenntnis. Und ihr Ringen um Wahrheit, das beide einander
fortsetzend übten, befreite die Nation von der Herrschaft einer
Scholastik, welche die ewigen Ideen und Vorbilder antiker Kunst
und Bildung mit dem Staube zünftiger Schulgelehrsamkeit be-

deckt, den Geschmack nach verknöchertem Gesetze geregelt und
das Denken in starren Formen gefangen gehalten. Beide, der
Philosoph und der Kunstrichter waren die Befreier des Volks-
geistes. Denn alle Kritik ist Freiheit.

Um dieselbe Zeit waren die Engländer Herren in Indien geworden, und noch im Jahre des Friedens von Mangalore, 1784,
wurde die Gesellschaft in Kalkutta gegründet, welche die Erforschung asiatischer Geschichte und Altertümer sich zur Aufgabe
setzte. Ihrer vereinten Kraft und Anstrengung sollte die Hebung
verborgener Schätze gelingen und eine bestmögliche Kenntnis von
Sprache, Sitten und Schriften, besonders in Indien, das seit Alexander
das Land der Wunderdinge und Sagen gewesen. So meinte Sir
William Jones, der als Oberrichter in Bengalen angestellt worden,
der erste Präsident jener Gesellschaft. Und wenige Jahre später,
1789, erschien die Çakuntalà, jenes wunderliebliche Kind eines
stillen Einsiedlerhains, eine köstlichste Perle aus den literarischen
Schatzkammern Indiens, von eben dem Jones an den tag gebracht.
— Das war im ersten Jahre der Revolution, als Frankreich die
Prinzipien der Freiheit und Menschenrechte auf die Fahne seiner
Erhebung schrieb und ganz Europa wiederhallte vom Umsturz
absolutistischer Statsgewalten, als auch noch in Deutschland die
Parteien über den „Versuch einer neuen Theorie des mensch-
lichen Vorstellungsvermögens" in Kampf geraten.

Man mag lächeln wie über „ein müßiges Spiel des Witzes"
im Zusammenbringen so gar verschiedener Dinge aus zufälligem
Zusammentreffen. Auch ein „zufälliges" Geschehen ist ursächlich
bewirkt und kein nur irgendwie gleiches Ereignen ohne Gleichheit
in den bewirkenden Ursachen. Gleich aber in dem allem ist die
Kritik, die Freiheit. Denn freiheitlich, wie die Tat derer, welche
das Joch ihrer Bedrücker abwarfen und mit Gewalt die Gewalt
ständischer Vorrechte und verjährten Unrechts brachen, freiheitlich,
wie die Tat des Philosophen, welcher Vernunft- und blinden
Auktoritätsglauben aus ihrem Schlummer aufrüttelte und in ihre
Schranken wies, freiheitlich, wie jeno auf politischem Gebiete und
diese auf dem spekulativen Gebiete des Denkens und Forschens,
so war auch das dritte, was den Blick der Zeitgenossen über den

beschränkten Kreis bisheriger Erfahrung erweiterte und aufhellte, ein fernes, an materiellen und geistigen Erzeugnissen reiches Land in die Sphäre des Erwerbs und der Kenntnis zog und endlich eines entlegenen Volkes Sprache, Sitten und Bildung bekannt gab, um den Sturz alter Theorien und den Aufbau einer neuen Wissenschaft anzubahnen. Und der Anfang dessen, der erste lichte Glanz einer aufdämmernden Helle war das Erscheinen der Çakuntalā.

Sie war nicht das erste was aus altindischer Sprache und altindischem Schriftwerk bekannt gegeben. Wir wollen uns hier nicht wieder erzählen, was schon des öfteren erzählt worden, was Reisende, namentlich Missionare in voraufgehenden Jahrhunderten gelegentlich bemerkt und mitgeteilt hatten, Angaben, zu sehr vereinzelt und zu sehr oberflächlich gemacht, als dafs sie die Beobachter zu weiterem Forschen und andere zu tieferem Eingehen veranlafsten. Sie waren als Curiosa oder zu nutz und frommen der Propaganda gegeben und wurden erst wieder hervor gesucht, als sie durch anderes und besseres überholt waren. Und ähnlich was einige Jahre vorher schon durch Engländer heraus kam, die dann auch später anders und besser verstunden. Auch nicht wie Jones zu seiner Kenntnis und Entdeckung gelangt, soll hier wieder erzählt werden, nur wie er selbst und seine Landsleute dann nicht rasteten in weiteren Nachforschungen und Mitteilungen. Da erschien unter anderem, von Jones übersetzt, das Singspiel des Jayadeva, Gitagovinda, eine Art hohes Lied, das nicht ohne mystischen Beigeschmack die üppigste Sinnlichkeit in der Liebe zum Hirtengott Krishna zur schau trägt. Auch andere Proben lyrischer Poesie wurden von ihm gebracht, so das berühmte indische Spruch- und Fabelbuch, der Hitopadeça, dessen Uebersetzung er zu gunsten einer anderen zurück behielt, die sein Freund und Landsmann Wilkins gemacht, der ihm dafür seinen angefangenen Manu überließ. Dieses, der Manu oder Menu, wie er gemeiniglich heißt, das altberühmte Gesetzbuch der Inder, daraus schon N. Brassey Halhed einiges in seinem Gentoo-Law, 1775, mitgeteilt, erregte natürlich das größte Interesse des Oberrichters und seiner Regierung. Nach dessen kosmogonischem Eingang Hesiod vergleichbar, wollte es jener, Jones, gar um seiner Erhabenheit und

seines strengen Charakters willen der mosaischen Urkunde zur seite
stellen. Seine englische Uebersetzung erschien zuerst Ende 1793.
nach dem Titelblatte 1794, im Todesjahr des Uebersetzers, in
welchem auch der erste deutsche Uebersetzer seiner Çakuntalâ
dahin gieng. Beide, Sir William Jones und Georg Forster, waren
reich angelegte Naturen, beide nicht ohne einen Zug von Schwär-
merei und dichterische Begabung, und beide starben nach einem
viel bewegten Leben in der Blüte ihres Alters, jener vom Gifthauch
eines klimatischen Fiebers dahin gerafft, dieser unter den Sturm-
blöcken der Pariser Revolution. — Das Jahr darauf veröffent-
lichte Wilkins ein Stück aus dem großen indischen Volksepos,
welches der dramatischen Behandlung der Çakuntalâ zu grunde
gelegen.

In Deutschland hatte der Kriticismus unterdessen alle Gebiete
des Geistes durchdrungen. Männer, wie die Tiedemann, Feder
und Meiners, wie die Jacobi, Hamann und Herder, widerstrebende
Köpfe, vermochten solchen Fortschritt nicht aufzuhalten. Sie
hatten den Angriffen auf die scholastische Vernunft deren ewiges
Widerspiel, die Sprache, entgegen gestellt, als alleinigen Grund aller
Widersprüche, Ungereimtheiten und Antinomien, welche man jener
zur last gelegt. Manch fruchtbarer Gedanke wurde ins Feld ge-
rückt, aber das Absehen blieb unerreicht. Denn die Kritik des
Gegners betraf die innern, transscendentalen Formen der Anschauung und des Denkens, nicht die innern, geschweige äußern
Formen der Sprache. Diese, der sinnliche Ausdruck des Denkens,
das Spiegelbild, wie man sagte, des menschlichen Verstandes, blieb
den Sprachkritikern willig überlassen.

Ein eigenes Beispiel solcher Art von Kritik gab die gekrönte
Preisschrift eines ersten Kantianers, des Predigers Jenisch in Berlin.
Auf die Aufgabe der Akademie, „das Ideal einer vollkommenen
Sprache zu entwerfen, die berühmtesten älteren und neueren
Sprachen Europens diesem Ideal gemäß zu prüfen und zu zeigen,
welche dieser Sprachen sich demselben am meisten nähern", hatte
jener spekulative Kopf in kürzester Frist eine Lösung zur hand.
In seiner „kritisch-philosophischen Vergleichung und Würdigung

von vierzehn ältern und neuern Sprachen Europens" waren vier
Kriterien aufgestellt, welche zumal eine Sprache als „Ideal" oder
als „das vollkommenste Werkzeug zum Ausdruck unserer Empfin-
dungen und Begriffe" erscheinen lassen. Nach einiger Auseinander-
setzung gelangt der Kritiker bald zu dem Resultat, daſs die alte
„Griechin" in allem seinem Ideal zunächst komme, nach ihr in
mehrfacher Hinsicht die „Römerin" mit ihren Töchtern u. s. w.
Die da am schlechtesten weg kommt, ist unsere deutsche Muttersprache. Was Reichtum, Kraft oder Nachdruck angeht, auf den
dritten und vierten Rang verwiesen, muſs sie übrigens unter den
„Neu-Europäerinnen" zuletzt und zu allerunterst sitzen. Hieran,
meint der Geschmacksricher, der übrigens aus seiner Parteilichkeit
wenig hehl macht, sei auch zum teil der alte Kant schuld, welcher
gut gedacht, es aber seinen Schülern überlassen, auch gut darzustellen. — Die Preisschrift ist von jenem Jahre 1795, da Schiller
und Goethe sich zur Herausgabe der Horen die Hand reichten und
die besten ihrer Zeit zur Teilnahme am Wettkampfe aufriefen.
Deswegen hofft auch jener Kritikus auf Besserung; denn „unausforschlich", ruft er salbungsvoll, „unausforschlich, wie die Wege
des Himmels den sterblichen, sind die Wege des Genies den Philosophen". Nur unausforschlicher noch, möchte man dazu sagen,
sind die Wege der Torheit, und in diesem Falle, was mehr so gewesen, die Frage oder die Antwort.

Solche Kritik galt freilich nur dem äußeren, „praktischen"
Sprachwesen. Die Kantsche Philosophie, welche den Unterschied
neu gefaſst und begründet, fand bekanntlich auf dieser Seite wieder,
was sie anderseits, theoretisch, verloren und aufgegeben. Ihren
Idealen der Vernunft entsprachen die Ideale der Sprache. — Mit
den jüngern Versuchen zur Versöhnung, Ausgleichung oder Aufhebung des Zwiespalts, indem man die letzten Konsequenzen des
transscendentalen Idealismus zog, fand sich auch über Sprache
wieder zu philosophieren. — Vernunftgebrauch, menschliches Denken
konnte zwar nach Joh. Gottlieb Fichte auch ohne menschliche
Sprache statt haben. Allein wichtig erscheint ihm Sprache als
„Tathandlung" des Menschen, als vernünftige Idee, „vernunft-
gemäß" entstanden und verwirklicht. Und solche Entstehung und

Verwirklichung sucht Fichte zu erklären und bis in die letzten
Formen der Grammatik zu verfolgen. Daſs beispielsweise im
Griechischen und Lateinischen alle Verbalformen nicht von der
dritten, sondern von der ersten Person ausgehen, dieß ist, weil
„der gebildete Mensch vom Ich ausgeht und alles aus dem Gesichtspunkt des Ich betrachtet". So nach Fichte. Seine Abhandlung „von der Sprachfähigkeit und dem Ursprung der Sprache"
erschien auch 1795. Sie konnte zeigen, daſs alle Spekulation dies-
seits der Erfahrung und Geschichte zu nichts nütze, bei aller jen-
seits noch weniger heraus kommt.

Im selben Jahre schrieb Wilh. von Humboldt an Schiller:
„Das Buch über die Methode beim Studium und die Eigentümlich-
keit der Sprache weiß ich Ihnen, trotz alles Nachdenkens, nicht
anzuweisen. Mancherlei finden Sie in Harris' Hermes, von dem
eine gute Uebersetzung unter meinen Büchern steht. Aber das
Eigentliche und Wahre müſste erst geschrieben werden." — Wirklich ließ sich dem, der nach solchen Dingen gefragt, nicht wohl
anders antworten. Darstellungen, geringfügige, wie etwa Dinkler,
Sprache der Menschen oder allgemeine Sprachlehre, 1791, waren
nicht des Nennens wert. Dagegen stand das Werk des Engländers
Harris noch immer in großem Ansehen; der erste deutsche Philolog
hatte es warm empfohlen, der Minister des öffentlichen Unterrichts
in Frankreich hatte es in den Schulen eingeführt. Widerspruch
hatte es freilich gefunden, sogar zuerst in England selbst. Dem
„entlarvten Hermes" — Hermes unmasked — von Gunter Browne,
1795, waren die „Geflügelten Worte" Horne Tooke's voraus gegangen;
ein erster Teil erschien 1786, der zweite von 1798 an. Sie betrafen
Philosophie, Menschenrechte und Sprache, ihr Wesen, ihre Verschiedenheit, die einzelnen Redeteile, Grammatisches und Etymo-
logisches, und warfen lustigen Spott auf die Schriften ihrer Vorgänger
und deren grammatische Logik, auf die Franzosen und den lands-
männischen Hermes. Mit einer Fülle von Geist und Witz, selb-
ständig und originell, geht ihr Autor über seine Zeit hinaus, hat
Einfälle und Erklärungen, die vielleicht mit späterer Wissenschaft
sich halten ließen. Aber eben darum blieb seine geniale Kritik
auch fast wirkungslos.

Das scheidende Jahrhundert war reich an sprachlichen Werken, besonders was allgemeine Sprachlehre angeht. Auch die Deutschen waren in zug gekommen. Doch dem Hermes waren sie nicht gewachsen, geschweige überlegen, und wer, wie J. M. Roth, wieder mit einem „Antihermes" kam, 1795, der konnte auch weiter noch mit bezug auf eines Ign. Mertens Allgem. Sprachkunde oder eines Joh. Henr. Meyer Gramm. universalis Elementa behaupten, wie er tat, die bisherige Unmöglichkeit einer „Philosophie des Bildes, der Musik und der Sprache", 1796. Der Aufschwung des deutschen Geistes in der Philosophie, Philologie und Literatur verlangte besseres als Nachbildung französischer Vorbilder. In Frankreich selbst ward der Fortschritt in allgemeiner Grammatik durch engern Anschluſs an die Grammatik besonderer Sprachen gesucht. Abbé Siccard, der im Taubstummen-Unterricht wohlverdiente Nachfolger de l'Epée's, gab seine „Elemente allgem. Grammatik" in ihrer Anwendung auf Französisch, der berühmte Orientalist Silv. de Sacy näherte seine Prinzipien gleichzeitig einer jugendlichen Auffassung, indem er sie mit bezug auf Arabisch aufstellte, 1799. Der letzteres aber ins Deutsche gebracht, Joh. Sev. Vater, ist dann wieder einer von dreien, welche am Anfang dieses Jahrhunderts mit einer allgemeinen Sprachlehre auftraten.

Die erste Schrift betraf die Methode altgriechischer Grammatik. Auch ihr Gewand war altklassisch, aber in sich trug sie den Geist und Charakter der neueren deutschen Verstandesrichtung. Man konnte sie eine Kritik der grammatischen Vernunft heißen, so gleichmäßig war es darauf abgesehen, die dogmatische Vernunft und Schulweisheit der Grammatiker eines andern zu belehren und statt des alten und holperigen Weges einen neuen und besseren zu weisen. Der sie schrieb, Gottfr. Hermann, hatte schon einmal gezeigt, daſs er ebenso gut und gründlich seinen Kant wie seine Griechen und Römer studiert. Wie zuvor auf die Metrik der Alten brachte er diesen jetzt auf die Grammatik zur Anwendung. Seine Behandlung der sprachlichen „Elemente" und besonders der Redeteile war der vollständige Schematismus kantischer Kategorienlehre, ebenso geistreich wie gewaltsam. — Ein anderes, die zweite Schrift, war die Sprachlehre Bernhardi's, „seinem teuersten Lehrer Friedr.

Aug. Wolf gewidmet". Sie machte den ersten Versuch, ein sprach-
philosophisches System aufzustellen, nicht nach Kant sondern nach
der Wissenschaftslehre, dem Fichte'schen Idealismus. — Sprache,
wird erklärt, ist nach ihrem höheren Begriff Darstellung, Darstellung innerer Vorstellung, dargestellte Urteils- und Einbildungs-
kraft, daher dargestellte Vernunft, kurz „Vernunft, sich äußernd
im Material des artikulierten Tones, zuerst als sich mitteilend für
eine andre Vernunft, als Bindungs- und Einigungsmittel einzelner
Vernunften, späterhin sich darzustellen, um sich darzustellen". Diese
letzte Darstellungsart, deren Kreis aber nicht mehr ein besonderes
Volk sondern die Menschheit umfaßt, würde allein „die Idee einer
allgemeinen Sprache" verwirklichen. Natürlich würde darin aller
„Sprachgebrauch" und alle „Ausnahme" aufhören, aller „Schein"
und auch aller „Irrtum" ausgeschlossen sein. Sie wäre nur denkbar „unter der Bedingung der geschlossenen Erfahrung, der vollendeten Wissenschaft, nur wenn die Massen der Wahrheit vollständig und systematisch konstruiert sind" — eine solche Sprache,
meinte Bernhardi, ist unmöglich und unausführbar „in Rücksicht
der Masse ihrer Zeichen", wohl aber möglich und ausführbar „in
Rücksicht ihrer Form, denn diese ist mit unsrer Vernunft und den
übrigen untergeordneten Kräften zugleich bestimmt, müssen in
jeder Sprache liegen und von ihr sich scheiden lassen." Solche
allgemeine und abstrakte Form der Darstellung ist das Ideal
menschlicher Sprache. Und die Lehre von dieser allgemeinen oder
Idealsprache ist A. F. Bernhardis Sprachlehre. — Ganz anders
wieder ist endlich das dritte, Joh. Severin Vaters „Versuch einer
allgemeinen Sprachlehre". Auch dieser geht vom allgemeinen
Begriff der Sprache aus; aber gegenüber der künstlerisch genialen
Auffassung Bernhardis, gegenüber dessen „Sprache ist Darstellung"
steht Vaters nüchterne und althergebrachte Erklärung. „Sprache
ist Bezeichnung", Bezeichnung durch Zeichen, das heißt artikulierte
Laute, ist schließlich der „Inbegriff artikulierter, bedeutender Laute
für den ganzen Umfang der Gedanken." Solche Laute sind nämlich bedeutend, insofern sie Wörter ausmachen, die Wörter aber
Begriffen entsprechen; jene sind Teile von Sätzen wie diese, die
Begriffe, Teile von Urteilen. Mit der allgemeinen Form des Inhalts

aller Urteile und Begriffe müſste also auch eine allgemeine Form
des Inhalts aller der Gedanken gegeben sein, welche Sprache,
welche auch immer, in ihren Wörtern und Sätzen aufstellt. — Der
Parallelism von allgemeinen Denk- und Sprachformen, von
Zeichen und Bedeutung, Begriff und Wort, Satz und Urteil, von
Logik und Grammatik ist also glücklich oder unglücklich wieder
befestigt. Und falls ein Blick auf die Wirklichkeit der Ausführung
da oder dort Schwierigkeiten macht, so ist die altgewohnte Heer-
straße breit und betreten genug, um allem Anstoß geschickt aus
dem Wege zu gehen.

Diese Trias von allgemeiner Grammatik trägt zumal die Jahreszahl 1801. — Mit Ausnahme des Bernhardischen Werkes, dessen
erster Teil seinem Versuche kurz vorher gieng, hatte Vater alle
seine Vorgänger benutzen können. Nachstehend dem einen und
andern an Genialität, an Tiefe oder Schwung des Geistes, übertraf
er die meisten an literarischer Sprachkenntnis. Sein Buch zeigt
überall Spuren dieses Wesens. Weniger kritisch als scholastisch
ist es die nüchterne Logik des „gesunden" Verstandes, des gemeinen, oberflächlichen Denkens. — Schon vor etlichen Jahren hatte
man versucht, grammatische und logische Kategorien mit Biegen
oder Brechen über einen Leisten zu schlagen, und Gottfr. Hermann
bekämpfte diesen schlechten Versuch eines unebenbürtigen Kantianers. Aber — quod Hassius dicit, quae necessariae notionum
formae animo humano inditae sint, eas et in linguarum conforma-
tione cerni — die Wahrheit des Satzes von der notwendigen
Uebereinstimmung logischer und grammatischer Formenbildung
blieb ihm unbestreitbar. Der Schüler Heynes, der seinem Lehrer
nichts nachgab an feinem Gefühl und gebildetem Geschmack, noch
einem Wolf an Klarheit und Schärfe des Verstandes, ja wohl beide
noch in einiger Hinsicht überragte, hat in seinem Leben größeres
geleistet als an griechische Grammatik die Schrauben rationaler
Kritik zu legen. — Der aber auch diesem nicht nachstand an
klassischer und philosophischer Durchbildung, Aug. Ferd. Bernhardi,
hat glänzenderes nicht aufzuweisen als das Werk, das er alsbald
durch einen zweiten Teil vervollständigte, durch „die angewandte
Sprachlehre", 1803. Gegenüber „den notwendigen Vorstellungs-

und den davon abgeleiteten Sprachformen" sollte dieser andere
Teil mit dem notwendigen Inhalte der Vorstellungen und den davon abgeleiteten „Sprachdarstellungen" sich beschäftigen, mit „der
reinen Anwendung der Sprache", wie Bernhardi lieber gesagt. Auch
sein Werk übt strenge Kritik gegen die Vorgänger, indefs doch bei
ihm selbst zwischen Vorstellung und Darstellung, zwischen der
Notwendigkeit und Allgemeinheit des bezeichneten und der Willkür und Freiheit des Zeichens eine Kluft gähnt, welche die allgemeine und absolut notwendig konstruierte Idealsprache nicht zu
überbrücken vermocht.   Diese, ein fingiertes Gebilde ohne Fleisch
und Bein, gewährt keinerlei Maßgabe für die Sprachen der Wirklichkeit. Was sie aus diesen entnommen ist nicht allgemein und
notwendig; was sie als allgemein und notwendig hat ist nicht
wirklich.   Aber Geist und Begeisterung in dem Werke ergreifen
den Leser, und staunend gewahrt auch der nüchterne Forscher,
der von solchen Schriften sich heute lächelnd abwendet, wie
manches einzelne da doch schon trefflich hervor gekehrt, wie anderes richtig geahnt oder zuerst angedeutet ist, was die Genialität des Mannes bekundet und das schöpferische seines Idealismus.

Mit diesem Werke hatte der deutsche Geist obgesiegt, und
was allgemeine und philosophische Sprachlehre zu leisten imstande
war, das schien geleistet.   Aus dem Himmel ihrer Betrachtung
konnte sie Lichtblicke auf vereinzelte Höhen oder Tiefen werfen.
Sonst erklärte sie was im Denken notwendig, nicht aber was im
Sprechen wirklich war.

Es lag ein idealer Zug in der Richtung der Zeit, dem auch
die Sprach- und Wortkünstler folgten, wenn sie in das Fahrwasser
des Platonischen Kratylos einlenkten und systematisch etymologi-
sierten.   Wer wie der junge Heeren damals daran erinnerte, dafs
es „außer den Worten auch Sachen gebe, welche die Aufmerksamkeit verdienten", für den hatte ein Caspar Rüdiger schon die Antwort bereit.   Mit Wörtern und allein mit diesen, lasse sich „die
ganze Geschichte der Urvölker in ein neues Licht setzen", er
wollte schon „aus dem Material des Petersburger Wörterbuchs
einen kräftigen Labetrunk für die müden, lechzenden Wortjäger in
Teutschland bereiten." — Auch Scheid hatte es dazumal für an

der Zeit gefunden, „die mishandelten Manen" seines Lehrers und
Meisters Lennep zu versöhnen und die Mysterien der holländischen
Schultradition preis gebend den Abfall der deutschen Philologen zu
beklagen. — „Geschichte der Sprache muſs Geschichte der Menschheit sein", schrieb zehn Jahre später ein Görlitzer Rechtskonsulent,
K. G. Anton, und suchte in seiner Schrift „über Sprache in Rücksicht
auf Geschichte der Menschheit", 1799, das Dunkel zu lichten, darin
beide noch gehüllt lagen. Seine sprachphilosophischen Ansichten
fanden teilweise Bernhardis Zustimmung. Aber die zerstreuten
Lichtstrahlen, welche er sammelte, „um das Dunkel über den Ur-
grund der Dinge", das heißt, die Ursprache der Menschheit zu er-
hellen, seine Wurzel- und Wortschöpfungen erinnern an Lennep-
Scheidsche Offenbarung, seine Konsonanten-Bedeutsamkeit an ein
besseres, an die Fulda'sche Preisschrift vom Jahre 1773. — Ein
größeres Werk der Art war des Engländers Walter White Etymo-
logicum Magnum aus folgendem Jahr, 1800. Mit dem Englischen
waren etliche zwanzig meist verwandte Sprachen oder Dialekte
verglichen, um einen Sprachenkosmos eigenster Erfindung zu illu-
strieren. Auch da geben allein Konsonanten das konstitutive Element ab, mit beliebigen Vokallauten den „Urstoff" mit der
inne wohnenden Kraft, Myriaden von Wortformen ins Leben zu
setzen. Natürlich nicht die Kunst des Sprachenbildners sondern die
verglichenen Sprachen sind schuld daran, wenn man erstaunt, auch
einiges nicht ganz unrichtige in dieser wunderlichen Algebra anzutreffen. Sogar Sanskrit ist da vergleichend heran gezogen. Leider ist
die Kenntnis davon einem Horne Tooke noch abgegangen. Was aber
W. White davon gewuſst das läſst sich wohl danach bemessen, was
seine Landsleute in Indien bis dahin erfahren und bekannt gegeben.

Die Engländer in Indien hatten in ihrem Eifer nicht nachge-
lassen und waren den Antrieben ihres ersten Präsidenten getreulich
nachgefolgt. Leichter war es nur, sich Land und Leute zu unterwerfen als deren geistigen Wesens, deren Sprache und Ueberlieferung herr zu werden. Indessen wurde der zähe Widerstand der
Pandits, so viel solcher überhaupt vorhanden gewesen, doch ge-
brochen, und lernbegierig sah man den stolzen Britten bei dem

noch stolzeren Brahmanen in die Schule gehen. Die Schüler waren
da freilich in voller Abhängigkeit von ihren Lehrern. und einige
Beispiele zeigen, wie diese solches, sei es aus Rache, sei es aus
Eitelkeit und Gewinnsucht auch zu misbrauchen verstanden. An-
derseits war bei jenen, war in jener Gelehrtenkolonie Fleiß und
Eifer genug, nur noch wenig Kritik.

Einige Ausnahme in dieser Hinsicht machend und auch sonst
hervor ragend tätig war namentlich Henry Thomas Colebrooke.
Seit 1793 Sekretär der Handelskompanie, stand er ein anderes
Jahrzehent, 1805—15, in gleichem Amt und Rang wie ehemals Sir
William Jones.   Und wenn auch nicht dessen hochfliegenden Geist
und poetischen Sinn, so besaß er doch ein gleich eifriges Streben,
doch eine Ausdauer und Emsigkeit wie Wilkins, und übertraf beide
an nüchternem Verstand und Urteil.

Berufsmäßig fieng er an, wo Jones aufgehört, mit dem Studium der indischen Rechtsliteratur, deren Umfang und reiche Entwickelung er bereits erkannte, wenn auch noch keineswegs über-
sah.   Auf seine „Digesten" über Vertrags- und Erbfolgerechte,
1797/98, ließ er andere Abhandlungen gleichen und zivilrecht-
lichen Inhalts folgen.   So suchte er der Rechtspflege aufzuhelfen,
doch nicht nur die englischen Richter sondern auch die englischen
Gelehrten und Forscher im Lande von den einheimischen Lehrern
und Dolmetschern frei und unabhängig zu machen. Darum mußten
Originaltexte, mußten Sprachlehr- und Wörterbücher heraus gegeben werden.   Und während er dafür die einen und andern
heran zog, war Colebrooke selbst darauf ausgehend. in jeder Hinsicht ältestes und ursprüngliches ans Licht zu setzen.

Es ist Colebrooke, dem wir eine erste wahrhafte Mitteilung
über die Veda, „die Quellen aller indischen Wissenschaft" ver-
danken; und wenn eines, so war es dieses geheiligte Schrifttum,
um dessen ausschließliches Besitzen und Kennen die priesterliche
Eifersucht am meisten bekümmert erschien. Glücklicher daher als
seine Vorgänger in der Erwerbung solcher Handschriften, die er
zu Benares vorfand, hatte Colebrooke in deren Kenntnisnahme
alle Gelegenheit, die Kraft seiner Auffassung und kritischen Beur-
teilung zu betätigen.   Er hatte schon einige Aufsätze über die

religiösen Zeremonien der Hindu, besonders der Brahmanen geliefert, als seine Abhandlung „über die Veda oder die geheiligten
Schriften der Inder" erschien. Sie erschien 1805 und war die
erste und jahrzehnte lang, bis die eigentliche Textausgabe begann,
auch einzige Darstellung über Inhalt, Einteilungs- und Ueberliefe-
rungsweise dieses Schrifttums. — Freilich, so wenig wie älteste
Vedahymnen, eben so wenig oder noch weniger konnte Colebrooke
selbst schon einen Pânini lesen und verstehen, den „Vater altind.
Grammatik", dessen Aphorismen er später mit einigen Kommen-
taren zum Druck befördert. Aber zuvor gab er nach dessen
Lehrsprüchen seine erste größere Sanskritgrammatik heraus, ein
Werk, ebenfalls aus dem Jahre 1805, das Bruchstück war und geblieben. — Endlich hat auch Colebrooke bald nachher das erste und
beste der indischen Vokabularien, das des Amara-Sinha, mit englischer Uebersetzung und Erklärung heraus gegeben, und mit diesem
später noch andere so genannte Kosha oder Thesauren zum Druck
gebracht.

Im selben Jahre 1805 verstarb zu Paris der erste Herausgeber
eines schwesterlich verwandten Schrifttums, Anquetil Duperron.
Sein glühender Wissenseifer, dem das zufällige Auffinden einiger
Zendschriftblätter eine bestimmte Richtung gegeben, hatte ihn
einst den gemeinen Soldatenrock anzuziehen vermocht, um in den
Orient und nach Indien zu gelangen. Nur war sein Streben, ent-
legenes Volks- und Kulturwesen kennen zu lernen, von keinem
Sinn für ernstes Sprachstudium unterstützt. Bei sogar eigentüm-
licher ausgesprochener Abneigung gegen grammatische Untersuchungen mangelte ihm das Verständnis für deren Bedeutung. Und es
rächte sich dieses an ihm selbst noch mehr als an dem Ruhme
seines Landes.

1801 erschienen seine „Oupnekhat"; das sind in persischer
Uebertragung s. g. Upanishad oder „Sitzungen", Geheimsitzungen
oder vielmehr Betrachtungen aus solchen, religionsphilosophischen
Inhalts, wie sie indische Priesterweisheit ihren Veda angeschlossen.
Nach der Sage waren deren fünfzig durch Benares-Priester nach
Persien überbracht worden, als eine erste derartige Mitteilung. Ein

2*

Manuskript, das 1775 nach Paris gelangt, hatte Anquetil übersetzt — „einen dreifachen Galimathias", wie der ältere Schlegel
diese Uebersetzung geheißen. In der tat. bietet jenes „Secretum
tegendum", wie die Oupnekhat des weitern betitelt sind, ein
wirres Durcheinander von lateinischen, persischen und indischen
Ausdrücken, unverständlich, weil vom Uebersetzer selber unver-
standen.

Ungleich bedeutender und verdienstvoller war seine Uebersetzung des Zend-Avesta. Er hatte die Parsenpriester von Surate
dazu vermocht, ihm einige Kenntnis von ihrer geheiligten Tradition
zu geben, von ihrer altbaktrisch und in Pahlavi-Uebersetzung
abgefaßten Lehre Zarathustras. Nach Europa zurück gekehrt,
1761, verglich er seine mitgebrachten, ziemlich zahlreichen Avesta-
schriften mit einigen in Oxford befindlichen, um sie darnach französisch heraus zu geben. Dieß — Zend-Avesta, ouvrage de Zo-
roastre — war die erste Veröffentlichung der heiligen Parsen-
schriften, der einzigen Reste, darin „altbaktrische" Sprache und
Literatur uns erhalten geblieben. Aber die Arbeit Anquetils trug
so wenig den Charakter wissenschaftlicher Bestimmtheit, seine
Uebertragung war so vage und bedenklich, daß sie trotz aller
Parteinahme eines Foucher und des deutschen Uebersetzers Kleuker
die heftigsten Angriffe erfuhr, gegen die Echtheit der Urkunden
und Geschichtlichkeit ihrer Sprache gerichtet. Der eifrigste Gegner
war Sir William Jones; dessen Sendschreiben, „voll Gift und
Galle", erzeugte des andern glühenden Haß gegen alles was englisch hieß. Auch noch sonst Engländer, wie John Richardson,
auch Deutsche, wie Meiners, Hennings u. a., unbefangene Forscher
äußerten ihre Zweifel und Bedenken. Und was er trotz alledem
wohl verdient gehabt hätte, den endlichen Sieg der Wahrheit zu
erleben, eine Schrift, wie die eines Nachfolgers, des dänischen Gelehrten R. Rask „über das Alter und die Echtheit der Zendsprache",
das hat Anquetil Duperron nicht mehr erreicht.

So war eine Zendforschung zur Sanskritforschung gekommen,
und in beiden hatten Deutsche bis dahin noch das bloße Nachsehen. Unmittelbaren Anteils konnten sie sich nicht rühmen.

Denn was Missionare oder Mönche deutscher Abkunft früher bemerkt und berichtet hatten war höchstens noch historisch merkwürdig, so wie ähnlich was französische früher bemerkt und berichtet hatten, ein La Croze, ein Pater Pons oder ein Pater Coeur-
doux aus Pondichery, deren Namen dann auch später zu Ehren
gekommen.

Recht bezeichnend für dieses Verhalten war das „Asiatische
Magazin", eine Zeitschrift, welche in den Jahren 1801/2 im Ver-
lage des Landesindustrie-Komptoirs zu Weimar erschien und von
einem blutjungen Berliner Gelehrten heraus gegeben ward. Sie
hatte sich allen Kennern als ein „Sammelplatz ihrer Untersuchungen über Asien" angekündigt, indem sie teils eigne Ausarbeitungen
ihrer Mitarbeiter, teils aber „Uebersetzungen und Auszüge aus den
wichtigsten Werken des Auslands" zu liefern versprach. Natürlich
blieb es vorzüglich bei den letzteren. Unter Abhandlungen „über
die älteste Literatur der Chinesen" — die kostbarste Ware des
Magazins — erschienen Uebersetzungs- und Kompilationsartikel
des Dr. Friedr. Majer nach dem Englischen des Wilkins und Jones
auf altindischem Gebiet, endlich auch solche, welche Land und
Volk der Parsen betrafen, eine „Beschreibung der Altertümer des
Gebirges Bisutun in der Nähe von Kirmansheh" nach de Sacy,
über die Stadt Persepolis oder Istahar von L. Langlès, dabei der
wunderlichen Zeichen oder Schriftzüge Erwähnung geschah, die
dort auf Felswänden, Grabdenkmälern, wie ähnlich kurz zuvor auf
Backsteinen und Thonzylindern in den Ruinen des alten Babylon
und Ninive gefunden worden. Diese, meinte der letztgenannte,
würden wohl ebenso wie die egyptischen Hieroglyphen für uns in
ewiges Dunkel gehüllt bleiben. Ihre Entzifferung, bemerkte der
Herausgeber, sei „entschieden unmöglich, obgleich vor kurzem
jemand den Schlüssel dazu aufgefunden haben wolle".

Weniges war zuerst im Laufe des siebzehnten Jahrhunderts
davon bekannt geworden, und dieß wenige — Mitteilungen des
spanischen Gesandten Garcias de Sylva de Figueroa, des Italieners
Pietro della Valle, und des englischen Reisenden Thomas Herbert,
der durch einen Landsmann, Sam. Flower, kleine Probezeichnun-
gen in die Heimat geschickt — war durch das voreilige Urteil des

gelehrten Thomas Hyde in dessen Buche über die Religion der
alten Perser, 1700, wie völlig zu nichte gemacht. Jene Keilformen
und aus Keilformen gebildete Winkelhaken schienen da nichts als
Zierat zu sein, müßige Uebungen eines Architekten oder zierliches
Spielwerk seiner Phantasie. Indessen brachten die nächsten Jahrzehnte mit neuen und umfassenden Schilderungen der Denkmäler
auch umfassendere und genauere Kenntnis von den seltsamen darauf verzeichneten Figuren. Reisebücher, wie des holländischen
Malers Cornelius de Bruyn, auch Le Brun genannt, der 1701/8 in
Persien und Indien reiste, des französischen Ritters Jean Chardin,
dessen Journal fast gleichzeitig mit dem des vorigen erschien, 1711,
endlich eines deutschen Arztes, Engelbert Kaempfer aus Lemgo,
der bald darauf, 1713, von seiner früheren Orientwanderung be-
richtete, sind um deswillen namhaft geworden. Und schon nach
Kenntnis des ersten und besten darunter hatte die Ansicht wieder
Raum gewonnen, daß da wirklich Zeichen- oder Bilderschrift vor-
lag. — Da war es, daß zu anfang der sechsziger Jahre abermals
ein Deutscher, Karstens Niebuhr, aus dem hannoverschen Land
Hadeln gebürtig, in dänischen Diensten eine wissenschaftliche Reise
nach Arabien und den angrenzenden Ländern antrat. Wie er vor
Begierde brannte, die ehrwürdigen Denkmäler von Persepolis mit
Augen zu sehen, ganze Wochen in jener Einöde zubrachte, vermaß
und zeichnete und das günstige Sonnenlicht abpaßte, um die hoch-
gelegene Schrift von der dunkeln Marmorwand zu kopieren, das
hat uns alles unser Geschichtsforscher Niebuhr, der berühmte Sohn
des berühmten Vaters in dessen Lebensbeschreibung erzählt. Nicht
zweifelnd weder an der Wirklichkeit einer Schrift, deren er bereits
drei Gattungen unterschied, noch an der Hoffnung, daß sie einst
völlig würde entziffert werden, lieferte er in seiner Reisebeschreibung,
1774/75, sorgfältig ausgeführte Keilschrifttafeln, die für fernere
Entzifferungsversuche ein erstes hinreichendes und zuverlässiges
Material abgaben.

Noch wurden ein Menschenalter hindurch Versuche gemacht
ohne erkleckliches Resultat. Die Aufgabe reizte, aber sie war
schwierig. Schrift und Sprache waren beide gleich rätselhaft. —
Damals rühmte sich ein mecklenburgischer Hofrat und Professor,

Oluw Gerhard Tychten, großer Fortschritte; er „las alles und
erklärte vieles", während sein Freund und theologischer Fachgenosse,
Friedrich Münter in Kopenhagen, noch an einzelnen Buchstaben
herum suchte. Indessen war auch des andern „Beleuchtung",
1798, so wenig helle, daſs die Gegenschrift eines dritten Kollegen,
eines Sam. Witte in Rostock, auch alles wieder, alle Entzifferungsversuche, damalige und zukünftige, für eitel Trug und Blendwerk
erklären konnte. Da war alles wieder darauf zurück gebracht,
worauf vor hundert Jahren schon Thomas Hyde gekommen: jene
vermeintlichen Schriftformen seien bloße Zieraten, Schnörkel oder
Blumen mit trichterförmigen Kronen, wie Zaunwinde, Tabaksblüte
u. a. dergl. Und nach allem was bis dahin geleistet war, mochte
das verzeihlicher sein als die Einreden gegen Anquetil Duperrons
Zend-Avesta oder gar als die eines englischen Philosophen Dugald
Stewart, der noch damals gegenüber seinem Landsmann Lord
Monboddo und zur Ehre des nächst beteiligten Englands nichts
besseres wuſste, als die ganze Geschichte vom Sanskrit, seiner
Literatur und Verwandtschaft für Fabel und Betrug, für das schlaue
Machwerk verschmitzter Brahmanen zu erklären. Einen mutigen
Forscher durfte solches nicht beirren. Man hatte in den Keil-
schriften ein Zeichen für Worttrennung, einen „Wortteiler" an-
scheinend richtig erkannt, auch nach Münter anscheinend zwei
Vokalzeichen zutreffend bestimmt, als im Jahre 1802 der junge Georg
Friedrich Grotefend, damals Schulkollaborator in Göttingen, der
dortigen Sozietät der Wissenschaft eine Abhandlung über Keil-
schrift, eben jenen Versuch vorlegte, worauf der Herausgeber des
As. Magazins im zweiten und letzten Bande desselben hingewiesen.
Was dieser da für unbedingt unmöglich erklärt, das war dem genialen jungen Göttinger in wenigen Wochen wirklich gelungen.

Es ist anziehend und nicht wenig erfreulich, dem Gange dieses
Entzifferungsversuchs zu folgen, wie Grotefend nur dazu kam, wie
er die Schrift als Buchstaben- und nicht Bilderschrift, ihre Richtung,
als von links nach rechts, erkannt, wie er durch scharfsinnige
Kombination auf Darius und Xerxes riet und in Annahme einer
altbaktrischen Benennung dieser Perserfürsten damit in zwei klei-
neren Inschriften der Niebuhrschen Sammlung den Schlüssel zu

einer ersten Lösung fand. Das ist alles schon mehrfach erzählt worden und soll hier nicht wieder erzählt werden. — Wie aber Zend oder Altbaktrisch, dessen Annahme hier freilich ein Irrtum gewesen, schon damit zu Ehren kam, so noch viel mehr später das Sanskrit, mit dessen Vergleichung die fortgesetzte Entzifferungsarbeit des nachmaligen Schuldirektors weiter geführt, verbessert und vervollständigt ward. Bis dieß geschah, bis Altpersisch, die Sprache der Achämeniden und jener ersten und einfachsten Keilschriftgattung erkannt ward, sind allerdings noch einige Jahrzehnte dahin gegangen. Aber die Grundlage dieser Erkenntnis war mit Grotefend gegeben, der seine Entzifferungsarbeit nach einigen weitern Mitteilungen in den Gött. Gel. Anz. zuerst auf Heerens Veranlassung als Anhang zu dessen „Ideen" ausführlich dargelegt, 1805.

In eben diesem Jahre 1805 wurde dann wieder in der kaiserlichen Druckerei zu Paris eine Prachtausgabe von Vaterunser-Sammlung hergestellt, aus 150 meist in ihren eigentümlichen Schriftzeichen aufgeführten Sprachen. Sie sollte die Anwesenheit des Pabstes Pius VII. verherrlichen, in dessen Beisein das ihm gewidmete Werk vollendet ward. Und da es auch mit den Typen der aufgehobenen Propaganda gesetzt wurde, so mochte der heil. Vater die Ehre besonders zu schätzen wissen, welche ihm sein allerfrömmster und getreuester Sohn damit antat. — Diese Ausgabe, nach Marcel, dem Aufseher der kaiserlichen Druckerei benannt, ist die letzte jener Polyglotten, welche der alte Adelung in seinem Mithridates als seine Vorläufer und ihrer Reihe nach aufführt und mustert. Er heißt sie zumal „Curiositäten-Kabineter", deren Sammler im Dienste nicht einer gelehrten Wißbegierde sondern einer zwecklosen Neubegier einer den andern an Reichhaltigkeit zu übertreffen gesucht. Nur eine dieser Sammlungen wollte er ausdrücklich und wohl mit recht ausgenommen wissen, als jene Bezeichnung nicht verdienend, da sie viel mehr wissenschaftlich auch auf grammatischen Bau, auf Ursprung, Verschiedenheit und Verteilung der Sprachen Rücksicht genommen. Das ist das große Sammelwerk des Spaniers Don Lorenzo Hervas (y Panduro), von dessen Idea del Universo die sprachlichen Partien zu-

erst 1784/87 erschienen, nachher in besonderer Bearbeitung als
Catalogo de las lenguas de las naziones, Madrid 1800/05.

Hervas war Jesuit und Missionar, war als solcher jahrelang
in Amerika tätig gewesen, da er seit Aufhebung seines Ordens,
seit 1784 in Rom lebte, wo die Mitteilungen seiner Ordensbrüder,
die aus aller Welt dorthin kamen, und die reichen Schätze der
Propaganda seine eigenen umfassenden Sprachkenntnisse unter-
stützten. Er durchmusterte Sprachen und Sprachformen behufs
einer genealogischen Betrachtung von Völkern und Volksstämmen.
Und dabei hielt er den Standpunkt seiner Zeit inne und im allgemeinen auch die Vorurteile seines Standes. Freilich, auf die
eine Sprache des Paradieses alle menschlichen Sprachen zurück
oder wie andere sonst alle von Hebräisch ableiten vermochte
er nicht. Aber Grund und Anfang alles Sprachenwirrwars war
und blieb doch das Gottesgericht an den himmelanstürmenden
Noachskindern beim babylonischen Turmbau. Uebereinstimmung
wurde in den verschiedenen Sprachen dann durch Nachbarschaft
oder Verkehr bewirkt, soweit sie nicht auf Verwandtschaft oder
gemeinsame Abkunft zurück geht. Das ist alles bei weitem umfassender dargetan, auch bestimmter und mehrfach richtiger als bei
früheren, z. B. bei Court de Gébelin in dessen Monde primitif,
wenn auch in den Erklärungen nicht eigentlich neues begegnet.

Was Adelung an Hervas rühmt ist auch nicht, daß „dieser
nichts geringeres unternommen als den ganzen Ozean menschlichen
Wissens auszuschöpfen“, sondern daß es ihm möglich geworden,
„seine Gebethformeln auch mit grammatischen Anmerkungen“ zu
begleiten, das einzige Mittel u. s. w. Dagegen wird getadelt, daß
er seine Anordnung der Sprachen — ein erster Band enthält die
amerikanischen, ein zweiter die asiatischen und polynesischen, ein
dritter bis sechster die europäischen — nicht „nach allgemeiner
Sprachphilosophie“, d. h. nach allgemeinen Einteilungsprinzipien gemacht, sondern ohne Ordnung durcheinander geworfen, was ihm
die Quelle zu lehrreichen und fruchtbaren Betrachtungen verstopfet.
In dieser Hinsicht, insofern der spanische Ritter nicht sowohl auf
Sprachen als auf Völker und Menschen sein Absehen hat, will ihm
der deutsche Schriftsteller den Rang abgewinnen.

Einen ersten Mithridates hatte bereits Conrad Gesner geliefert 1555, mit so viel Sprachproben als seinem leibhaftigen Namensvetter, dem König von Pontus, Sprachenkenntnis nachgerühmt wird. Mehrere Sprach- und Schriftprobensammlungen derart waren ihm voraus gegangen, und nicht weniger als an die dreißig, von Missionaren, Reisenden und Buchdruckern hergestellt, waren ihm gefolgt, als Johann Christoph Adelung mit dergleichen auftrat.

Ueber ein Menschenalter hindurch hatte dieser schon Bücher verfaßt, als er auf ein „jüngstes und — wie ihm selbst wahrscheinlich — letztes Kind seiner Muße" die ganze Vorliebe und Sorge wandte, deren sich solche Spätlinge oder Alterskinder gewöhnlich zu erfreuen haben. — Ein Auszug aus Du Cange's berühmtem Glossarium ... mediae et infimae latinitatis, 1772, hatte sein Schriftstellertum auf sprachlichem Gebiet begonnen und die Bedeutung, welche er Sprachstudien überhaupt und auch jüngerer Sprachbildung insbesondere beimaß, erkennen lassen. Der „Versuch eines vollständigen kritischen Wörterbuchs der hochdeutschen Mundart", 1774/86 — kritisch im Sinne der „vernünftigen Tadlerinnen", der „kritischen Beiträge" und „kritischen Dichtung", kurz im Sinne Gottscheds, aus dessen hinterlassenen Papieren der Verfasser geschöpft hatte — war demnach kennzeichnend für ihn selbst und seine Art zu arbeiten. Eine ganze Anzahl von Schriften auf deutschem Sprachgebiet ist dem Wörterbuch nach- oder nebenher gehend — ein Lehrgebäude, 1781, Magazin, 1782, über den deutschen Styl, 1785, Anweisung zur Orthographie, 1788, Geschichte der deutschen Sprache und noch m. dergl. Ihre Menge ist auch bezeichnend für den Fleiß ihres Bearbeiters, aber wie die womit er der allgemeinen und philosophischen Sprachlehre seinen Tribut gezollt, wie die „über den Ursprung der Sprache und den Bau der Wörter", 1781, auch ihrem Inhalte nach bedeutsam für die Oberflächlichkeit seines Geistes und seinen Mangel an Originalität. Ueberall ist Adelung nur Nachfolger, überall Eklektiker, nirgend selbständiger Forscher, seine Sprachbehandlung einerseits seichte Scholastik, anderseits grober Mechanismus. Seine Stellung indessen als Oberbibliothekar einer kurfürstlich sächsischen Bibliothek, seine ausgedehnte Verbindung mit Gelehrten, seine Bücher-

kenntnis und sein Sammelfleiß förderten in kurzer Zeit sein letztes
Unternehmen. Und so konnte er schon bald auf dem Titelblatte
eines ersten Bandes die Vaterunser von beinahe fünfundzwanzig mal
so viel Sprachen ankündigen als sie der erste Mithridates oder jener
Mezzofanti des Altertums in Gewalt gehabt.

Eine allgemeine Einleitung geht vorauf, „Fragmente über die
Bildung und Ausbildung der Sprache". Sie sollen das Resultat
gehöriger Untersuchung der im ersten Bande behandelten Sprachen
abgeben und sind, kurz bedeutet, wenig anderes als was Adelung
schon in früheren Jahren über dergleichen geschrieben, gleich oberflächlich und gleich mechanisch. Abgesehen von diesem, auch von
dem oft und viel beliebten Bilde, seinem Huronenschiff mit hundert Kanonen, das aus armseligem Schifferfloß u. s. w. geworden,
bleibt dann wohl einiges treffliche anzuerkennen, das an der Ober-
fläche geschöpft erscheint. So, daß „Zusammenziehung und Zusammensetzung" als nächstes Mittel der Ausbildung bezeichnet wird,
wodurch man, im Gegensatz zur Nebeneinanderstellung in einsilbigen Sprachen, gebogene und abgeleitete Wörter erhält. Oder,
was da ebenso unbewiesen wie auch unbeweisbar behauptet steht:
„bei der Dunkelheit des Begriffs verliert sich mit dem Ton auch
der erste Urbegriff sehr bald, und verleitet dadurch spätere Sprach-
forscher alles für willkürliche Laute zu halten."

Der erste Teil des Mithridates umfaßt die asiatischen Sprachen,
und also ist zunächst und auch im ganzen wieder die geographische
Verteilung geltend. — Alle Sprachen von einer abzuleiten, war
auch Adelung nicht gewillt; die Arche Noahs sollte vor ihm, wie
er sagt, eine verschlossene Burg, Babylons Schutt völlig in seiner
Ruhe bleiben. Dagegen führte ihn „die Natur der Sache von selbst
auf die einsilbigen Sprachen des östlichen Asiens, als die Erstlinge
des ganzen Sprachenwesens", um von ihnen zu den mehrsilbigen,
nach Indien, Persien u. s. w. zu gelangen. Einsilbigkeit und Mehr-
silbigkeit sind ihm darnach Gründe der Einteilung. Wie aber die
„Führung" dahin, so war auch die Weiterführung von da bei
aller, „Natur der Sache", gar nicht historisch sondern geographisch.
Merkwürdig ist uns von allem nur noch was in letzterer Hinsicht
hier schon erfahren und gewußt worden.

Nachdem Malayisch und südasiatische oder ostindische Insel-
sprachen in hinreichend weiter Entfernung aus einander gehalten,
nimmt „der vorderindische Sprach- und Völkerstamm" einen ver-
hältnismäßig großen Raum in anspruch. Ueber Land und Volk,
über Religion, Kunst- und Schriftdenkmäler weiß der Mithridates
zu erzählen was ihm aus alter oder neuer Kunde zugekommen,
um dann das Sanskrit vorzunehmen, über dessen Natur und Wesen
er sich soweit als möglich, d. h. noch recht mangelhaft unterrichtet
zeigt. Seine Hauptquellen sind die Mitteilungen eines Jones nach
Kleukers Uebersetzung — er kennt nur etwa die fünf ersten
Bände der As. Researches — besonders aber Pater Paullinus,
dänische Missionsberichte, Anquetil Duperron, F. C. Alter und
noch einige, welche ihm eine alphabetische Reihe von etlichen
hundert Sanskritwörtern an die hand geben, die „mit den Wörtern
anderer älterer Sprachen" überein kommen. Richtig ist von den
ersteren kaum die eine oder andere Wortform gegeben; mit denselben zusammen gestellt sind griechische, lateinische, deutsche,
auch hebräische, türkische, koptische und andere Wörter, wie sie
„der Zufall ohne mühsames Aufsuchen" nach Aehnlichkeit im Klang
und in der Bedeutung darbot; beides zumal gibt bei anscheinen-
dem Reichtum dem Wissen und Verfahren in diesen Dingen ein
trauriges Armutszeugnis. — Aehnlich ist es, wie Zigeunerisch, für
dessen Herkunft aus dem Indischen die Vermutung eines Büttner,
die Behauptung eines Rüdiger und die Beweise eines Grellmann
sprachen, im Gefolge der jüngeren indischen Volkssprachen behandelt und in einigen Bezeichnungen mit dem Multanischen und
andern Dialekten auch mit Sanskrit verglichen wird. — Unter
den „Sprachen des ehemaligen Mediens" wird hier zuerst das Zend
vorgenommen und also für die Echtheit desselben Partei ergriffen.
Die geringen Spuren der ehemaligen Landessprache sollen sich
durch ihr frühes Aussterben erklären. Und ihre große Aehnlichkeit mit dem Sanskrit, wofür wieder beim Pater Paullinus und in
Kleukers Anhang zum Avesta Belege gefunden werden, läßt auch
richtig bemerken, daß beide gleichzeitige Töchter einer und derselben Mutter gewesen. — Mehr oder anderes als was die ersten
Entzifferungsversuche Grotefends ansetzten, daß auch die persepo-

litanischen Keilschriften zum teil Zend seien, dürfen wir über Altpersisch nicht erwarten. Nicht ganz unrichtig wird dann auch dem Pehlevi oder Huzvaresh seine Stelle zwischen Zend und Parsi angewiesen und die Vergleichung der ältesten Uebersetzungen aus dem Zend mit dem Bundehesh als wünschenswert bezeichnet. — Die auffallende Aehnlichkeit vieler germanischer Wörter mit persischen soll sich nun durch spätere „Völkervermischung", mit großer Wahrscheinlichkeit aber auch so erklären lassen, daß Germanen wie alle alten westlichen Völker aus Asien herstammen, „der Germane, der Slave, der Thracier, der Celte u. s. f. mit dem Perser gleichzeitig aus einer und eben derselben Sprachquelle geschöpft, und sich nur durch Zeit, Klima und Sitten wieder von ihm entfernt haben". Armenisch, dessen Zugehörigkeit zum Altindischen oder Eranischen schon durch La Croze erkannt war, kann der Mithridates nicht hierher rechnen, auch „mit keiner der bekannten Sprachen verwandt" finden, auch nächst dem Georgischen unter den kaukasischen Sprachen besonders bei der ossetischen nicht soviel Uebereinstimmung, um „sie von den Persern oder Kurden abzuleiten". — Genealogischer Zusammenhang ist nach allem einzig wieder den semitischen Sprachen gewahrt, welche schon immer als verwandt erkannt und (seit Eichhorn) auch so mit gemeinsamem Namen genannt worden. Uebrigens waltet im ganzen die kompilatorische Behandlung, welche noch höchstens eigenes Vorurteil dem Urteile anderer hinzu fügt.

Einen andern Teil seines Mithridates hat Adelung nicht mehr erlebt. Der Druck war bis zum elften Bogen gediehen, als er starb und die Fortführung seines Unternehmens auf einen geistesverwandten aber sprachkenntnisreicheren Mann, auf Joh. Sev. Vater übergieng. — Nicht diesem sondern seinem Erblasser ist es zuzuschreiben, wenn auch der zweite Teil vom Jahre 1808 nicht anders und besser, aber wo möglich noch schlechter als der erste geworden; trotzdem oder eben weil es sich darin um die europäischen Sprachen handelt. Schon damals wäre eine Anordnung und Verteilung der Sprachen möglich gewesen, die ihrer Natur und Eigenart besser entsprach. Ja, schon damals konnte eine derartige Sprachenbehandlung für veraltet gelten. — Ein dritter Teil, zu

einem Drittel die Sprachen Afrikas behandelnd, 1812, zu zwei
Drittel die amerikanischen, 1813 und 16, ist auch insofern anders
und besser, als ihm die neuesten Erfahrungen und Kenntnisse zu
grunde gelegt wurden. Mit einem vierten und letzten Teil endlich,
der 1817 erschienen, reicht der Mithridates in eine Zeit hinein,
die seiner Art und Behandlungsweise von Sprache ganz abgewendet
geworden, in die Zeit der neuern Sprachwissenschaft. Dieser vierte
Teil enthält Nachträge, vorab solche von Friedrich Adelung, einem
Neffen des alten Adelung, und dann solche vom Herausgeber, Joh.
Sev. Vater. Mit beiden bleibt der Charakter des Werkes gewahrt,
daſs es der „guten alten Zeit" angehört, daſs es einen Abschluſs
derselben bildet, wie so förmlich ein anderes verdienstliches Werk
des Herausgebers, dessen „Litteratur der Grammatiken, Lexica" u.
s. w. vom Jahre 1815. — Aber noch ein drittes enthalten diese
Nachträge, um dessen willen die Jahreszahl 1817 wohl berechtigt
erscheint. Das sind „Berichtigungen und Zusätze zum ersten Abschnitte des zweiten Bandes des Mithridates, über die Cantabrische
oder Baskische Sprache", welche Wilhelm von Humboldt gegeben.

Mit Nennung dieses Namens könnten wir abschließen. Aber
es fehlte dann ein wichtiges Bindeglied, das von älterer Sprachbe-
trachtung zur neuern Wissenschaft hinüber bringt; es fehlte dann
die Romantik.

Mit Fichtes Wissenschaftslehre hatte ein jüngeres Geschlecht
für seine Geistes- und Phantasiegebilde einen günstigen Boden erhalten. Ueber seinen Vorgänger hinaus gehend hatte der Nachfolger die Gegensätze in der Kantschen Philosophie aufzuheben und
den Widerstreit zu schlichten gesucht, in welchem die ältere Schule
und Gefühlsweisheit der neuern Vernunftkritik sich gegenüber be-
fand. Denn das einzige Ich war Ursprung alles Seins und Er-
kennens geworden, und alles Wissen und Wollen war eingeschlossen
in den einen Zauberkreis des subjektiven Idealismus. — Auf diesen
Boden stellten sich, welche ihre Bildungsform im Gegensatz zur
altklassischen als romantisch und sich selbst als die Romantiker
bezeichneten, weil sie im Roman ein ästhetisch höchstes, die
schönste Blüte poetischer Entfaltung sahen. Und romantisch, das

heißt schwärmerisch waren die Ideen, für welche sie kämpfend
eintraten, den Poeten und den Philosophen ihrer Zeit zumal als
Gewährsmänner, sich selbst aber als die Apostel und Propheten
einer modernen Bildung ansprachen. Nur über sie selbst hinaus
weisend und der spätern Wissenschaft zu nutz und frommen ge-
reichend war die Universalität ihrer Interessen, die mannigfache
Anregung, die von ihnen ausgieng, und die glühende Begeisterung,
welche sie vor sich her trugen.

Einer der ersten Anhänger und Jünger dieser Richtung, welcher
zuerst den Geist der Romantik auf das Gebiet der Wissenschaft
übertrug, war August Ferd. Bernhardi gewesen, der Freund Tiecks
und der beiden Schlegel. Seine Sprachlehre war eine andere
Wissenschaftslehre, gleich philosophisch, gleich systematisch auf-
gebaut, Gedankenwesen ohne Wirklichkeit. Wo Erfahrung mit
ins Spiel kam, da war sie unzulänglich und beschränkt. So
auch, woher sie es am wenigsten sein sollte, aus jenem Erfahrungs-
gebiet, das sich der Wissenschaft neu zu erschließen begonnen,
wohin die Romantik dann als das Land ihrer Träume und Sehn-
sucht ausschaute, worauf vor allen schon Herder hingewiesen.

Durch Herder angeregt waren in Klaproths As. Magazin die
ersten altind. Literaturproben verdeutscht erschienen, von Friedrich
Majer aus dem Englischen übertragen. Wie die Sprüche des
Bhartrihari, wie die Çakuntalâ, so sollten den Deutschen zu liebe
auch die Bhagavadgîtâ, auch eine Gîtagovinda u. a. deutsches Gewand tragen. Aus frühstem Altertum stammend, wie man annahm, eine noch möglichst unverderbte gottselige Jugend wieder-
spiegelnd, waren sie wohl die „Morgenträume unsers Geschlechts“.
— In solchen Träumen wiegte sich die Romantik. Sie trauerte
um ein verlorenes Paradies, um den Untergang einer edelsten
Menschheit wie ihr frommer Dichter Novalis um den Heimgang
seiner Jugendgeliebten, und wie diesem war eine Wiederkehr ihr
ewiges ungestilltes Verlangen. Und so blickte sie nach dem „Lande
des Aufgangs“ als nach dem Lande der „Erfüllung“, der einstigen
Wiegenstätte und Heimat. — Wer aber schon 1801 ein versifi-
ziertes indisches Mährchen versprach, der war dazumal Hauptan-
führer der Romantik, ihr geistreicher „Mystagoge“, Friedrich Schlegel.

Sein Versprechen, ein „Epyllion" in drei Gesängen — eine
Kunstform, beiläufig, darin nach Tieckscher Manier die prächtigsten
Reize und Farben der Kinderwelt, Zauber und Schauer der Vergangenheit, kurz, der kühnste Flügelschlag einer zügellosen Phantasie
sich los lassen konnte — blieb unerfüllt, wie so manches bei dem
jüngern Schlegel unerfüllt geblieben. Eine unbeständige Natur,
unbändigen leidenschaftlichen Verlangens, wechselten die Ziele
seines Strebens wie die Launen seines Temperaments. Mit reichen
Kenntnissen, mit Talent und Witz begabt, fehlte doch seinem
Wissen die gediegene Gründlichkeit, seiner Tätigkeit die ruhige
Ausdauer, seinem ganzen Wesen Ernst, Würde und sittliche Hal-
tung. Was bei ihm an- und vorhielt war sein übertriebenes
Selbstgefühl, daher er die Motive nahm, die Maße und Farben
zu seinen Urteilen über Zeiten, Verhältnisse und Menschen. —
Mit dem alten Griechentum fertig, wurde er eifriger Vorkämpfer
der Romantik, nährte seine Phantasie an Goethe und Fichte und
gab, wie sein Bruder erklärt, „seinen innern Reichtum in allerlei
Ungestalten von sich", in lauter Aphorismen und Fragmenten.
Dann malte er sich als den Helden seiner Lucinde, und dann
wieder kleidete er sich in frommes Gewand, um in das innere
Heiligtum zu gelangen, von Philosophie und Dichtung, und der
Göttin Schleier zu heben. Damals war es, daß auch seine Blicke
nach dem Orient sahen, um den Aufgang eines neuen Morgens,
die „Auferstehung der Religion" zu verkünden.

Im Frühjahr 1802, nach seiner Bekehrung, kam Friedrich
Schlegel mit seiner Gattin nach Paris. Es trieb ihn auch hier die
Romantik zu predigen, nur daß seiner Wirksamkeit der rechte
Boden, daß ihm der nötige Anhang fehlte. Seine Freunde, die
Fichte, Tieck, Bernhardi, Schleiermacher, Hülsen, die er von dort
auch um Beiträge für seine „Europa" angieng, ließen ihn im stich,
und er stand allein auf sich, auf seine eigenen Ideen beschränkt.
Da durchstöberte er denn die kaiserliche Bibliothek, lernte L. Langlès
kennen, den Bibliothekskonservator und dessen jüngern Kollegen
de Chézy, den Lehrer des Persischen, und durch beide Alexander
Hamilton, den englischen Marineoffizier, ein Mitglied der As. Gesellschaft von Kalkutta. Dieser war dort kriegsgefangen und wid-

mete seine unfreiwillige Muße der Durchsicht und Anordnung orientalischer, besonders indischer Handschriften, welche ehedem durch französische Missionare in die „Bibliothek des Königs" gekommen. Dabei schloß sich ihm ein kleiner Kreis von Gelehrten an, die auch Sanskrit lernen wollten, wie die genannten Langlès und Chézy, wie Fauriel u. a., wie dann unser Friedrich Schlegel.

Ein volles Jahr hindurch, 1803/4, genoß Schlegel diesen Unterricht des sanskritkundigen Engländers. Dazu benutzte er ein Manuskript, „welches einen ungenannten Missionar zum Verfasser hat", den Pater Delalane, wissen wir, der darin für angehende Kollegen eine Art Grammatik (nach dem Mugdhabodha des Vopadeva), den Amarakosha, „ein Realwörterbuch des Amara-Sinha mit einer lateinischen Erklärung", und drittens ein Wurzelwörterbuch, Kavikalpadruma, „d. h. der Dichter-Reichtums-Baum", gegeben. Unzulänglicher freilich hätten die Hilfsmittel für einen Anfänger kaum sein können, der darum auch alsbald an Textstücke gieng, die schon englisch übersetzt waren. Genug, fünf Jahre darauf erschien als erste und einzige Frucht dieses Studiums das Buch „Ueber die Sprache und Weisheit der Indier", Heidelberg, 1808.

Wenn es nun eine Offenbarung des romantischen Geistes gegolten, eine Darlegung seiner Ansicht und Auffassung vom orientalischen und besonders indischen Altertum, eine begeisternde, zu weiterm Vorgehen und Erringen oder Wiedererringen anfeuernde Ermunterung, so konnte das alles gar nicht schöner und besser als wie in dieser ewig merkwürdigen Schrift des jüngern Schlegel gemacht werden. „Das alte indische Sanskrito, d. h. die gebildete oder vollkommne, auch Gronthon, d. h. die Schrift- oder Büchersprache, hat die größte Verwandtschaft mit der römischen und griechischen so wie mit der germanischen und persischen Sprache. Die Aehnlichkeit liegt nicht bloß in einer großen Anzahl von Wurzeln, die sie mit ihnen gemein hat, sondern sie erstreckt sich bis auf die innerste Struktur und Grammatik. Die Uebereinstimmung ist also keine zufällige, die sich aus Einmischung erklären ließe, sondern eine wesentliche, die auf gemeinschaftliche Abstammung deutet. Bei der Vergleichung ergibt sich ferner, daß die indische Sprache die ältere sei, die andern aber jünger und aus jener abgeleitet." — So der Anfang, daran einige andere Sätze sich anschließen über eine geringe oder gar keine Verwandtschaft des Indischen mit der armenischen, der slawischen und keltischen Sprache, auch keine ursprüngliche mit dem Hebräischen und verwandten Mundarten und gar keine wesentliche mit der Menge der übrigen nord- und südasiatischen oder amerikanischen Sprachen. Und diese, wie es heißt, „einfachen aber viel umfassenden Resultate gewissenhafter Forschung zu ¦begründen und deutlich zu machen", ist das Absehen des Teils vom Schlegelschen Buch, welcher von der Sprache handelt.

Man muß sie gelesen haben, diesen und auch die andern Teile des Buches, um dessen Verdienst und Bedeutung zu würdigen. Da ist kein neues, kein wirklicher Fortschritt — auch mit dem Gewicht, welches auf „die innere Struktur und Grammatik" gelegt wird, kein wirklicher oder wirksamer Fortschritt, keinerlei Anbahnen einer neuen Forschung, weil die herrschende Theorie blendet. So wie zuletzt in dem Versuche, den Ursprung der Sprache zu erklären, eine letzte Verherrlichung der Herderschen Ideen, roh und verworren, weil sie einen Naturvorgang unmittelbar auf geistiges Gebiet übertrug, dunkel und mystisch, weil sie Wunder und Geheimnis anstatt klarer Erkenntnis setzt, und unwissenschaftlich, weil sie von unwissenschaftlichem Prinzip und ungenügender Kenntnis aus- und mit berauschendem subjektivem Gefühl statt mit nüchterner objektiver Beobachtung zu werke gieng. Aber bezeichnender, als in diesem und wie gesagt auch in den andern Teilen oder Büchern des Schlegelschen Werkes, bezeichnender für die Richtung des romantischen Geistes konnte nicht geschrieben, auch nicht frommer und eifriger für das indische Studium gewirkt werden. Und so liegt vornehmlich in der Anregung, welche das Werk auf Zeit- und Gesinnungsgenossen ausgeübt, das Verdienst des Verfassers und seiner Romantik.

Wie Friedrich Schlegel über Sprache und Sprachformen so sprach Georg Friedr. Creuzer über Götter, Mythen und Embleme, und seine geheimnisvolle Symbolik schöpfte reichste Belehrung aus der neuen Offenbarung über die „Sprache und Weisheit der

Indier". Auch dieser stützt seine Erklärungen auf die „Begabtheit lichten Gefühls", auf die unmittelbare Anschauung, deren
sich eine Urmenschheit erfreut und dgl. Kühne vage Etymologien,
natürlich auch altindischen Sprachwesens, durchschwirren das
mystische Halbdunkel seiner Darstellung. — So ähnlich Joh.
Arnold Kanne in seinen „Ersten Urkunden", einer Geschichte vor
aller. Geschichte. Wieder da allerhand Mythen und Sagen in
abenteuerlichem Aufputz etymologischen Wahnwitzes, Götter, Patriarchen, Könige und Helden in dergleichen buntem und phantastischem Flitter, aus entlegenem Sprachgut hervor gesucht. Im
weiteren (zum zweiten Bande) zu einem „System der indischen
Mythen oder Chronos und die Geschichte der Gottmenschen" u. s. w.,
waren besonders Friedrich Schlegels Beiträge zustatten gekommen.
Und ein geist- und phantasiereicher Kopf, versuchte er so viel und
mehr als er konnte und durfte daraus zu gewinnen.

Allgemein zeigte sich der Anklang und Einfluſs der Schlegelschen Schrift bei den Anhängern und Freunden der Schellingschen
Philosophie. In ihrem geist- und kunstreichen Systematisieren,
einem Verarbeiten aller Erkenntnis, von Natur- und Menschenleben
in jene „Poesie des Geistes", welche von Fichte aus- und über
Fichte hinaus gieng, erreichten sie die höchste Blüte romantischer
Bildungsform. Denn diese Lehre vom Absoluten, von dem „Einen
das zugleich alles ist", von seiner „Entzweiung" oder „Selbstoffenbarung", dem „Abfall der Ideen von Gott" — war eine
glänzende, allumfassende, aber auch recht eigentlich romantische,
weil poetisch-philosophische Weltanschauung. Ihre Methode, eine
platonisierende Mystik half über Schwierigkeiten, gesuchte und
ungesuchte Gegensätze und Widersprüche hinweg, auch dem
modernen Pantheisten leicht hinüber zur kirchlich frommen
Glaubensgemeinschaft. — In Herderschen Ideen begegneten sich
Schellingsche Darstellung und Schlegelsche Theorie, der theogonische
Prozeſs des einen unterstützte die Mythologie des andern, und beider
historische Phantasien giengen gemeinsam in einer sich rückwärts
entwickelnden oder vielmehr abwickelnden Gottesoffenbarung. An
den Ausgang solcher Entwickelung — die Einheit des göttlichen
und menschlichen in der „intellektuellen Anschauung" des Philo-

sophen — hatte die Romantik ihr Paradies des Menschengeschlechts gestellt, den Aufgang des seligen Gefühls, mit einem Worte den „Orient", gleichsam den Inbegriff alles poetisch herrlichen, philo-sophisch tiefen und erhabenen. Und all ihr Sehnen war und blieb dahin gerichtet.

Dort aber waren H. Th. Colebrooke und seine Landsleute weiter bemüht, wirkliche Funde aus den Schachten altindischer „Sprache und Weisheit" ans licht zu fördern und gelehrte „Brahminen" — ein Baburâma, die „Krone der Pandits" — waren dabei mit helfend und hand anlegend. So kamen älteste einheimische Lehrbücher und darnach abgefaßte neue heraus, so Wörter- und Textbücher allerhand Art und in reicher Anzahl. ˙ Anhebend, wo W. Jones stehen geblieben, mit einer Gesetzesammlung, be-greifen diese Ausgaben Auszüge und Episoden aus den größeren Volksepen, wie die Bhagavadgîtâ, kleinere jüngere Kunstepen, s. g. Purâna oder Legenden-Geschichten u. a. was wiederholt in Verzeichnissen aufgeführt worden. Und es ist das alles vorab aus den Jahren bis 1815, während deren Colebrooke in Indien war, seine namhaften wichtigsten Abhandlungen über indische Sprache und Literatur schrieb und da überall ermunternd und fördernd eingriff.

Freilich kam von dem allem noch wenig nach Europa, am wenigsten nach dem europäischen Kontinent, der Kontinentalsperre wegen. Aber es wäre anders auch wenig damit gedient gewesen. Denn bei aller ihrer verdienstvollen Arbeit waren die Sieger da noch unter der Obmacht der besiegten, von deren gutem Willen und Wissen noch zu sehr abhängig, um sich eignen Erwerbes oder Besitzes zu erfreuen. Noch fehlte es da an Kritik und wissen-schaftlicher Methode bei den Landsleuten David Hume's und Richard Bentley's. Abgesehen von Lehrbüchern und Glossaren, die für den Anfänger ganz „unpraktikabel" erschienen, wurden die Texte über-haupt den Handschriften so ähnlich wie möglich hergestellt, auch im äußerlichen, auch der Form nach. Irrtümer und Fehler waren gar nicht ausgeschlossen, auch gar nicht absichtliche Fälschung. Kurz, man konnte sammeln aber nicht sichten, und so lange dieß fehlte, ohne Freiheit und Selbständigkeit war kein Wissen, ohne Kritik keine Wissenschaft.

Doch war sie bereits angekündigt, und die Idee einer neuen Wissenschaft bereits in dunkeln allgemeinen Umrissen aufgestellt worden. Nicht auf grund der Forschungen im fernen Osten, sondern auf grund von solchen in einem entlegenen Winkel des Westens der alten Welt. Und der diese Forschungen anstellte und deren Ergebnisse ankündigte war, wie schon gesagt, Wilhelm von Humboldt.

Er hatte schon früher einmal an den „Dichter deutscher Nation", an seinen Freund Schiller über Sprache und Sprachorganismus geschrieben, als er im Jahre 1812, drei Jahre nach seiner Rückkehr aus Rom, in Friedrich Schlegels Deutschem Museum eine Schrift „über die vaskische Sprache und Nation" ansagte. In den entlegenen Gebirgstälern dieses Volksstammes hatte er sich im Jahre 1800 eine zeitlang aufgehalten, hatte die Eigenart jener Menschen und ihrer Sprache gesehen und beider vielleicht nahe bevorstehenden Untergang. Mit seinen Beobachtungen und Aufzeichnungen verbanden sich ihm Ideen über das Sprachstudium überhaupt, dessen Verhältnis zum Geschichtsstudium, anders gesagt, über Sprachen, ihr Sein und Verschiedensein im Leben und Wandeln der Völker; und er trug solche Ideen jahrelang mit sich herum. Dann war, wie er sagt, alles was er trieb im grunde Sprachstudium; und überall, wie bei ihm selbst, trat das Individuum in den Vordergrund, das er im Zusammenhang mit dem ganzen zu begreifen suchte und aus dem Ein- und Zusammenwirken von Natur und Geschichte.

Gegenüber nämlich dem freien und selbständigen im Bewufstsein seines Willens und seiner sittlichen Unabhängigkeit war und ist ein notwendiges allgemeines, zur Nation gehöriges, was den einzelnen Menschen (durch Rasse, Stamm und Nation) mit dem ganzen Menschengeschlecht verbindet, und hieraus, durch dessen fortdauernde Einwirkung auf die Entwickelung, entstehen, wie Humboldt erklärte, „immer andre und andre, mehr oder minder vollkommene, aber einander gegenseitig unterstützende und durch einander gewinnende Formen der Menschheit". — Nicht weniger

nun als die einzelnen grossen Begebenheiten und moralischen Um-
wälzungen zu verfolgen, die auf Vereinigung der kleinern Massen
gerichtet sind, habe die Weltgeschichte auch jenen Gesichtspunkt
zu ergreifen, von dem aus das Menschengeschlecht in seiner (ursprünglich) hauptsächlich durch die physische Natur bewirkten
Trennung betrachtet wird. Hierin aber müsse der Weltgeschichte
auf mannigfache Weise und vor allem durch genaue, ausführliche
und treue Beschreibungen einzelner Stämme vorgearbeitet werden,
und weil „der Unterschied der Nationen sich am bestimmtesten
und reinsten in ihren Sprachen ausdrückt", so müsse in einer
solchen Beschreibung das Studium der Sprache mit dem der Sitten
und der Geschichte zusammen stoßen.

    Humboldt weiß, wie wenig oder so viel wie gar nichts in
dieser Hinsicht geschehen, wie „das vereinte Sprach- und Geschichtsstudium" noch lange nicht zu einem befriedigenden Grade von
Vollkommenheit, ja nicht einmal dahin gelangt, daß es die Bearbeitung irgend eines einzelnen Teils in diesem Gebiete durch lei-
tende allgemeine Ansichten erleichtern könnte. „Es fehlt noch —
heißt es — an festen Grundsätzen, die Verwandtschaftsgrade der
Sprachen zu bestimmen; man ist noch zu wenig einig über die
Zeichen, welche die Abstammung verschiedener Völker von einander beurkunden; man begnügt sich noch viel zu häufig mit der
fragmentarischen Vergleichung einzelner Sitten, und einem paar
dutzend auf gut Glück aus einer und der andern Sprache heraus
gerissenen Wörter; es stehen noch in diesem grenzenlos weitem
Gebiete zu wenige Tatsachen als sichere Anhaltungs- und Vergleichungspunkte fest; man hat selbst noch zu schwankende Begriffe über die Art, wie die Sprache einer Nation zugleich Maßstab
und Mittel ihrer Bildung ist, um nicht die Vereinigung des Sprach-,
Geschichts- und Völkerstudiums zur Kenntnis und Würdigung des
Menschengeschlechts als eines großen in Rassen, Stämme und Nationen geteilten, Naturgesetzen und unabänderlich gegebenen Bedingungen unterworfenen, aber auch zugleich sich selbst durch
Freiheit bestimmenden Ganzen — für ein neues, wohl von fern
gesehenes, allenfalls flüchtig durchstreiftes, aber erst jetzt wahrhaft
zu bearbeitendes Feld anerkennen zu müssen."

Dieß sollte kein Vorwurf sein, erklärte Humboldt, sondern vielmehr eine Entschuldigung für die Aufgabe, die er sich gestellt, „eine Monographie des vaskischen Volksstammes" zu liefern. Ein glücklicher Zufall habe ihm diese in die Hände gespielt. Fast alle Fragen, welche man über den Bau und die Natur der reichsten und vollständigsten Sprachen aufstellen könne, fänden auch in der vaskischen ihre Beantwortung, welche daher in doppelter Rücksicht, für das Studium der Sprache im allgemeinen und für die Urgeschichte Europas „im hohen Grade" merkwürdig erscheine.

Auch eine Inhaltsangabe der drei Abschnitte, welche die Monographie umfassen sollte, war gegeben; aber die Monographie selbst ist niemals erschienen — bis auf einige vaskische Sprachproben, welche desselben Jahres im Königsberger Archiv für Philosophie u. s. w. niedergelegt, bis auf einige Wortregister und grammatische Bemerkungen, die bekanntlich als „Zusätze" im letzten Bande des Mithridates mitgeteilt wurden. Nicht auch an die aussterbende Vaskensprache in Spanien und Frankreich, sondern an ein kleines Denkmal einer bereits ausgestorbenen Dichtersprache im fernen Osten der alten Welt knüpfte Humboldt nachmals seine berühmte „Einleitung" an, seine Ideen des allgemeinen Sprachstudiums. Seine „Ankündigung" aber vom Jahre 1812, mit ihren „Fundamentalsätzen", ihren wie auch immer dunkel und mystisch gehaltenen Anschauungen, war und blieb die Ankündigung einer neuen Sprachwissenschaft. — Nun noch weniges.

Im selben Jahre hatte Jacob Grimm einige „Gedanken über Mythos, Epos und Geschichte" veröffentlicht, in eben demselben Schlegelschen Museum, worin Wilhelm von Humboldts Ankündigung erschienen. Da wurde der Wahrheit nachgefragt, welche hinter alten Fabeln und Sagen verborgen liegt, einer himmlischen, wenn heilige Offenbarung und Unendlichkeit in wechselnde Gestalt sich kleidet, einer irdischen, wenn „wie Gebirgsduft über Fernen tritt", so Mythos sich ausbreitet über vergangene Menschenzeit. Jene ist groß und erhaben, welche Menschen und Helden in Sterne und Götter wandelt, tröstlich aber die andere, welche auch die gewesenen Geschlechter uns nicht entfremdet. In die Durchdringung

beider, daſs weder rein historisches noch rein mythisches obwalte,
wird das Wesen des Volksepos und der Sage gesetzt. Und solches
versucht die Darstellung mit altdeutschen Beispielen zu erhärten,
aus den Namen und Fabeln auch der Frau Uta und der Frau
Berta vergleichend zu deuten, weil in beidem, wie es heißt, in der
Wortuntersuchung und Mythologie „die Richtungen und Streifen
sich höchst analog" sind und sich „wechselseitige Bestärkung" ge-
währen.

Auch diese „Gedanken" giengen auf ein neues, noch unbe-
bautes Feld der Wissenschaft und suchten mit tastendem Gefühl nach festen Punkten, daran die Probleme künftiger Forschung
zu knüpfen. In Wahrheit war das kein anderes als was auch die
„Ankündigung" in Aussicht genommen. Nur nicht bei fremdem
Volksstamme und nicht auf entlegenem Sprachgebiet, sondern in
der Arbeit auf heimischem Grund und Boden, im sinnigen Nach-
trachten der Denkmäler deutschen Altertums waren jene Gedanken
entstanden.

In der Arbeit und im Sinn für heimatliches Wesen groß gezogen, hatten Jacob und Wilhelm Grimm ihre schriftstellerische
Tätigkeit mit Aufsätzen im „Neuen literarischen Anzeiger" begonnen, 1807, und in der „Zeitung für Einsiedler" fortgesetzt.
Das war in der Zeit, als Deutschland verloren erschien, eine Beute
Frankreichs und seines kriegstüchtigen Tyrannen. Man hatte angefangen, für die verlorne politische Herrlichkeit einen Trost in
den literarischen Denkmälern deutscher Vergangenheit zu suchen,
und wieder waren es die Romantiker, von welchen diese Tröstung
ausgegangen. — Wie Ludwig Tieck in der Vorrede zu seiner Ausgabe der „Minnelieder aus dem schwäbischen Zeitalter", 1803,
über das Wissen vom Gemüt spricht als das Wissen von der
Poesie, über die Geschichte der Poesie als die Geschichte des Gemüts, von den ersten Offenbarungen und dem Wunderglauben der
Kindheit, der Phantasie u. s. w., so ähnlich hat Fr. Schlegel nachmals in seinem Buche „über die Sprache und Weisheit der Indier"
gesprochen. Und bei beiden auch ähnlich ist die gegebene Anregung.

Das war im Jahre 1807, als jene ersten Aufsätze erschienen.

1810 schrieb Jac. Grimm „über den altdeutschen Meistergesang", 1811 die Abhandlung „Irmenstraße und Irmensäule", als sein Bruder „Altdänische Heldenlieder" heraus gab. 1812 wurden von beiden zusammen „zum ersten mal in ihrem Metrum dargestellt und heraus gegeben die beiden ältesten deutschen Gedichte aus dem achten Jahrhundert, das Lied von Hildebrand und Hadubrand und das Wessobrunner Gebet". „Unsere Zeit kann nicht mehr unschuldig und grad erzählen", klagte Jacob Grimm, als er mit Wilhelm deutsche Kindermärchen sammelte, davon dann einige bereits in den nächsten Jahren veröffentlicht wurden. Auch die inzwischen vorbereitete Ausgabe der alten Eddalieder und „der arme Heinrich" des Hartmann von Aue wurden demnächst vollendet, 1815.

Seit 1813 hatten die beiden Grimm sich eine eigene Zeitschrift gegründet, die „Altdeutschen Wälder", welche in monatlichen Heften mit einiger Unterbrechung an drei Jahre lang erschienen, ein erstes und notwendiges Organ für ihre Forschungen auf altdeutschem Sprach- und Literaturgebiet. Deren Nutzen und Gewinn mußte auch Schlegel anerkennen, der ältere, Aug. Wilhelm, der als das Haupt der deutschen Romantiker galt und sich wußte und fühlte. Kritiker von Fach, heischte er nicht mit unrecht kritische Schärfe in bezug auf Zeit und Personen, auf das was einzelnen und was einem ganzen Volke, was der Geschichte und was der Sage angehört. Und wer überall Etymologien versuchte, durfte auch überall vor etymologischen Kunst- und Wagestücken gewarnt sein. Darin hatte Schlegel also recht, aber für die Sprache des Gefühls und Gemüts, für das volkstümliche in Sprache und Poesie hatte er kein rechtes Verständnis.

Er war in einem Alter mit Wilhelm von Humboldt. Seine „Briefe über Poesie, Silbenmaß und Sprache", 1795, betraten zuerst hierher gehöriges Gebiet und verdienten mehr Beachtung als sie fanden. Dann hatte Schlegel als Schriftsteller, als Uebersetzer und Kritiker bereits bedeutendes geleistet und sich einen Namen erworben, als er 1814 dem Beispiele seines Bruders folgte und Sanskrit zu lernen anfieng. Sein Lehrmeister in Paris war nicht sowohl oder gar nicht de Chézy, der Mitschüler des jüngeren

Schlegels bei Alex. Hamilton, als vielmehr ein jüngerer Mann, mit dem er nach seinem Ausdruck „oft gemeinschaftlich gearbeitet." Er hat auch den Namen desselben — Herr Bopp aus Aschaffenburg — zuerst öffentlich bekannt gegeben. Das war, wie wir wissen, in den Heidelberger Jahrbüchern, 1815.

Das Jahr darauf, 1816, erschien Franz Bopps Erstlingsschrift, welche das vergleichende Sprachstudium begründet hat. Und an diese Schrift und deren englische Weiterbearbeitung für die Oriental Annals knüpft der briefliche und persönliche Verkehr an zwischen Franz Bopp und Wilhelm von Humboldt.

———

Briefwechsel

zwischen Franz Bopp und Wilhelm von Humboldt.

(1819—1835.)

Franz Bopp an Wilh. von Humboldt.

1.

Hochgebietender Herr Minister!

Es ist mir eine sehr große Freude durch Ueberschickung beyliegenden Werkes, mit dessen gnädiger Annahme mich zu beehren ich Ew. Exellenz unterthänigst bitte, eine Gelegenheit zu haben mich in Ihrem Andenken zurückzurufen und mich Ihrer ferneren Gewogenheit ehrerbietigst zu empfehlen. Möchten Ew. Exellez dieses kleine Geschenk als ein Pfand meiner Verehrung und Dankbarkeit ansehen, und diesem ersten Versuche, einen Indischen Original-Text mit einer lateinischen Uebersetzung zu liefern, Ihre Theilnahme schenken! Es ist eine Episode aus dem Mahábhárat, die sich durch vorzügliche poetische Schönheit auszeichnet; ich habe mich bestrebt dem Original von Wort zu Wort zu folgen, und glaube daher, daß dieses Werkchen dem Studium der Sanskrit-Sprache zu einer angenehmen Einleitung dienen könne. Hier scheint man von ihm eine günstige Meinung zu hegen, indem man dessen Gebrauch auf der Orientalischen Schule zu Hertford eingeführt hat; Wilkins hat es der Ostind. Compagnie sehr gut anempfohlen.

Aber ohngeachtet einer so schmeichelhaften Aufnahme, die es bey den hiesigen Kennern des Sanskrits gefunden, würde ich dennoch, wegen des sehr großen und meine Erwartungen übersteigenden Kosten-Aufwandes, den mir der Druck desselben veranlaßt, Ursache haben diese Unternehmung zu bereuen, wenn sie nicht besonders dazu beyträgt meinem Gesuche um eine Anstellung und Verlängerung meines hiesigen Aufenthaltes ein günstiges Gehör zu verschaffen. Eine Empfehlung Ew. Excellenz würde mir in dieser Angelegenheit von dem größten Gewichte seyn, und mich der Erfüllung meiner Wünsche mit Zuversicht entgegen sehen lassen. Ich bitte Ew. Excellenz in sofern hierum, als Sie solches für gut achten und mich Ihrer Unterstützung nicht unwürdig finden, und bin von der Gnade Ew. Excellenz zu sehr überzeugt, als daß ich in diesem Falle eine Verweigerung meiner Bitte befürchten könnte.

Colebrooke hat, wie Ihnen wohl bekannt seyn wird, seine ganze

Manuskripten Sammlung der Ostindischen Comp. geschenkt, deren Bibliothek hierdurch im Fache der Indischen Litteratur zu einem außerordent-
lichen Reichthum herangewachsen ist. Ich wünsche daher meinen hiesigen Aufenthalt so sehr als möglich zu verlängern, besonders da ich jetzo
ein Studium der Veda's begonnen habe, wovon uns noch so wenig bekannt ist.

In tiefster Verehrung verharrt,

Hochgebietender Herr Minister,

London, am 5ten Sept. 1819   Ew. Excellenz
37 Windsor Terrace   Unterthänigster
City Road.
                                                  F. Bopp.

Wilh. von Humboldt an Franz Bopp.

2.

[1]*)   Berlin, den 9. Februar 1820.

Ew. Wohlgebohren haben mir durch die Uebersendung des Nalus
und Ihr gütiges Schreiben eine sehr große Freude gemacht, für die ich
Ihnen meinen wärmsten Dank abstatte. Wörtlich treue lateinische Uebersetzungen sind unstreitig das beste Mittel, das Studium des Sanskrit zu
befördern, und sie werden doppelt nothwendig, so lange es an leicht zu
habenden u. benutzenden Wörterbüchern mangelt. Es wäre unendlich
zu wünschen, daß es Ew. Wohlgeb. vergönnt seyn möchte, noch
längere Zeit in London bleiben, und für die Erforschung der viel-
fachen Schätze thätig seyn zu können, deren Benutzung Ihnen jetzt
zu Gebote steht. Ich würde mit Vergnügen dazu beitragen, weil ich,
ohne Ihnen das mindeste Schmeichelhafte sagen zu wollen, überzeugt
bin, daß es niemanden gegenwärtig giebt, von dem man sich soviel,
als von Ihnen, für die Kenntniß der Indischen Sprache u. Literatur
versprechen kann. Ich befinde mich aber in Verlegenheit, was ich dafür zu thun im Stande wäre. Ich wüßte kaum ein anderes Mittel, als
mich deshalb an den Kronprinzen von Baiern zu wenden. Ich gestehe
Ew. Wohlgeb. aber, daß, da es mir an aller Veranlassung fehlt, Sr.
Königlichen Hoheit zu schreiben, und ich in so sehr langer Zeit nicht
das Glück gehabt habe, Ihnen nahe zu seyn, ich nicht wage, einen
Schritt deshalb zu thun. Auch ist der Kronprinz immer zur Unterstützung wissenschaftlicher Untersuchungen so bereit, und gewiß von
Ew. Wohlgeb. Verdienstlichkeit so überzeugt, daß ich meine Verwen-
dung deshalb für unnütz halten muß. Sollte sich mir aber auf eine
unvorhergesehene Weise eine Gelegenheit zur Beförderung Ihrer Ziele er-
öfnen, so seyn Sie gewiß versichert, daß ich sie mit dem lebhaftesten
Vergnügen ergreifen werde.

----

*) Die Ziffern in Klammern geben die Nummer, welche die Humboldt-
briefe in den Noten (zu Verweisungen und Anführungen im Texte) haben.

Da ich jetzt eine sehr erwünschte Muße genieße, so habe ich Ew. Wohlgeb. frühere Schrift über das Conjugationssystem aufs neue, u. mit ebensoviel Belehrung, als Vergnügen gelesen. Die genauere u. tief eingehende Analyse grammatischer Formen ist für die Erkennung u. Beurkundung der Verwandtschaft der Sprachen ein ebenso sicheres als noch wenig benutztes Mittel, u. trägt ebensoviel zur Aufklärung des Sprachbaues überhaupt bei. Die Alt-Indische Sprache bleibt nach demjenigen, was Ew. Wohlgeb. sehr befriedigend entwickelt haben, ein Muster in der Hervorbringung grammatischer Formen durch bloße Umbiegung u. innere Veränderung der Laute, entgegengesetzt den durch sichtbare Agglutination erstehenden Sprachen. Sehr wünschte ich indeß, daß Ew. Wohlgeb. sich hierüber bei einer andern Gelegenheit noch mehr u. näher erklärten, um der Frage näher zu kommen, ob es wohl einen ursprünglichen Unterschied zwischen flectirenden u. agglutinirenden Sprachen geben mag, oder ob der, den wir jetzt unleugbar bemerken, nur ein daher entstandener ist, daß die Bedeutung der agglutinirten Silben verloren gegangen ist, sie selbst sich in der Aussprache abgeschliffen haben, u. daher jetzt nur als Flexionen erscheinen. Daß das Sanskrit wirklich das Hülfsverbum einverleibt, daß die Personenendungen von Pronomina herkommen, erkennen auch Ew. Wohlgeb. an. Es fragt sich nun, wie es mit den übrigen Umbiegungen sich verhalten mag. Ich meinerseits bin sehr geneigt, die Flexion zum allergrößten Theil, als von ehemaliger Agglutination herkommend anzusehen, u. den ganzen Unterschied daher für einen geschichtlichen zu halten, der jedoch nicht bloß, und nicht einmal eigentlich Beweis des Alters, sondern vielmehr u. zugleich wenigstens der erlittenen Veränderungen einer Sprache ist. Denn unter gewissen Umständen kann eine Sprache sich viele Jahrhunderte hindurch in einem Zustande der Reinheit befinden. Demungeachtet giebt es Biegungen, die ich durchaus für Flexion auch ursprünglich halten möchte u. würde. So ist es mir nicht wahrscheinlich, ob man gleich allerdings die Möglichkeit nicht bestreiten kann, daß der Umlaut je aus einer Agglutination entstanden sey, u. gewisse Flexionen sind zugleich so bedeutend, u. in Sprachen so allgemein, daß ich sie auch ursprünglich zu nennen geneigt wäre, wie z. B. das i des Dativs, das m desselben Casus bei uns, die beide mit dem schärferen Laut die Aufmerksamkeit auf die abweichende Natur dieses Casus ausdrücken zu wollen scheinen, der in der That nicht, wie die anderen, ein einfaches, sondern ein doppeltes Verhältniß anzeigt. Es läßt sich auch sehr wohl denken, daß, ohne, gewiß zu erweisende, conventionelle Bezeichnung, der Mensch auf ähnliche Weise, als er, durch Aehnlichkeiten des Lauts mit den Gegenständen geleitet, Wörter schuf, auch ebenso Verhältnisse bezeichnen konnte, wenn gleich in den meisten Fällen er hierzu das Mittel ergriff, wirkliche Wörter zusammenzustellen u. nur in der Aussprache zu verbinden. Denn im Ganzen kann man sich den Ursprung aller Grammatik wohl nur so denken, daß der Mensch die Sprachelemente nah neben einander stellte, und nun durch das Bedürfniß, sie, als Rede, verbunden darzustellen, zu Veränderungen der Laute und

Bildung von Gewohnheiten, die in Regeln übergiengen, genöthigt wurde.
Ganz werden sich diese Probleme nie auflösen lassen, u. selbst, ob
z. B. im Griechischen *verbo* überall, u. bloß das Hülfsverbum zur
Personenbildung mit der Stammsilbe verbunden ist, oder auch die
Pronomina selbst? dürfte unmöglich jetzt zu ergründen seyn, so
sehr wichtig der Unterschied auch in der That ist. Allein es ist
sehr gut, wenn man nur gewisse allgemeine Sätze hinstellen kann,
wie Ew. Wohlgeb. gethan haben, z. B. daß es dem Geiste des Alt-
Indischen widerspricht ein Verhältniß durch Anhängung mehrerer Buchstaben auszudrücken, die sich als ein eigenes Wort ansehen ließen,
wo man aber doch die Einschaltung des Hülfsverbi, das sich allerdings
so betrachten läßt, ausnehmen muß, daß die Personen-Endungen pronomina sind u. s. f. Ueber den Infinitiv kann ich Ew. Wohlgeb. Meynung nicht ganz theilen. Ich halte ihn wirklich für einen Modus, der,
gleich dem Participium, wo es wahrhaft ein solches ist, Verbum- u.
Nomennatur in sich vereinigt. Er ist der Begriff des Verbum ohne alle
Bestimmung von Person, u. selbst manchmal von Zeit, allein er behält,
wenn er sich auch dadurch abstracten Substantiven nähert, doch die
eigentlichste Natur des Verbi, als Bewegung gedacht zu werden. Ich
wünsche zu besitzen ist ganz Leben u. Bewegung; ich wünsche mir das
Besitzen, oder gar den Besitz ist dagegen todt u. starr. Es ist ein Vor-
recht der Sprache, in demjenigen was logisch ganz dasselbe ist, durch
ihre eigenthümliche Natur Unterschiede zu bilden, u. den gleichen Gegenstand selbst zum gleichen Zweck auf verschiedene Weise mit sich in Verbindung zu bringen. Ich kann auch nicht in die Idee der Ableitung des
griechischen Infinitivi aus dem Participium einstimmen.

Aber ich würde nicht aufhören, wenn ich in alle interessante Untersuchungen eingehen wollte, die Ew. Wohlgeb. in Ihrer wirklich äußerst
gehaltreichen Schrift theils erschöpft, theils angeregt haben.

Herrn Wilkins bitte ich Sie sehr, mich zu empfehlen, u. ihn zu
erinnern, daß er mir ein Exemplar seiner Indischen Wurzeln zu verschaffen versprach. Ew. Wohlgeb. würden mich sehr verbinden, wenn
Sie H. v. Bülow eines für mich übergeben könnten. Auch würden Sie
mich sehr verpflichten, wenn Sie mir sagten, was wohl zur Erlernung
der Elemente des Sanskrit noch für Schritte nützlich seyn könnten. Ich
besitze, außer der Ihrigen, bloß Wilkin's große Grammatik.

Empfangen Ew. Wohlgeb. die erneuerte Versicherung meiner herzlichen u. ausgezeichneten Hochachtung.

                                                    Humboldt.

Franz Bopp an Wilh. von Humboldt.

3.

Ew. Excellenz haben mir durch den Brief, womit Sie so gnädig
gewesen mich zu beehren, eine sehr große Freude gemacht. Die lehrreichen Bemerkungen, die derselbe enthält und die mir zu jeder Zeit

sehr willkommen gewesen wären, haben mich um so mehr erfreut gerade jetzt, wo ich mit einer Englischen Umarbeitung meiner Sprachvergleichung beschäftigt bin; nämlich für eine Litteratur-Zeitung, die unter dem Tittel „*Annals of Oriental Literature*" im künftigen März zum erstenmal erscheinen soll.   Ich erbitte mir im voraus die gnädige Erlaubniß Ew. Excellenz meine Arbeit zu Ihrer Prüfung zuschicken zu dürfen.

Ich bin jetzo ganz der Meinung Ew. Excellenz, daß es in allen Sprachen nur wenig eigentliche Flexion gebe und daß das, was man mit Recht so nennen dürfte, in der Sprachbildung nur eine geringe Rolle spiele. Man ist aber gewöhnlich mit dem Namen Flexion zu freygebig, und Ew. Excellenz haben gewiß Recht, daß solche Flexionen ursprünglich Worte für sich gewesen sind, deren Bedeutung mit der Zeit verloren gegangen. Ich erkenne jetzo in der Sanskrit-Sprache nur 2 Flexionen, nämlich Veränderung des Stammvokals und Reduplikation; alles übrige halte ich für Zusammensetzung.   Jene 2 Flexionen existiren aber in beynahe allen Sprachen, selbst in Amerikanischen Sprachen findet man die Reduplikation, und ich erinnere mich, daß mich H. Bar. Alex. Humboldt darauf aufmerksam gemacht habe, daß in einer derselben der Pluralis durch die Reduplikation angedeutet werde. Fr. Schlegels Sprach-Eintheilung in Organische und Mechanische, fällt also ganz zu Boden und ich werde mich stets bestreben das Entgegengesetzte zu beweisen. Dieses thue ich auch in meiner jetzigen Arbeit, wo ich von den Wurzeln ausgehe, zeigend, daß, indem diese einsylbig sind und eine Sylbe nur weniger Umbiegungen fähig ist, man schon *a priori* schließen könne, die Indische Grammatik müsse sich vorzüglich durch Zusammensetzung bilden.   Zusammensetzung, sowohl in den frühesten Elementen als in späterer Wortbildung, ist wirklich ganz der Geist der Sanskrit-Sprache.

Die Sanskrit-Sprache entschöpft nicht einmal die organischen Umbiegungen deren sie fähig ist, und sie verschwendet zum Theil ihre Fähigkeiten hierzu unnützer Weise, d. h. ohne dadurch grammatische Verhältnisse anzudeuten.

Ew. Excellenz werden gewiß bemerkt haben, daß in der Conjugat. ein radikales *i* gewöhnlich in *ê* und so *u* in *ô* verwandelt werde, ohne irgend eine Modification der Bedeutung, z. B. von der Wurzel *vid* kommt *vêdâni*, ich soll wissen, *vêdâma*, wir sollen wissen, *viddhi* (st. *ridhi*), du sollst wissen. Was soll hier durch die Veränderung des *i* in *ê* ausgedrückt werden? — An einer einsylbigen Wurzel ist außer der gewöhnlichen Reduplikation und Veränderung des Stammvokals noch eine andere Flexion möglich, die aber vielleicht in keiner Sprache vorkommt, nämlich die Reduplikation des letzten Consonanten mit dem Stammvokal, wenn man z. B. von *vid* nicht nur *virid* bildete, sondern auch *vidid*, und so von *tup*, *tupup*, zur Ausdrückung irgend eines grammatischen Verhältnisses.

Ich habe gar keine Zeit versäumt die Aufträge zu erfüllen, womit mich Ew. Excellenz beehrt haben.   Wilkins läßt sich Ew. Excellenz ehrerbietigst empfehlen, bey Uebersendung seiner *Radicals*, die ich bereits Hr. v. Bülow übergeben habe.   Auch habe ich Hr. Wilkins bemerkt, daß

Hamiltons Analyse des Anfangs des Hitopadêsa Ew. Excellenz vielleicht
nützlich seyn könnte, und er übergab mir ebenfalls ein Exemplar, bloß
9 Bogen enthaltend, welches ich zu Hr. von Bülow gebracht. Diese
Analyse ist nicht im Verkauf, sondern bloß für das Orientalische Coll.
in Hertford verlegt. Indem Ew. Excellenz von Hamiltons Analyse ohne
die gedruckte Ausgabe des Hitopadêsa keinen Gebrauch machen könnten,
so habe ich Hr. v. Bülow gebeten diesselbe beizufügen, überzeugt, daß
ich hierdurch den Wünschen Ew. Excellenz nicht entgegen handeln würde.
Außer den erwähnten Schriften kenne ich keine Elementar-Werke, die
das Sanskrit-Studium erleichtern könnten. Die Ausgabe des Râmâyana
mit Englischer Uebersetzung (bis jetzt 3 Bände) ist Ew. Excellenz bekannt.

Mein hiesiger Aufenthalt ist auf ein Jahr, das heißt bis künftigen
Oktober, verlängert worden.

Ich bitte Ew. Excellenz mir Ihre Gunst zu erhalten und der tief-
schuldigsten Verehrung versichert zu seyn, womit ich verharre,

Hochgebietender Herr Minister,

London den 5ten März 1820   Ew. Exzellenz
37 Windsor Terrace   Unterthänigst gehorsamster
City Road.   F. Bopp.

Wilh. von Humboldt an Franz Bopp.

[2]   4.

Ew. Wohlgeb. freundschaftliches Schreiben hat mir um so mehr
Freude gemacht, als ich fast ausschließend jetzt mit grammatischen Gegenständen beschäftigt bin. Ich beabsichte nemlich ein ausführliches
Werk über die Amerikanischen Sprachen, u. eile soviel ich kann, damit schnell vorzurücken. Es ist aber ein sehr weites Feld, u. wenn
man, wie ich es für unerläßlich halte, jede Sprache, auch die ungebil-
detste, mit gewissenhafter Genauigkeit behandeln, u. in ihre kleinsten
Analogien hinein verfolgen muß, so ist die Bearbeitung von 25—30.
unter Einen Gesichtspunkt in grammatischer u. lexicalischer Hinsicht
zugleich allerdings ein Zeit raubendes Unternehmen.

Ich freue mich, daß auch Sie finden, daß das Meiste in den Sprachen
Zusammensetzung ist. Sehr richtig geben Sie, außer diesem, als tech-
nisch grammatische Mittel noch die Vocalveränderung, vorzüglich die,
welche man im Deutschen Umlaut zu nennen pflegt, u. die nur eine
Veränderung desselben Vocals, nicht Vertauschung mit einem andern ist,
u. die Reduplication an. Es mag keine Sprache geben, in welcher die
letzte gar nicht vorkäme. Allein die Sprache, die sich ihrer am meisten,
so viel mir bekannt ist, bedient, ist die Mexicanische. In dieser ist sie
allerdings Pluralzeichen, jedoch nicht einziges, nicht einmal hauptsächli-
ches. Alle belebten Gegenstände bilden ihren plural durch Affixe, nur

die unbelebten, wenn man an ihnen, was nicht nothwendig ist, einen plural ausdrücken will, redupliciren eine Silbe. Dann geht denn aber die Reduplication zum Theil auch auf die belebten über, u. wird den Affixen hinzugefügt. Der Unterschied der ursprünglichen u. nicht ursprünglichen Sprachen in Absicht der Reduplication ist, soweit ich es gefunden habe, daß sie in den ersten wirklich auf die Fälle beschränkt ist, in welchen eine Wiederholung in der Sache liegt, in den andern dagegen in anderm vorkommt, worauf man diesen Begriff gar nicht, oder höchstens metaphorisch anwenden kann. So bei den perfectis im Griechischen u. Deutschen. Die metaphorische Bedeutung findet sich zwar auch in ursprünglichen Sprachen. So heißt Mexic. *huc-ca* (*ca* ist bloßes *affixum*) weit, *huchuc*, ein Geist, dessen Leben weit weit weg ist. Indeß ist es merkwürdig, daß andre Amerikanische Sprachen, ganz in der Nähe der Mexicanischen, fast gar keine Spur von Reduplication haben. — Ich habe indeß hier nur von der Reduplication in grammatischer Rücksicht gesprochen. Sie findet sich aber auch in lexicalischer, u. wie ich sehe, da auch in Fällen, wo der Begriff der Wiederholung nicht ist, u. jeder erkennbare Grund sonst in der Bedeutung wegfällt. Alsdann rechne ich sie bloß zu dem Lautsystem einer Nation, ebenso, als die eine härtere, die andre weichere Töne, die eine diese, die andre jene vorherrschenden Buchstaben hat. In dieser Beziehung vorzüglich kommen nun auch Erscheinungen vor, die ich Abarten der Reduplication nennen möchte, obgleich diese Abarten auch zum Theil, als Bildungsmittel grammatisch gebraucht werden. So ist, was Ew. Wohlg. von dem Sanskrit anführen, wenn von *vid vivid* u. *vivid*, von *tup tupup* gebildet wird. Wie man die Reduplication mit einem Reime vergleichen kann, so ist dies gleichsam eine Assonanz. Es findet sich aber auch in anderen Sprachen. Namentlich hat die Totonaca-Sprache (in Neu Spanien) das Nemliche. Um eine gewisse Art von Verben zu bilden, setzt man eine Silbe an sie an, welche einen Vocal zwischen zwei *n* einschließt (*nan, nen* u. s. f.) oder nimmt zum Vocal den vorletzten des Stammes des Verbum, dessen Endvocal wegfällt. So wird aus *xtega*, *xteg-nen, zquin, zquinin*. In andern Fällen, bei Pluralen, Participien begnügt man sich mit der bloßen Vocal-Wiederholung, u. bildet einen Consonanten mit einem Vocale vor, oder nach sich an, indem man zu diesem immer den letzten des Verbum selbst nimmt; aus *lacalogza* wird *lacalogzot, talincxa, talincxit, xanat, xanatna, chochot chochotno*. Viel allgemeiner, u. durch die ganze Sprache gehend ist ein ähnliches Gesetz im Ungrischen. Alle Vocale sind in starke, *a, o, u*, u. weiche *e, i, ö*, eingetheilt u. je nachdem ein Wort Vocale der ersten, oder zweiten Classe hat, kann es in der grammatischen Anbildung nur Vocale gleicher Art bekommen, aus *fog* wird *fog-ak*, aus *hall hall-ok* od. *hall-unk*, aus *mez mez-et*, aus *ker, kerünk*. Dies kann nicht mehr Bildungsmittel genannt werden, sondern ist bloß phonetische Eigenheit des Lautsystems der Sprache. Etwas ganz Aehnliches findet sich im Finnischen. So hat man also eine Folge von Stufen der Reduplication: 1., Classengleichheit des Vocals. *hallok*, 2., Wiederholung des Vocals,

4*

xanat-na, 3., Wiederholung des Vocals mit Gleichheit der ihn ein-
schließenden Consonanten, *ridül*, 4., Wiederholung der ganzen Silbe,
aber mit einem fremden Zusatz, *rivid*, 5., reine Wiederholung der Silbe.
Diese kommt im Mexicanischen nur bei Silben vor, die aus einem Consonanten u. einem Vocal bestehen; schließt ein zweiter Consonant die
Silbe, so reduplicirt man bloß den ersten u. den Vocal, aus *cihuatontli*
wird *cihuatotontli; giebt es im Sanskrit wohl Wiederholung einer Silbe
mit Anfangs- u. Schlußconsonanten? 6., Wiederholung des ganzen, auch
mehrsilbigen Stammworts. So in der Mixteca Sprache. *yo-sacu-n-di*
(die unterstrichenen Silben sind affixa) wird im Frequentativo zu *yo-
sacu-sacu-n-di*, od. wenn man noch mehr frequentative Natur hinein
legen will *yo-sacu-yo sacu-n-di*. Noch habe ich bei diesen Stufen der
Reduplication die Wiederholung des bloßen Consonanten mit einem andern Vocal, τετυψα, ausgelassen, u. hätte noch hinzusetzen können, daß
die Mexicanische Sprache auch, doch ohne daraus eine Formationsregel
zu machen, Silben dreimal wiederholt. Um von dieser zu langen Di-
gression über die Reduplication zurückzukommen, gestehe ich Ew. Wohlgeb. doch, daß ich nicht ganz mit mir einig bin, ob es nicht, wenn
auch nur in einigen Fällen, eine Flexion geben sollte, die zu keiner Zeit
Agglutination gewesen wäre, wo der in der Flexion hinzukommende Buchstabe nicht Ueberbleibsel eines ehemals mit Bedeutung versehenen Wortes
gewesen, sondern für sich selbst zur Bezeichnung des Flexionsfalles gewählt wäre. Da man schlechterdings keine bloße Uebereinkunft in
Sprachen annehmen kann, so müßte der Grund der Wahl solches Flexions-
buchstabens in seiner Natur selbst liegen. Um ein Beispiel anzuführen,
so scheint mir die Bezeichnung des Dativs mit *i* in vielen Sprachen, u.
mit *m* im Deutschen dieser Art. Beides sind scharfe Töne, u. *m* vorzüglich muß mit besonderer Sorgfalt ausgesprochen werden, um es von
n zu unterscheiden. Der Dativ ist eben auch ein Casus, auf den es
nothwendig ist vorzugsweise aufmerksam zu machen. Denn er ist unter
denen, welche die allgemeine Grammatik als nothwendig darstellt, der
einzige, ein zwiefaches Verhältnis bezeichnende.

Ich schließe aber endlich dies lange allgemeine Geschwätz, mit dem
ich Ew. Wohlgeb. zu ermüden fürchten muß. Ich danke Ihnen ausnehmend für die mir überschickten Bücher, u. bitte Sie, auch Hrn. Wilkins
meinen lebhaftesten Dank abzustatten. Die Analyse des Hitopadesa wird
mir überaus nützlich sein, wenn ich, wie ich hoffe, ernstlich an das
Studium des Sanskrit komme. Für die Sicherheit des richtigen Lesens
hätte ich sehr gewünscht, daß die Sanskrit Werke öfter in unserm
Buchstaben zugleich gedruckt wären. In Wilkins' Grammatik ist zwar
eine solche Anweisung, aber überaus kurz, so daß sie wohl schwerlich
alle vorkommenden Fälle enthält. Sollte es eine andre ähnliche für
das Hertford College geben, so würde ich Sie sehr darum bitten.

Ich freue mich sehr, daß Ew. Wohlgeb. Aufenthalt in London
nunmehr bestimmt verlängert ist. Er wird den Wissenschaften sehr
nützlich seyn. Erhalten Sie mir Ihr gütiges Andenken, u. geben Sie
mir manchmal Nachricht von Sich. Es wird mir nichts angenehmer seyn,

als mich mit Ihnen von Zeit zu Zeit über Gegenstände gemeinschaft-
licher Studien zu unterhalten. Mit der aufrichtigsten u. ausgezeichnetsten
Hochachtung

Ew. Wohlgeb.

Berlin, den 27. April, 1820.   ergebenster
                                                Humboldt.

[3]*)   5.

Ich bin wahrhaft beschämt, Ew. Wohlgeboren so gütigen und ausführlichen Brief vom 20. Jun. v. J. erst heute zu beantworten. Ich
erhielt ihn aber erst spät, und als ich auf dem Lande war. Das Lesen
Ihrer interessanten Schrift zog mich dergestalt an, daß ich den Vorsatz
faßte, nunmehr einen ernstlichen Versuch mit der Erlernung des Sanskrit zu machen. Dennoch konnte ich hierzu erst in der Mitte Novem-
bers, wo ich zu meinen Büchern in die Stadt zurückkehrte, kommen.
Nachdem ich nun einige, wenn auch noch sehr geringe Kenntniß erlangt
habe, bin ich zu einer neuen Lesung Ihrer Abhandlung geschritten, und
kann Ew. Wohlgeboren nicht sagen, wieviel Nutzen und Vergnügen ich
daraus geschöpft habe.

Sie ist gewiß der erste so ausgezeichnet gelungene Versuch einer
vergleichenden Analyse mehrerer Sprachen, und über die Richtigkeit der
aufgestellten Hauptsätze kann, meines Erachtens, kein Zweifel obwalten.
Sie haben vollkommen bewiesen, daß auch das Sanskrit nur durch Agglutination seine grammatischen Formen bildet, und daß der von Fr. Schlegel
gemachte Unterschied zwischen Sprachen, welche diese und anderen,
welche die Inflexion anwendeten, so wie ich immer geglaubt, ein aus
mangelhafter Sprachkenntniß entstandener Irrthum ist. Es ist ungemein
zu wünschen, daß Ew. Wohlgeboren diese Arbeit fortsetzen, und auch
die Declinationen, und dann die Wortbildung selbst abhandeln mögen.

Gegen einiges Einzelne aber hätte ich allerdings Bedenken, ob ich
gleich selbst noch sehr zweifelhaft bin, ob Ew. Wohlgeboren Meynung
nicht die richtigere seyn möchte. Ich gestehe aber, daß ich mich noch
nicht davon überzeugen kann, daß das Futurum der Griechischen Conjugation, sammt der davon abgeleiteten Zeiten, aus einer Verbindung der
Stammsilbe mit dem auxiliare entstanden seyn soll. Schlagende Beweis-
gründe, daß dies geradezu unmöglich sey, wüßte ich allerdings nicht
anzugeben. Allein die Behauptung selbst scheint mir auch nicht solche
zu haben, welche die Ueberzeugung abnöthigten. Daß der Gebrauch
dieser Verbindung gerade die Bedeutung des Futuri gegeben habe (S. 45.)
kann doch einer willkührlichen und nicht ganz natürlichen Annahme
ähnlich scheinen. Ew. Wohlgeboren führen zwar das Französische *j'aimer-
ai* an, und so wie man ich werde lieben durch ich habe zu lieben
umschreiben kann, so könnte man es wohl auch durch ich bin da, um
zu lieben. Allein geradezu erlaubt das Griechische doch wohl nicht

———
*) [Dieser Brief ist schon in Techmers Ztschr. (1889) IV, 61—66, mit
Fr. B.'s Abh. aus den Or. Annals zum Abdruck gelangt.]

die Zusammenstellung mit dem Französischen. Dieses ist eine aus wirklicher Corruption einer vorhandenen gebildeten Sprache entstandne, und diese Conjugations-Form gehört gerade dieser Corruption an. In solchem Verhältniß stand, wie ihr ganzer Bau beweist, die Griechische Sprache offenbar nicht. In den Französischen und in ähnlichen Spanischen Phrasen findet man auch, wie Sie selbst bemerken, das Pronomen zwischen beide Verben eingeschoben. Auch dies fehlt hier. Daß Sprachen für die Haupttempora eine Bezeichnung haben, ist in sich natürlich und gewöhnlich, und es ist mir nicht glaublich, daß dem Griechischen eine solche, für das Futurum ganz eigentliche gefehlt haben sollte. Im Fut. 2. ist die Verkürzung (Elision des Doppelconsonanten) Zusammenziehung, und in einigen Verben die Buchstabenveränderung sehr merkwürdig. Wäre das Fut. 2 immer Verbindung mit dem Auxiliar, nur mit weggeworfenem σ (so wie das fut. 1. oft in dieser Annahme ε wegwirft) so ließe sich, dünkt mich, nicht erklären, warum στέλλω in σταλῶ verwandelt wird. Diese Veränderungen scheinen mir wahre Inflection, Absicht des Redenden, dadurch daß er das Wort für das Ohr auffallend macht, die Aufmerksamkeit auf eine andere Zeit, als die gegenwärtige zu richten. Eine ähnliche Beschaffenheit kann es mit dem σ fut. 1. haben, und die Wahl dieses Buchstabens ist nicht unnatürlich, da er kein wahrer Buchstabe, sondern mehr ein verstärkter Hauch, ein Zischlaut ist.

Indeß sind dies mehr Einfälle, als Wiederlegungen, und ich setze selbst auf dies Raisonnement um so weniger Werth, als ich doch auch glaube, daß in der Griechischen Conjugation sehr leicht eine mit dem auxiliare stecken kann. Der aor. 1. pass., ja die ganze Conjugation in ω sieht allerdings völlig so aus.

Ein anderes Bedenken habe ich gegen die Vergleichung des Augments mit dem α privativum. Die Annahme scheint mir zu künstlich. Ich stimme zwar auch Ew. Wohlgeboren Meynung bei, daß es nicht wahrscheinlich ist, daß der das Augment bildende Vocal gerade Vergangenheit bedeutet habe, und nun aus ihm und dem verbum ein zusammengesetztes Wort gemacht sey. Aber die Sprache will in vielen Fällen mit der Beschaffenheit der Töne eines Worts den Begriff nachahmen, und es scheint mir eben so natürlich, daß sie daher dem Ausdruck der Vergangenheit Silben, vorzüglich tönende Vocale voranschickt, um dadurch die Vergangenheit gleichsam zu mahlen, als daß sie dem futurum durch Accentuirung oder sonst mehr Raschheit, oder Stärke giebt, um die Kraft des Entschlusses und Willens, dessen Begriff sich immer an die Zukunft knüpft, auszudrücken. Ew. Wohlgeboren erwähnen gegen Ihre eigne Behauptung, daß dann auch die futura augmente haben müßten. Hierbei muß ich bemerken, daß ich nicht begreife, wie Wilkins in seiner Grammatik § 157 das 7. tempus, welches nach § 154. 155. eben dies fut. 2. ist, zu denen rechnen kann, welche α vor der Wurzel annehmen. Nach der Stelle in Ew. Wohlgeb. Schrift scheint dies nicht der Fall zu seyn, und die § 350 u. f. gegebnen Beispiele haben auch kein augment.

Eine zugleich sehr scharfsinnige und richtige Bemerkung ist es, wo Ew. Wohlgeboren S. 38 sagen, daß die Sprachen oft einen umgekehrten Gang genommen haben, als der ist, welchen ihnen die Grammatiker anweisen. Sie erwähnen dies bei Gelegenheit der Ableitung der tempora vom Participium. Gewiß haben Sie sehr recht, daß die Participien der Bildung der Conjugation vorausgehen, nicht aber nachfolgen, obgleich auch dies mit Unterschied verstanden seyn will. Das Participium ist der constitutive Begriff des Verbi, welches nichts anders ist, als die Zusammenfassung eines Subjects mit einem Participium. Ich kann bei dieser Gelegenheit die Bemerkung nicht unterdrücken, daß Ew. Wohlgeboren wo Sie S. 13 vom Verbum sprechen, mir die von Silvestre de Sacy in seiner allgemeinen Grammatik vorgetragenen Ideen im Sinn gehabt zu haben scheinen. In demjenigen, was Sie gerade berühren, ist auch nichts, das ich nicht unterschreiben möchte. Allein sonst läugne ich nicht, daß ich, nach genauem Studium der Sacy'schen Schriften hierüber, mich überzeugt habe, daß seine allgemeine Grammatik wirklich ein höchst schwaches Buch ist, was auch viel Irriges enthält. Dagegen scheint mir Bernhardi in seiner kurzen Sprachlehre ungemein geistvoll und im Einzelnen richtig. Es giebt auch in diesem Buch Kapitel, die ich nicht für gelungen halte, allein die Entwicklungen der Grammatischen Urbegriffe scheinen mir vollkommen erschöpfend. Vergleichen nur Ew. Wohlgeboren in beiden Büchern einmal die Lehre der tempora, wie consequent und philosophisch sie in Bernhardi ist, und gerade diese gründet sich auf die richtigen Begriffe vom Participium und ist nur durch sie möglich. Bei dieser Gelegenheit wünschte ich wohl von Ihnen zu hören, ob das Sanskrit auch alle 12 tempora so vollständig, sey es auch durch Umschreibung bildet, als das Griechische durch seine Conjugation, durch τυγχάνω und μέλλω. Merkwürdig ist es, daß das Mexicanische hierin ausgezeichnet vollständig ist. Wilkins scheint mir von keinem festen Begriff von der Zahl der möglichen und nothwendigen tempora ausgegangen zu seyn, wie doch jeder Grammatiker sollte, um beurtheilen zu können, wie die von ihm bearbeitete Sprache hierin die Forderungen des Denkens erfüllt. Um aber auf das Participium zurückzukommen, so geht dasselbe, als durch den Begriff und seinen Inhalt gegeben, gewiß der Bildung der Conjugation voraus, aber als wirklich mit bestimmter Endung versehene grammatische Form mag es doch in manchen Sprachen und Fällen wohl erst nach der Conjugation und durch sie selbst gemacht werden.

Außer dem ungemein großen Interesse, welches mir der Hauptinhalt Ihrer Schrift eingeflößt hat, ist sie mir auch in vielen Nebenpunkten überaus lehrreich gewesen. Mehreres habe ich darin gefunden, was entweder in Wilkins nicht steht, oder was wenigstens mir darin entgangen war, so z. B. die Verwandlung des ᵴ in k.

Ew. Wohlgeboren Brief, dessen Ausführlichkeit mich sehr gefreut hat, ergänzt zum Theil Ihre Schrift, da er sich über die Declination erklärt, über welche jene nichts enthält. Es ist mir neu gewesen, daß die Declination durch die Pronomina entstehen solle. Von Einer Seite

erscheint mir die Sache auf den ersten Anblick sehr einleuchtend. Es
ist ein scharfsinniger Gedanke, daß die Pronomina an die Substantiva ge-
hängt werden, um ihnen Leben zu geben, und in der That ist es in
allem Reden des gemeinen Volks auffallend, wie dasselbe sehr oft das
Subject nicht eher auf das Verbum bezieht, als bis es ein Pronomen dazwischen geschoben hat, wie wenn man sagt, der Mann, der geht
dort. So würde ich also ohne Bedenken die Endungen der 2. Declin.
im Griechischen für das den Endungen nachgesetzte Pronomen halten.
Die anderen mag man auf ähnliche Weise erklären können. Allein woher stammt nun die Declination der Pronomina selbst? Diese Frage
scheint mir eine eigne Beantwortung zu erfordern.

Ich möchte überhaupt glauben, daß sich das Entstehen der Declination nicht auf Eine Art allein erklären lasse.

Oft entstehen gewiß die Casus aus wirklichen Praepositionen. An
einigen Amerikanischen, den Vaskischen und andren ist dies unverkennbar. Ich habe mir auf diese Weise auch immer unsern Genitiv, s des
Manne-s erklärt, und diesen Endconsonanten als den Ueberrest von
aus angesehen. Im Griechischen und Lateinischen aber möchte ich nicht
behaupten, daß sich nur Ein einziger Casus so ableiten ließe.

Eine andre Entstehungsweise scheint mir in dem zusammenschmelzen
mehrerer Dialecte in Eine allgemeine Sprache zu liegen. Es ist auch
sonst bekannt, daß mehrere grammatische sogenannte Flexionen nur daher kommen, daß man in einer Periode der Bildung vielen an sich
gleichbedeutenden Formen einen bestimmten Unterschied anwies. So
müßte ich mich sehr irren, wenn nicht de-r und de-n bloßer Dialect-
Unterschied wäre, und in einem Deutschen Dialect (ich denke im Schweize-
rischen) den auch als Nomitativus zälte.

Eine dritte Art fügen nun Ew. Wohlgeboren sehr scharfsinnig durch
die Verbindung gleichbedeutender, aber verschiedener Pronomina mit den
Stammsilben hinzu. Allgemein, glaube ich, läßt sich hierüber nichts
entscheiden, sondern man muß in jeder einzelnen Sprache ihre Eigenthümlichkeit auffassen.

Ew. Wohlgeboren haben gewünscht, daß ich Ihnen über Ihre Schrift
und die Grundideen derselben meine Meynung umständlich sagte, und
dies wird mir für die Weitläuftigkeit dieses Briefes zur Entschuldigung
dienen. Ich muß Sie dessen ungeachtet um Erlaubniß bitten, noch über
mein eigenes Sanskritstudium Einiges hinzusetzen zu dürfen, und Sie
um die Ertheilung Ihres einsichtsvollen Rathes zu ersuchen.

Ihre Abschrift einiger Seiten des Hitopadesa hat es mir allein möglich gemacht, nur das Lesen anfangen zu können. Ich kann jetzt Alles
lesen, ohne weiter nachzusehen, wenn gleich die eigentliche Geläufigkeit
nur mit der Zeit kommen kann.

Damit Ew. Wohlgeboren den Standpunkt meiner Kenntniß oder
vielmehr Unkenntniß beurtheilen können, so schicke ich Ihnen eine Abschrift dessen, was ich mir über die ersten Verse Ihres Nalus für mich
angemerkt habe. Ich lerne ohne alle mündliche Hülfe. Wilken, der
Sanskrit getrieben hat, ist lange wieder davon abgekommen; Link macht

nicht eigentlich *fait* davon; Bernstein sehe ich nicht, und außer diesen dreien und mir mag niemand hier nur lesen können. Ich habe zuerst Wilkins Grammatik theilweise genau gelesen, theilweise eben nur durchgesehen. Dann habe ich die mir von Ew. Wohlgeboren geschickten einzelnen Bogen über den Hitopadesa stellenweise gelesen, endlich mich, auch mit Hülfe des Wilson, den leider noch nicht ich selbst besitze, den aber die Bibliothek hat, an Ihren Nalus gemacht. Dies zieht mich am meisten an, allein ich halte es für gut, mit diesen drei Arten des Studiums abzuwechseln.

Das Alphabet habe ich so gründlich, wie möglich, studirt. Es ist von einer wunderbaren Regelmäßigkeit und Vollständigkeit. Allein was mich darin immer hindert und stört, ist, daß es für mich wenigstens völlig todt ist. Ich kann mir durchaus keinen Begriff machen über sehr viele Punkte: über die cerebralen Consonanten, die Verschiedenheiten der Nasenlaute, wenigstens in den ersten vier Classen, den Unterschied der Aussprache des anuswâra und entweder des *m*, oder eines der verschiedenen *n*, über die des visarga, das ja nicht bloß ein *h*, sondern immer ein *ah* zu seyn scheint, auch wenn ein *i* vorausgeht. Ich wage daher nicht laut zu lesen, und möchte wissen wie Ew. Wohlgeboren es machen um im Laut z. B. त und ण zu unterscheiden.

Ueberhaupt möchte ich das Sanskrit die todteste aller todten Sprachen nennen. Denn ich habe in der dicken Grammatik von Wilkins auch nicht eine Zeile über den Accent gefunden, auf dem doch in der Sprache alles Leben, ja selbst alle Unterscheidung der Wörter, den Individuen der Sprachen, beruht. Was davon vorkommt ist nur immer Quantität. Drum gestehe ich, kann ich Ew. Wohlgeboren nicht ganz darin beitreten, daß Sie die langen Vocale mit einem Accent, und nicht mit einem Längezeichen bezeichnen. Es kann den Leser misleiten, und ihm eine falsche Vorstellung geben.

Noch unbegreiflicher wird mir die Materie des Accents im Sanskrit, wenn ich an das häufige Coalesciren zweier Wörter in Eins denke, was die Schwierigkeiten des Verstehens so sehr vermehrt. Manchmal ist allerdings dies Coalesciren nur Sache der Rechtschreibung und der Sitte, so wie auch Ew. Wohlgeboren in der Vorrede des Nalus Sich so darüber auslassen, daß man sieht, daß eine gewisse Willkühr darin liegt. Wenn z. B. ein Wort mit einem schweigenden Consonanten schließt, und das andre mit einem Vocal anfängt, so wäre es zwar eine große Erleichterung, wenn man, wie man nicht thut, die reell getrennten Wörter auch im Schreiben trennte, allein man begreift doch, daß dies im Accent nichts ändern kann, sondern daß jedes Wort den seinigen behält. Allein wie mag es da gewesen seyn, wo End- und Anfangsbuchstaben zusammen in einen dritten übergehen, oder sich auch sonst nur verändern? Sind da beide Worte unter Einem Accent gekommen, wie Ein Wort eigentlich immer nur Einen hat, oder nicht? Eine accentlose Sprache läßt sich nicht denken. Ist aber die Accentlehre im Sanskrit ganz untergegangen, oder existirt sie in Unterweisungen, und wird nun, da sie zum Verständniß nicht hilft, übergangen? Hierüber wünschte ich sehr durch Ew. Wohlgeboren Aufklärung zu erhalten.

Eine sonderbare Sitte ist es auch, das kurze *i*, und allein dieses unter allen Vocalen, vor den Consonanten zu schreiben, nach dem man es ausspricht.

Das ganze Kapitel des *sandhi* habe ich mit so vieler Genauigkeit als möglich studirt. In Wilkins sind aber die Regeln wenig geordnet, ich möchte sie beinahe verwirrt nennen. Ich habe mir zu meinem Gebrauch sie ganz umgearbeitet. Auch ist das Kapitel, wie man sieht, nicht recht vollständig. Ueberhaupt wäre eine andre Grammatik ein großes Bedürfniß. Wilkins scheint mir unschätzbar, als ein großes Repertorium von Wörtern und Paradigmen, allein die Leichtigkeit der Uebersicht, die Aufstellung viele Fälle umfassender Regeln u. s. f. fehlt ganz. Die Declinationen sind unendlich leichter, als sie bei ihm scheinen. Die von ihm verschmähte Tafel der Endungen (§ 69.) dient doch zu einer viel faßlicheren Grundlage, als seine zahlreichen Paradigmen. Ich komme durch die Declinationen viel besser durch, wenn ich erstlich immer genau trenne, was wirklich veränderte Endung, und was nur innerhalb des Wortes selbst vorgehende Umwandlung ist, und zweitens immer mir anmerke, wo die Endung von jenem Grundschema abweicht. Die Casus-Endung, welche mit Consonanten beginnt, अ und स, ist mir, auch wegen ihrer Regelmäßigkeit sehr aufgefallen. Sollte sie nicht aus Praepositionen entstanden seyn? Sehr wunderbar und abweichend von andern Sprachen ist auch der sogenannte *crude state* der Wörter, von welchen der Nominativus hernach wieder abweicht. In der 8 decl. ist dies vorzüglich häufig. Sind diese Formen, als selbstständig, bloß abstrahirt von den Fällen, wo sie, wie in einigen Gattungen der Composita, in undeclinirtem Zustand vorkommen, oder haben sie einmal zur wirklichen Sprache gehört, so daß sie in ihrem rohem Zustande mit in die Rede eintraten?

Sehr angezogen haben mich die Kapitel über die Bildung der Derivativa. Aber ich dächte, daß auch diese müßten befriedigender und systematischer gefaßt werden können.

Ich studire, bis jetzt wenigstens, das Sanskrit bloß der Sprache, nicht der Literatur wegen, aber ich bin vollkommen überzeugt, daß es für jeden, der Sprachstudien treibt, ein unerläßliches Bedürfniß ist, es so tief, als nur immer die Umstände erlauben, zu kennen. Können mir daher Ew. Wohlgeboren aus Ihrer eigenen Erfahrung Rathschläge geben, wie ich vielleicht mein Lernen noch zweckmäßiger einrichten kann, so werden Sie mich ungemein verbinden.

Den Brief an Herrn Vater habe ich besorgt. Den gegenwärtigen addressire ich an Ihren Herrn Vater nach Aschaffenburg.

Ich wünsche von Herzen, daß es Ihnen recht bald gelingen, oder vielmehr schon gelungen seyn möge, eine vortheilhafte Anstellung zu erhalten. Ich kann mir nicht denken, daß nach demjenigen, was Sie bereits geleistet haben, man Ihnen nicht damit entgegenkommen, und die Art selbst Ihrer Wahl überlassen sollte. Es wird mich sehr freuen, wenn Sie mir erlauben wollen, Ihnen manchmal zu schreiben, und wenn ich, wie bisher, auf Ihre gütigen und ausführlichen Antworten rechnen darf.

Berlin, den 4ten Januar, 1821.

Verzeihen Ew. Wohlgeb., daß ich nicht eigenhändig geschrieben habe. Ich schreibe aber so schneller, u. dachte mir auch, daß es Ihnen lästig seyn müsse, einen so langen Brief von einer so undeutlichen Hand, als die meinige ist, zu lesen.

Mit der Herzlichsten Hochachtung
Ihr
Humboldt.

[4]   6.

Ew. Wohlgeb. hofte ich gestern zu sehen, um Ihnen zu sagen, daß Min. Altenstein für Sie persönlich sehr gut gestimmt ist, u. es gern sehen wird, wenn Sie zu ihm kommen wollen. Sie finden ihn Montag, Mittwoch u. Sonnabend zwischen 7 u. 8 Uhr. Es wird am besten seyn, wenn Ew. Wohlgeb. nicht von selbst von einer Anstellung zu reden anfangen. Mündlich mehr.

Leben Sie herzlich wohl.

1. Mai, 1821.   Humboldt.

[5]   7.

Ich kann leider heute Nachmittag nicht zu Hause seyn, u. ein mir unerwartet gekommenes Geschäft verhindert mich, auch mit Ew. Wohlgeb. vor meiner Abreise Sanskrit zu lesen. Es verdrießt mich ungemein, da die Paar Stunden, die ich Ihrer Güte verdanke, mir so vieles abgekürzt u. erleichtert haben. Allein es drängt sich gegen meine Abreise Alles so zusammen, daß ich es nicht anders einzurichten vermag. Sehr angenehm aber würde es mir seyn, wenn Ew. Wohlgeb. mich am Montag Vormittag mit Ihrem Besuche beehren wollten, weil ich Sie gern auch über die Angelegenheit, an der ich so großen Antheil nehme, zu sprechen wünschte.

Mit der hochachtungsvollsten Freundschaft
der Ihrige,

Berlin, den 5. Mai, 1821.   Humboldt.

[6]   8.

Da wir so oft über die Englischen Uebersetzer des Hitopadesa Klage führen, so habe ich versucht, die Einleitung recht genau in Prosa zu übersetzen. Ich habe den doppelten Zweck gehabt, mich bei künftigem Lesen des Originals, wo mir etwas wieder dunkel würde, gleich finden zu können, u. das in sich sehr merkwürdige Stück auch einem u. dem andern zu lesen zu geben. Das Hauptinteresse kann bei einem solchen Lesen nur durch den originellen Ton entstehen, u. ich bin auch darum so wörtlich geblieben, als möglich, u. habe mit Fleiß der Uebersetzung alle Fremdheit gelassen, die nur nicht undeutlich wird.

Ew. Wohlgeb. würden mich sehr verbinden, wenn Sie Uebersetzung u. Anmerkungen gelegentlich (es hat gar keine Eile) erst genau durchsehen, und mir Ihre Bemerkungen darüber mittheilen wollten.

Ich lege diesen Zeilen die drei Englischen Uebersetzungen bei. Aus
dem Hamilton können Ew. Wohlgeb. die Verse sehen, welche Ihrer Ausgabe des Textes etwa fehlen könnten.

Mit herzlicher und hochachtungsvoller Freundschaft

2. Jan. 1822.   der Ihrige,
                                                 Humboldt.

[7]   9.

Ich bin von meiner Reise zurückgekehrt, u. Ew. Wohlgeb. würden
mich sehr verbinden, wenn Sie uns das Vergnügen erzeigen wollten,
morgen Montags, bei uns zu essen, obgleich ich Sie noch nicht einladen
kann, auch mir Ihre Hülfe beim Hitopadesa zu leisten.

Ich habe auf meiner Reise den ganzen Nalus aufs neue durchgelesen, u. auch Schlegels Anzeige zur Hand gehabt, die doch höchstens
drei erhebliche Erinnerungen enthält. Was er über die in रा endenden
Wörter sagt, hat mich veranlaßt, meiner neulichen Akademischen Abhandlung die anliegende Anmerkung beizufügen, die ich aber erst Ihrer
Prüfung unterwerfen möchte. Ich schicke Ihnen dies Heft der Bibl. mit.

Mit hochachtungsvollster Freundschaft

Sonntag, 24. Febr. 1822.   der Ihrige,
                                                 Humboldt.

                                 10.

Ich werde auf einige Tage aufs Land gehen, u. hätte doch sehr
gerne die Freude noch eine Stunde mich mit Ew. Wohlgeb. unterhalten
zu können. Dürfte ich Sie wohl bitten, morgen Vormitag um 11. oder
12. zu mir zu kommen. Sie würden mich sehr dadurch verbinden.

Mit der hochachtungsvollsten Freundschaft.

Sonntag [3. März 1822].   Ihr
                                                 Humboldt.

[8]   11.

Ich habe hier fleißig im Hitopadesa gelesen, u. auch weiter über
die Formen in *tvá* u. *ya* nachgedacht.

Soweit ich habe Stellen aufschlagen können, giebt es zwei Haupt-
arten, wie dieselben construirt zu werden pflegen, von denen aber jede
mehrere Veränderungen zuläßt.

1. Ein Nominativus bezieht sich, als Subject auf ein Verbum oder
ein Participium, u. das Praet. indeclin. (so will ich jene Formen fürs
erste nennen) steht vor, oder dazwischen. Z. B. Hit. p. 11. l. 16. 17.
hiraṇyakaçca vivaraṁ kṛtvá nivasati.

Hier ist die Construction gleich natürlich, man mag die Form als
ein part. indeclin. oder als ein gerundium nehmen. H. eine Höle gemacht habend, bewohnte sie, oder H. nach dem Machen einer Höle, bewohnte sie.

2. Ein Instrumentalis bezieht sich auf ein nachfolgendes passivum,
u. jene Formen stehen davor, oder dazwischen. p. 13. l. 10. 11 *êva-
muktvâ têna sarvêshâm baudhanâni chinnati.*
Hier ist die Construction weit natürlicher, wenn man die Form als
Gerundium ansieht: nach dem Sprechen wurden *cet.* Doch kann man
allerdings sie auch für ein part. indeclin. nehmen, u. nur das Subject
aus dem Instrumentalis herbeiholen. Durch ihn, nachdem er also gesprochen hatte, oder den also gesprochen habenden, wurden *cet.*

In diesen Fällen bezieht sich das Nomen, oder Pronomen, im Nom.
oder Instrum. auf das nachfolgende Verbum oder Participium, u. das
Part. indeclin. kann als für sich stehend betrachtet werden. Man könnte
es, wenn man interpunction hätte, zwischen zwei Commata stellen.

Dagegen habe ich zwei Fälle, jedoch nur diese beiden einzigen
Stellen, gefunden, wo das Nomen, oder Pronomen sich nicht auf das
nachfolgende Verbum, oder Participium beziehen kann, sondern wo es
nothwendig auf das part. indeclin. bezogen werden muß, und über diese
möchte ich Ew. Wohlgeb. um Rath fragen.

3. Das Pronomen steht im Instrumentalis. p. 34. l. 4. 5. *prâtâçca
tênâtrâgatya karpûrasara:**) *samîpê bhavitavyam iti vyâdhânâm
mukhât kimavadanti [kiṁvadanti] çrûyatê. têna* kann sich hier nicht
auf *çrûyatê* beziehen. Es geht, dem Zusammenhange nach, auf den
König, von dem die Rede ist, u. das Verbum steht impersonaliter:
man hört.

Nimmt man hier die Form für ein Part. indeclin., so geht dies nur,
insofern man den Sinn passiv versteht, durch ihn gekommen seyend,
od. durch ihn gekommen war, welches allerdings möglich ist. Nimmt
man sie für ein Gerundium, so ist keine Schwierigkeit: Nach dem durch
ihn in die Nähe Kommen, wurde gehört *cet.*

4. Das Nomen steht im Nominat. p. 35. l. 12. 13. *tatô dûtî gatvâ
tatsarvvaṁ tuṅgabalasyâgrê nivêditaṁ.* Wenn man hier nicht in son-
derbares anacoluthon annimmt, daß der Schreiber mit einem Nominativus
angefangen, um ein Verbum activum folgen zu lassen, dann aber zum
Passivum übergesprungen sey, so kann man *dûtî* bloß zu *gatvâ* ziehen.

Geschieht nun dies, so ist die Erklärung, wenn die Form ein part.
indeclin. ist, noch möglich. Die Botin gegangen seyend, wurde dies
Alles. Der erste Theil des Satzes steht absolut, wie so oft im Sanskrit
ein Subst. mit einem part. ohne Verbum. Dagegen kann die Form auf
diese Weise, meines Erachtens, schlechterdings, nicht als ein Gerundium
erklärt werden. Nach dem die Botin Kommen giebt keine Construction.
dûtî müßte denn im Genitiv, oder wenigstens in einem andern Casus
obliquus stehen.

Wären daher Constructionen, wie diese, häufig, oder auch, als
selten, erlaubt u. legitim, so gestehe ich doch, daß ich davon abgehen

---

*) Sollte das Visarga nicht falsch seyn? Als Nom. giebt das Wort hier
keinen Sinn. Zusammengezogen mit dem folgenden kommt es in den Genitiv.
An andern Stellen hat es ein kurzes *u.*

würde, jene Formen Gerundia zu nennen, u. daß ich sie part. indeclin. nennen würde, oder wenn nicht gerade participia, doch Verbaladjectiva. Denn in dieser Supposition lassen sich alle Constructionsarten derselben erklären, dagegen in der von Gerundium diese letzte nicht.

Ich wünschte sehr, Ew. Wohlgeb. Meynung hierüber zu hören. Vielleicht liegt, u. das vermuthe ich selbst, in meiner Ansicht dieser letzten Stelle irgend ein Irrthum.

Im Anfang der künftigen Woche kehre ich nach Berlin zurück, u. hoffe Sie recht bald alsdann zu sehen. Wenn Sie mir schreiben wollen, bitte ich Sie, Ihren Brief in meinem Hause abgeben zu lassen.

Mit der lebhaftesten Hochachtung

Ew. Wohlgeb.

Tegel, 12. März, 1822.   ergebenster

Humboldt.

[9]   12.

Ich bin vom Lande zurück gekehrt, und danke Ew. Wohlgebohren recht sehr für Ihr gütiges Schreiben. Es ist mir lieb gewesen, zu sehen, daß die Calcutter Ausgabe eine Lesart hat, welche zu den übrigen Constructionen der Gerundivformen paßt.

Wenn Ew. Wohlgeb. die Güte haben wollten, morgen, Dienstags Vormittag mit mir zu lesen, so würde es mir sehr angenehm seyn, wenn Sie um 11. Uhr kommen, und hernach freundschaftlich mit uns essen könnten.

Mit den hochachtungsvollsten Gesinnungen

Ew. Wohlgeb.

Montag, 18. März, 1822.   ergebenster

Humboldt.

[10]   13.

Ich bin während des letzten Winters so gewohnt geworden, mich mit Ew. Wohlgeb. über unsere gemeinschaftlichen Studien zu unterhalten, daß ich mir die Freude nicht versagen kann, es auch von hier aus zu thun, u. auf Ihre Nachsicht dabei rechnen zu können mir schmeichle.

Ich treibe das Sanskritstudium mit großem Eifer fort, u. es fällt nicht leicht ein Tag aus, an dem ich nicht lese. Es geht mit dem Ramayana, wie Sie mir voraus sagten, viel besser, als mit dem schwierigen Hitopadesa. Ich fühle mich wie in einem leichten Elemente dagegen. Sehr Vieles verstehe ich ohne die Uebersetzung, oft ganze Seiten, nach eingesehener Uebersetzung bleibt mir wenig dunkel, u. manchmal bilde ich mir ein, daß die Uebersetzung Unrecht hat. Ich mache beim Lesen immer selbst eine ins Deutsche, u. merke mir die Schwierigkeiten in Sinn und Formenanalyse an. Dies hält mich zwar sehr auf, doch werde ich es wohl noch einige Zeit fortsetzen. Es nöthigt doch mehr, sich bestimmte Rechenschaft zu geben. Ich bin im 3. Abschnitt. Was ich bis jetzt gelesen habe, erreicht bei weitem die Schönheit des Nalus nicht.

Vorzüglich ist die Slokenerfindung bei den Kap. über die Reihen[folge] keine sehr sinnreiche Dichtung.

Zugleich lese ich den Nalus ganz statarisch, was mir sehr wohl thut. Ew. Wohlgeb. haben wirklich mit dieser Ausgabe dem Sanskritstudium einen ungleich größeren Dienst erwiesen, als Sie vielleicht selbst glauben.

Da Sie mir erlauben, Ihnen Schwierigkeiten mitzutheilen, so nehme ich mir die Freiheit Ihnen einige Bemerkungen über Stellen vorzulegen, die wieder das gerundium, oder sogenannte part. indeclinabile betreffen.

Unsre bisherige Theorie über diese Form ist doch die, daß sich kein Subjekt auf sie bezieht, sondern daß sie zwischen zwei Commata gestellt werden könnte, u. der Nominat. oder Instrum. (da es gewöhnlich diese beiden Casus sind) der neben ihr steht, ein folgendes Verbum findet, mit dem er zusammenhängt. Ich theilte Ew. Wohlgeb. zwei Stellen im Hitopadesa mit, in denen es mir anders schien. Allein die eine beruhte auf einer falschen Lesart, die andere ließ sich richtiger construiren als ich gethan hatte. Jetzt finde ich zwei ähnliche Stellen, eine im Nalus, u. die andre im Ramayana.

Die im Nalus ist V. sl. 34. das letzte Wort von 34. a. *kṛtâñjali:* kann hier nur mit *abhinandya* zusammen construirt werden, denn der ganze Vers steht absolut, da im folgenden ein Dualis, mithin ein ganz anderes Subject folgt. Ew. Wohlgeb. übersetzen auch vollkommen so. Verhält sich das wirklich so, so ist die Erklärung durch eine Gerundivform in der That nicht zu machen. Da aber diese Stelle Ew. Wohlgeb. sehr bekannt seyn muß, so ist mir schon eingefallen, ob denn das oben erwähnte Wort wirklich das sogenannte part. indeclin. ist? Zweifelsgründe habe ich allerdings. Die Wurzel ist *nadi* u. das *i* ist hier radical*). Der nasale Ton gehört nur den ersten 4 tenses an, u. das part. indecl. müßte, da die Wurzel in einen kurzen Vocal endigt, *naditya* nach der Regel heißen. Allein was in aller Welt könnte das Wort sonst für eine Form seyn? Dies u. Ew. Wohlgeb. Uebersetzung bestimmen mich, es danach für ein part. indeclinabile zu halten. Dann aber befände sich die erwähnte sonderbare Construction in ihr, u. Ew. Wohlgeb. schrieben mir im Winter, Sie glaubten nicht, daß es Stellen mit solcher Construction gäbe. Wie hätte Ihnen diese entgehen können? — Helfen Sie mir aus diesen Dilemmen.

Die Stelle des Rāmāyana ist B. 1. Abschn. 1. sl. 61. a. Ich schreibe da die ganze Stelle ab, weil mir nicht erinnerlich ist, ob Sie einen Ramayana jetzt besitzen.

anâdṛtya tu tadvâkyaṁ râvaṇa: kâlacôdita[:]
jagâma sahamârîco râmâçramapadaṁ tata: 60.
têna mâyâvinâ dûramapavâhya nṛpâtmajâu
râvaṇô 'ntaramâsâdya sîtâṁ surasutôpamâm   61.
jahâra bhâryyâṁ râmasya hatvâ gṛdhraṁ jaṭâyushaṁ.

---

*) Das *i* gehört doch wohl nur den Grammatikern an. Ueberhaupt ist Wilkins bei Erklärung des part. indeclin. [auf] *ya* sehr unvollständig. Man kann z. B. aus ihm nicht sehen, daß *ras* in diesem part. *ushya* macht. (Nalus. V. 82. Ram. I. 2. s. 1. sl. 83. a.) Nach ihm schiene keine Wurzel eine Aenderung zu erleiden.

Hier weiß ich nicht anders zu construiren, als daß *téna* u. das nachfolgende Wort auf das part. indecl. gehen, da in der folgenden Zeile
gleich ein Nom. einen neuen Satz beginnt. Diese Stelle läßt sich indeß
noch durch ein Gerundium geben: nach dem mit Wegführen die Fürsten-
entsproßene durch den Zauberer. Es wird sogar hier die Erklärung durch
ein part. schwer, weil dies nur im passiv stehen müßte, wie es auch
die Englische Uebersetzung giebt. *Rama* (sie übersieht, daß hier auch
von seinem Bruder die Rede ist) *being drawn* cet. Wenn aber dies
sogenannte part. passiv genommen wird, so müßte das darauf folgende
Wort ein Nominat. seyn. Dies könnte es nun förmlich seyn. Halten es
Ew. Wohlgeb. aber nicht auch für einen Accusativus?

Alle übrigen Stellen, wo dies part. vorkommt, lassen sich immer
leicht u. gewöhnlich erklären, die beiden schwierigen Constructionen sind
nur die, welche sich in diesen Beispielen finden.

Da ich die Stelle des Nalus erwähnte, muß ich Sie um eine andere
auf derselben S. 30 befragen. Ich gestehe, ich habe sl. 26. a. das
umbra sine secundo u. die ihm entsprechenden Worte des Textes nie
verstanden, u. vermag auch jetzt sie mir nicht zu erklären. Das Wort
des Textes ist ein Compositum, wörtlich: der Schatten — unzweite. Was
in aller Welt soll das heißen?

Wie geht es mit dem Druck Ihrer Grammatik? Ich freue mich sehr
darauf, wenn ich nach Berlin zurückkomme, vielleicht etwas davon zu
sehen. Von Schlegel höre ich schlechterdings nichts. Ich vermuthe,
daß er sehr fleißig arbeitet.

Leben Sie herzlich wohl. Mit der hochachtungsvollsten Freundschaft

Ew. Wohlgeb.

ergebenster

Burgörner bei Hettstädt, den 26. April, 1822.   Humboldt.

[11]   14.

Ich sage Ew. Wohlgebohren meinen aufrichtigsten u. lebhaftesten
Dank für Ihr gütiges Schreiben vom 13. v. M. Ich beantworte es heute
nur mit einigen Worten, die ich indeß vor einer längeren Antwort vorausgehen lassen möchte.

Ich habe nemlich, durch Ihre Güte aufgemuntert, einen Aufsatz über
die Formen in *tvâ* u. *ya* angefangen, u. beinahe beendigt. Im Laufe
des nächsten Monats hoffe ich eine Gelegenheit zu finden, ihn Ihnen zu-
zusenden. Das Resultat ist, wie ich es vorher ahndete, daß ich auch
diese Formen für Gerundivformen halte. Was die Erklärung derselben
für einen Instrum. betrifft, so halte ich dies eher für eine Behauptung,
für die sich viel sagen läßt, aber die es doch vielleicht kaum möglich
seyn wird, ganz zu beweisen. Die Form in *ya* tritt sehr in den Weg.
Es ist erstlich da zu erwägen, daß es doch eine zweite Hypothese ist,
daß hier der Vocal verkürzt worden ist. Dann kommt die Aehnlichkeit
dieser Form mit der des sogenannten part. fut. pass. (was auch ein
Gerundium ist) dazu. Endlich warum sollten die mit Praepositionen ver-

bundenen Wurzeln gerade Verbalia in *i* bilden, u. warum ist nun nicht derselbe Unterschied beim Infinitivus? Wüßten Ew. Wohlgeb. überhaupt gar keine Art von Wahrscheinkeit anzugeben, warum die mit Praepositionen verbundenen Wurzeln eine andere Behandlung erfahren? Bei der Bildung des part. fut. pass. kommt dieser Unterschied, jedoch auf keine hierher passende Weise zur Sprache. Dann noch hier u. da, wo es auf Buchstabenänderungen ankommt? Aber einen andern so wichtigen analogischen Fall erinnere ich mich sonst in der Sprache nicht.

In der Bestimmung der Natur der Formen ist der wichtigste Punkt, ob man kann dieselben bald passiv, bald activ nehmen. Ich glaube das nicht, u. trete ganz Ew. Wohlgeb. Meinung hierin bei. Um aber hierin ganz sicher seyn zu können, wäre es ungemein wichtig, eine Stelle wie die Ramayana. B. 1. Abschnitt 1. sl. 61. *tếna mấyấvinấ duramapavãíhya nrpấtmajấu* zu finden, wo das regierte Wort bestimmt nur Nominat. oder Accusat. seyn könnte. Eine, in der es Nominat. wäre, glaube ich, kann es nicht geben. Aber eine, wo es gewiß Accus. wäre, würde überzeugend seyn.

Bei der Schwierigkeit, mit der ich noch lese, darf ich nicht hoffen, solche Entdeckung zu machen. Aber sehr wünschenswerth wäre es, wenn Ew. Wohlgeb. einmal eine Nachsuchung nach solcher Stelle anstellten.

Von Schlegel habe ich neuerlich einen langen Brief. Ich griff ihn darüber an, daß er die abgesonderten Präpositionen p. 332. seiner Bibliothek 3. Heft wegleugnet. Er sagt, er habe dies nur als Regel gesagt, und sich auf die Ausnahmen nicht einlassen wollen. Indeß will er auch jetzt nur gelten lassen solche, die sonst inseparable sind *prati*, *ti* u. s. f. Die Adverbia oder wie man sie nennen will, erklärt er anders. *saha* z. B. etwa *krtê* u. andere. Bei Gelegenheit von *rtê* sagt er: *rtê tãm* fasse ich wie: diese ausgenommen, *hanc excipiendo*. Hier ist ihm also das Part. praet. od. pass. activ. Denn er giebt *r* hier eine active Bedeutung, die es auch wohl bisweilen hat. Es ist daher u. in vieler andren Rücksicht sehr wichtig, wohl festzustellen, welches eigentlich die Bedeutung dieser participien ist? Wilkins 690. u. 735. widerspricht sich beinahe. Allein ich erkläre die letzte Stelle nach der ersten u. nehme diese, als seine wahre Meynung an, so daß diese participien bei Verbis activis immer passiv sind, dagegen bei intransitiven Verben, trotz ihrer passiven Form, oft activ. Allein ich fürchte immer, daß andere, mehr Belesenere, mir Stellen, wie ein Medusenhaupt, entgegenhalten. Sollte es nun wohl Stellen geben, wo *drshta, rta, hata*, sehend, raubend oder nehmend, schlagend oder tödtend heißen? Hiernach nun kann ich Schlegels Erklärung nicht beistimmen. Indeß ist unläugbar der Accus. hier wunderbar. Natürlich wäre entweder Verbindung des Worts im stat. absol. mit *rtê* oder Stellung des Worts in den Locativus, oder in den Genitivus. Wie erklären Ew. Wohlgeb. diesen Accusativus? Mir scheinen diese Adverbia oder substantivirten Adjectiva eigentlich die Uebergänge zu den eigentlichen Präpositionen?

Endlich muß ich Ew. Wohlgeb. noch um eine Auskunft bitten, die gewiß große Unwissenheit von mir verräth, aber ich bin gewohnt, Ihnen einmal solche Geständnisse zu machen. Nalas XII. 18a kommt *saṁgrāmajidvidvān* vor, wo das erste Wort doch *saṁgrāmajit* im stat. absolut. heißen muß. Ferner XII. 93. *dharmmabhṛtāṁ*, das ein Gen. plur. ist, u. also auch auf einen Nominat. in *t* hindeutet. Nur finde ich solche Formen von diesen Wörtern in Wilson gar nicht, u. auch in Wilkins keine kridhanta Suff. in *t*. Beide Wörter haben eine active Bedeutung, Sieger im Krieg, Stützer des Rechts. Haben Sie doch die Güte mir zu sagen, wie ich diese Formen aufsuchen u. bilden muß.

Nun leben Sie herzlich wohl. Verzeihen Sie mein flüchtiges Schreiben, und antworten Sie mir recht bald. Mit der herzlichsten Freundschaft

[Juni (?) 1822.]   Ihr

                                                    H.

[12]   15.

Ich bin seit mehreren Wochen gar nicht wohl, sondern leide an einem hartnäckigen, zum Theil mit Husten verbundenem Fieber. Dies hatte mich sehr von allen litterarischen Beschäftigungen zurückgebracht, u. auch die Vollendung meines Aufsatzes, von dem ich Ew. Wohlgeb. neulich schrieb, aufgeschoben. Jetzt, da ich anfange wieder besser zu werden, bin ich dazu zurückgekehrt, u. muß Ew. Wohlgeb. in großer Beschämung um Verzeihung bitten, daß ich Sie in meinen früheren Briefen über eine Stelle des Ramayana 1. 1 sl. 61. gewiß sehr irre geführt habe. Sie konnten meinen Irrthum nicht bemerken, da Sie, soviel ich weiß, den Text nicht besitzen, u. mein Fehler nur aus dem Zusammenhange der Stelle mit den vorhergehenden u. folgenden Sloken sichtbar werden konnte. Ich eile aber jetzt mein Versehen gut zu machen, u. setze nun die ganze Stelle, so weit es der Zusammenhang fordert, in Abschrift her:

                    Ramayana. B. 1. Abschn. 1.

          tatô jñátivadhaṁ çrutvá raxastráilokyaviçrutaṁ
sl. 57.   *námato rávaṇô náma kámarûpô mahábala:*
          ráxasádhipati: çûrô rávaṇa: krôdhamûrcchita:
58.   *sahâyaṁ várayámâsa márícaṁ náma ráxasaṁ*
          váryyamânôpi vahuçô máricéna sa rávaṇa:
59.   *na virôdhô balavatá xamô rávaṇa téna té*
          anádṛtya tu tadvákyaṁ rávaṇa: kálacôdita:
60.   *jagáma sahamárícô rámáçramapadaṁ tata:*
          téna máyávinâ dúramapavâhya nṛpátmayáu
61.   *rávaṇô 'ntaramásádya sítáṁ surasutôpamáṁ*
          jahára bháryyáṁ rámasya hatvá gṛdhraṁ jaṭáyushaṁ
62.   *rámôpi hatamárícô nivṛttô vahu cintayan*
          çúnyaṁ dṛshṭváçramapadaṁ vilalápa salaxmaṇa:

Ich hatte Ew. Wohlgebohren neulich geschrieben, u. selbst immer fälschlich vorausgesetzt, daß die Worte in sl. G1. a. *têna mâyâvinâ* auf den Ravana giengen, u. alsdann gewänne Sinn u. Construction eine ganz andere Gestalt. Allein wenn man die ganze Reihe der Verse im Zusammenhange liest, so erscheint klar, daß damit nicht Ravana, sondern Maritscha gemeint ist. Indem dieser den Rama u. seinen Bruder entfernte, raubte jener die Sita. Könnte darüber noch ein Zweifel sein, so wird er dadurch gelöst, daß sl. G2. gesagt wird, daß Ravana den Maritscha getödtet hatte, was offenbar beweist, daß dieser sich an ihn, u. in seine Nähe gemacht hatte. Setzt man nun dies voraus, so ist es nicht mehr nothwendig, den Instrumentalis in sl. G1. a. ausschließlich zu der gleich auf ihn folgenden Verbalform in *ya* zu ziehen, u. diese, wenn man sie participialiter nimmt, passiv zu übersetzen. Ich construire nämlich nun so: *râvaṇo jahâra sîtâm̃ têna mâyâvinâ apavâhya nṛpâtmajâu* Participialiter übersetze ich entweder: Ravana raubte die Sita vermittelst (mit Hülfe) des die beiden Fürstenentsproßnen weit weg entführenden Zauberers (nämlich des Maritscha) oder: Ravana raubte die Sita vermittelst des Zauberers, indem dieser weit wegführte die Fürstenentsproßnen. In beiden Fällen wird der Instrumentalis vom Hauptverbum *jahâra* regiert, aber in dem ersten die Verbalform als ein Attributivum zu dem Instrumentalis gezogen, in der zweiten die Verbalform als ein absoluter Participialsatz im Nominativ behandelt. Der Gebrauch des Instrumentalis rechtfertigt sich gewiß sehr auf diese Weise. Denn er kann ebensowohl das nähere, als entferntere Mittel der Handlung anzeigen, u. in der That war Maritscha's Wegführen Ramas das Mittel, durch welches der Raub der Sita erst möglich wurde. Ich muß noch bemerken, daß die Englische Uebersetzung ausdrücklich die Worte *têna mâyâvinâ* durch *by the illusive form assuming Mareecha* giebt. Nimmt man die Stelle auf diese Weise, so schließt sich eine des Hitopadesa, die sonst auch nicht leicht zu erklären war, unmittelbar an dieselbe an. Sie steht Londoner Ausg. S. 25. Z. 9. 10. *tatastayâ kuṭṭinyâ tatkâraṇam̃ jâram̃ parijñâya sâ lilâvatî guptêna daṇḍêna daṇḍitâ.* Hier ziehe ich auch den Instrumentalis *kuṭṭinyâ* auf das participium, das den Satz beschließt, und übersetze: sie wurde mit einer heimlichen Strafe bestraft durch, vermittelst, mit Hülfe der den Buhlen erkannt habenden Kupplerin. So ist Alles leicht, da ich bisher glaubte *parijñâya* passiv nehmen, oder den Mann, von dem gar nicht die Rede ist, herbeiholen zu müssen. Die Bestrafung durch die Kupplerin verstehe ich wieder nur so, daß die Erkennung u. Entdeckung der Kupplerin die Strafe erst möglich machte, nicht daß die Kupplerin sie verhängte, oder vollzog.

Daß beide Stellen sich übrigens ebensowohl u. besser als Gerundia erklären lassen, versteht sich von selbst.

Was ich nun sagen wollte, ist, daß die Stelle im Ramayana keine neue Ansicht in die Theorie dieser Verbalformen bringt, und daß, meinen jetzigen Untersuchungen zufolge, mir keine Stelle bekannt ist, wirklich keine einzige, welche sich nicht durch ein Participium im Activo erklären

5*

ließe, u. die nothwendig passiv genommen werden müßte, so daß diese
Einwendung gegen die Partipialerklärung mir unstatthaft scheint.

Ich bin aber demungeachtet fester, als je, der Meynung, daß die
Verbalformen in *tvâ* u. *ya* wirklich Gerundia sind, u. hoffe Ew. Wohlgeb. meine Abhandlung gewiß noch in diesem Monat zuschicken zu
können.

Mit der hochachtungsvollsten Freundschaft

der Ihrige,

Burgörner bei Hettstädt, den 1. Juli 1822.   Humboldt.

[13]   16.

    Ew. Wohlgebohren werden finden, daß ich Sie oft mit meinen
Briefen behellige, allein unsre letzten haben sich gekreuzt, und Ihr
Schreiben giebt mir einen so erwünschten Stoff, sogleich darauf zu er-
wiedern, daß ich mir dies Vergnügen unmöglich versagen kann.

    Zuerst freut es mich ungemein, daß die Wahl zum ordentlichen
Mitgliede der Akademie Ew. Wohlgebohren angenehm gewesen ist. Der
Vorschlag u. die Classenwahl wurden noch bei meiner Anwesenheit in
Berlin gemacht, u. insofern wünsche ich mir Glück, daß ich noch habe
mit dazu beitragen können. Indeß war die Ueberzeugung, daß die
Akademie damit sich selbst den größesten Gewinn verschaffte, so allge-
mein, daß es darum meiner Stimme nicht bedurft haben würde. Vor-
züglich lieb ist mir, daß wir nun dadurch noch gewisser sind, Sie in
Berlin bei uns zu behalten.

    Die Akademie hatte ja ihre Sitzungen wegen der Baufälligkeit des
Gebäudes aussetzen müssen. Es würde mir angenehm seyn zu erfahren,
ob sie dieselben wieder aufgenommen und welches Local sie gewählt hat.

    Die Stelle des Hitopadesa, mit der Ew. Wohlgebohren meine Samm-
lung bereichern, habe ich, Ihrer Bezeichnung nach, ohne Mühe gefunden.
Sie steht in der Londoner Ausgabe S. 54. Z. 18. 19.   Allein die Lesart ist, wie Ew. Wohlgeb. ganz richtig nach der Englischen Uebersetzung
vermutheten, verschieden, und die Stelle verliert dadurch die Eigenthümlichkeit der Construction, welche Ew. Wohlgeb. in ihr finden. Sie heißt
nemlich: *tata: saṁjîvakamâniya darçanaṁ kâritavantâu.*

    Statt dieses bloßen Dualis hat Wilkins, wie ich sehe, die beiden
Namen gesetzt. Die ganze Redensart ist nun activ u. das im Dualis
stehende Subject bezieht sich ganz natürlich auf die Verbalform u. das
Hauptverbum (das hier im participium mit ausgelassenem Verbum seyn
steht) zugleich. Man kann daher auch die Verbalform ohne alle Schwierigkeit durch ein part. act. übersetzen: die ihn geführt habenden machten
ihn theilhaftig.

    Allein ich gestehe Ew. Wohlgebohren, daß, wenn auch die Calcutter
Lesart die richtige wäre, ich doch glauben würde, daß die Verbalform
hier nicht nothwendig durch ein part. pass. übersetzt werden dürfte.
Die Stelle heißt alsdann: *tata: saṁjîvaka îniya darçanaṁ kârita:*
Will man nun schlechterdings bei der Erklärung durch ein participium

stehen bleiben, so würde ich die Verbalform impersonaliter nehmen, u. als einen eigenen absoluten Participialsatz behandeln. Dann übersetze ich: Darauf wurde S. des Anblickes theilhaftig gemacht, nachdem man ihn hingeführt hatte. Ganz auf ähnliche Weise muß man einige andre Stellen nehmen z. B. Nalas XII sl. 82. 83. *(âhûya)*.

Dagegen steht unmittelbar an der Stelle, welche ich Ew. Wohlgeb. Güte verdanke, eine andere, bei der, wenn ich nicht ganz irre, gar keine Erklärung der Verbalform durch ein Participium (weder act. noch pass.) möglich ist, u. die gerade eine solche ist, als wir suchen. Sie steht in meiner Ausgabe gerade zwei Zeilen vor der eben berührten. Hitopad. S. 54. Z. 16. 17. *tatô vánaráï: ghaṁṭâṁ parityajya phalásaktâ babhûvu:*

Da nach diesen Worten ein ganz neuer Satz anhebt, so kann sich der Instrumentalis auf gar nichts Folgendes beziehen, wie er in den Stellen thut, über die ich neulich Ew. Wohlgeb. schrieb. Man muß ihn daher auf die Verbalform beziehen. Denn *babhûvu[:] phalásaktâ:* fordert schlechterdings einen Nominativ, u. es läßt sich, meines Wissens, keine Construction erdenken, welche den Instrumentalis mit diesen Worten verbände. Gehören nun aber der Instrumentalis u. die Verbalform zusammen, so bleibt wieder keine Möglichkeit die letztere activ zu nehmen. Sie muß dann passiv stehen, u. dies ist wieder unmöglich, da alsdann *ghaṁṭâ* ihr Subject wird, u. dies im Nominativ, u. nicht im Accusativ stehen müßte. Ich übersetze nemlich: Darauf nach dem — die Glocke — Verlassen durch die Affen, waren sie (nemlich die Affen) auf die Wurzeln aufmerksam.

Ich möchte indeß fast wetten, daß die Calcutter Ausgabe statt *vánaráï:* den Nominativus *vánará:* hat, u. alsdann fällt wieder alle Eigenthümlichkeit der Construction hinweg. Ew. Wohlgeb. würden sonst diese Stelle nicht unbemerkt gelassen haben. Es bliebe indeß immer sehr merkwürdig, daß wir alsdann drei Stellen im Hitopad. aufgefunden hätten, wo die Construction dieser Verbalformen so wunderbar wechselt. Es bewiese dies unstreitig, daß schon die Indischen Grammatiker über dieselbe nicht ganz im Reinen waren.

Ueber die Bedeutung der part. u. praet. pass. bin ich durchaus Ew. Wohlgebohren Meynung, u. sehr begierig die Recension der Stücke der Indischen Bibliothek in den Göttinger Anzeigen zu lesen.

Meine Abhandlung ist fertig, allein leider sehr weitläuftig ausgefallen. Ich hatte sie zunächst nur für Ew. Wohlgeb. bestimmt. Vielleicht aber läßt sie sich abkürzen, u. dann irgendwo drucken. Schlegel hat mich oft um einen Beitrag für seine Bibl. gebeten. Allein er wird diese trockene Abhandlung mit Recht für seine Leser zu hart finden.

Mit der hochachtungsvollsten Freundschaft

Ew. Wohlgeb.

Burgörner, den 4. Julius, 1822.   ergebenster

Humboldt.

[14]   17.

Ich benutze die Abreise des Staatsrath Kunth von hier, um Ew.
Wohlgebohren den versprochenen Aufsatz zu schicken. Ich bitte Sie,
denselben zu behalten, und im Fall Sie eher Berlin verließen, als ich
hin käme, ihn versiegelt meinem Schwiegersohn dem Geheimen Legations
Rath v. Bülow (an der Charlotten u. Behren Straße Ecke) mit der Bitte
zu übergeben, mir ihn erst bei meiner Rückkunft einzuhändigen. Ich
empfehle die Arbeit Ihrer freundschaftlichen Nachsicht.   Sie wird uns
immer dazu dienen können, nun die Classen zu besitzen, in welche man
künftig aufzufindende Stellen eintragen kann.   Ueber einen weitern öffentlichen Gebrauch reden wir mündlich. Sehr angenehm würde es mir seyn,
wenn Ew. Wohlgeb. den Aufsatz recht genau durchgiengen, u. Ihre be-
richtigende Meynung recht vollständig dabei bemerkten. Auch haben Sie
wohl die Güte, mir nach hierher zu schreiben, wie Sie damit zufrieden
sind. Ich habe leider heute nicht Zeit, weiter etwas hinzuzusetzen, u.
bitte Sie nur die erneuerte Versicherung meiner hochachtungsvollsten
Freundschaft anzunehmen.

     9. Juli 1822.   Humboldt.

[15]   18.

Ich bitte Ew. Wohlgebohren, Herrn Bernstein meinen lebhaften
Dank abzustatten, u. ihm zu sagen, wie sehr mich sein Hitopadesa gefreut hat. Das Aeußere könnte nicht angenehmer seyn. Es dürfte
selbst Schlegels Neid erwecken. Ich wünschte nur den Zeilen etwas
mehr Abstand.

Auch die Wahl der Lesarten hat mir beim Durchblättern sehr ver-
ständig geschienen. Die eigenmächtige Aenderung Note 1. S. 8. halte
ich für vollkommen richtig. Der Locativus könnte nur füglich stehen,
wenn das letzte Element des Worts ein Substantivum wäre. So nimmt
es Hamilton, indem er das Compositum ein tatpurusha nennt, übersetzt
doch aber nicht *in the privation*, sondern *in being deprived* u. giebt
auch *hina* ganz richtig als Participium an, wo nun aber ein Widerspruch mit seinem obigen Kunstausdruck entsteht. Das Wort ist offenbar
ein Bahuvrihi. Gewundert hat mich S. 3. die Schreibart *hitopadêsôyam*.
Wollte er nicht mit der Londoner Ausgabe . . . çâyam setzen, so mußte es
. . . çô'yam heißen, wie er auch sonst (S. 10. Z. 8.) schreibt. Die von
ihm gewählte Schreibart findet sich freilich in gedruckten Büchern, hat
doch aber wohl keine Regel für sich und taugt wenigstens für Anfänger
nicht, die verleitet werden, eine Zusammensetzung von a und u zu suchen.

Es ist mir überaus lieb gewesen, nach langer Zeit einmal wieder
einige Sanskritbuchstaben mit Ew. Wohlgeb. zu wechseln. Ich hoffe
gewiß, in Kurzem unsere Lesungen wieder anzufangen, wenn Sie Ihre
freundschaftliche Güte fortsetzen wollen.

               Mit herzlicher Hochachtung
11. [März 1823].   der Ihrige,
                         Humboldt.

Franz Bopp an Wilh. von Humboldt.

19.

Eurer Excellenz

Bemerkungen über einige von Bernstein gewählte Lesarten scheinen mir vollkommen richtig. *gaṃgáhíné* in der Londoner Ausgabe halte ich für einen Druckfehler und wundere mich, wie Hamilton es rechtfertigen konnte. — Die Auslassung des Elisionszeichen nach *hitôpadéçô* hat mir ebenfalls mißfallen. Ich glaube noch einige andere Stellen bemerkt zu haben, wo Bernstein das Elisionszeichen ausgelassen hat. Dagegen würde ich S. 6 in der 12ten L. von unten nicht *dṛṣhṭvá 'pi* schreiben, weil hier nach den Regeln des Wohllauts 2 homogene Vocale in einen zusammen fließen, nicht aber ein *a* elidirt ist.

Im Wesentlichen ist übrigens Bernstein's Ausgabe außerordentlich correct, er übertrifft in dieser Beziehung Schlegels Ausgabe des Bhagavad-Gita bei weitem. Es sind mir jedoch auf den letzten Seiten einige grammatische Unrichtigkeiten aufgefallen. — S. 14 L. 10 hat er (wahrscheinlich nach Wilkins) *citragrivôváca* st. ... *va uváca*, denn wenn ein finales *s* (od.:) abgeworfen wird, so kann das vorhergehende *a* mit dem folgenden heterogenen Vokal nicht contrahirt werden. Derselbe Fehler findet sich S. 15 L. 3. — S. 14 L. 9 hat er *cáitáṃ* für *cáitán*, denn es ist der Accus. pl. und ein primitives *n* kann am Ende eines Worts nicht in anusvara übergehen, es sey denn daß, wie in dem vorhergehenden Worte ein euphonischer Zischlaute beygefügt würde, was Ew. Excellenz eben so gut als mir bekannt ist. Wilkins hat aber öfter hiergegen gefehlt. — Um noch einmal zu *hitôpadéçáyaṃ* zurückzukehren, so halte ich die Lesart der Londoner Ausg. für fehlerhaft, denn ich kann nicht begreifen, wie dieses Wort ein Compositum seyn könne, gleichsam „Hitopadesa-dieser". Ist es aber kein Compos., so kann bloß *hi ... çô 'yaṃ* stehen. — Ich muß Ew. Excellenz sehr um Verzeihung bitten in diese Einzelheiten eingegangen zu seyn. Ich werde dieser Tage an Bernstein schreiben und mich Ihres Auftrags entledigen.

Ich wünschte die Schrift in dem Göttinger Anzeiger anzuzeigen, und es würde mir sehr angenehm seyn wenn Ew. Excellenz die Gnade haben wollten, mir auf wenige Tage die Londoner Ausgabe des Hitopad. und Hamilton's Analyse zukommen zu lassen.

Es wird mir zu jeder Zeit sehr erfreulich seyn die für mich höchst interessanten Lesungen mit Ew. Excellenz fortzusetzen.

In tiefster Ehrerbietung

Ew. Excellenz

Sonntag den 16ten März [1823].   Unterthänigster

Bopp.

Wilh. von Humboldt an Franz Bopp.

[16]					20.

Indem ich Ew. Wohlgebohren mit großem Vergnügen die verlangten
Bücher zuschicke, danke ich Ihnen recht herzlich für die in Ihrem freundschaftlichen Schreiben enthaltenen Bemerkungen. Die Vergleichung hat
mich überzeugt, daß Bernstein in alle gerügte Irrthümer verfallen ist,
weil er Wilkins gefolgt ist. Die Calcutter Ausgabe muß ihn wohl da
auch verlassen haben, u. seine eigene grammatische Kenntniß konnte,
gegen Autoritäten, wohl nicht hinreichen. Das wäre auch zu viel ge-
fordert. Die Regeln, die ich mir aus dem von Ew. Wohlgeb. Gesagten
abstrahire, u. die mir vorher, wenigstens dunkel vorschwebten, sind:

1., wo ganz einfach ein Endvocal mit einem Anfangsvocal zusammen-
fließt, entsteht ein dritter Vocal nach den bekannten Regeln, ohne Elisionszeichen.

2., wo dagegen ein Wort mit einem : oder einem durch Visarga
alterirten Vocal z. B. *ó* schließt, ist eine Zusammenziehung undenkbar,
indem dieselbe durch Unbeachtung des Visarga das Wort in eine andere
grammatische Form überführen würde; ebenso wenig kann das *ó* mit
dem folgenden *a* in *ava* übergehen, sondern es muß schlechterdings
Elision eintreten. Das meynen wohl auch diejenigen, welche ... *çóyam*
drucken. Sie lassen nur das Zeichen aus, was aber doch besser zur
Deutlichkeit u. Consequenz hinzugesetzt wird.

3., was mir nun aber fehlt, ist eine sichere Regel, in welchen
Fällen sonst (außer 2.,) Elision eintritt. Ich kenne nur Einen nach *é*
(Wilkins Gr. p. 20. m. 11). Aus dieser Stelle in Wilkins geht hervor,
daß er das Zeichen für gleichgültig hält.

4., Wenn Elision im Compositis vorkommt (l. c. p. 21 m. 15) wird wohl
das Elisionszeichen nie gesetzt, um so weniger als da das End-*a* wegfällt.
Gegen die Regel m. 1., verstößt Wilkins öfter. So auch (Ed. Lond.
p. 13. l. 12 *sarvvathá'tra*, wo ihm Bernstein (p. 15. l. 6. von unten)
wieder gefolgt ist. Doch finde ich nichts in seiner Grammatik, was diese
Schreibart rechtfertigt.

Ist Schlegel im Bhagavad Gita hierin correct?

Mit herzlicher Hochachtung

17. [März 1823].					der Ihrige,
						Humboldt.

Franz Bopp an Wilh. von Humboldt.

21.

Ew. Excellenz

habe ich die Ehre hierbey mit vielem Dank den Brief von Schlegel zurückzuschicken, welchen ich, sowie die beygefügten gelehrten Bemerkun-

gen Ew. Excellenz, mit großem Interessen gelesen. Ich finde ebenfalls, daß die von Schlegel angenommene Versetzung (Nal. S. 58) diese schwierige Stelle in einen faßlicheren Zusammenhang bringt; ich würde jedoch nicht wagen sie in den Text aufzunehmen. Die Handschriften mit Bengalischer Schrift weichen zuweilen von denen mit Devanagari Schrift und mit Nilakantha's Scholien versehenen ab, und geben nicht selten bessere Lesarten, wo aber beyde Klassen von Handschriften mit einander übereinstimmen, da gewinnt der Text an Autorität, und ich halte es dann für zu gewagt auf Conjektur gegen die Autorität aller Handschriften Aenderungen vorzunehmen. In der erwähnten Stelle stimmen die Bengalischen und Devanagari Handschriften in Bezug auf die Aufeinanderfolge der Verse vollkommen überein. Eine unbedeutende Abweichung, welche aber die Schwierigk. nicht auflößt, finde ich in der Pariser Handschrift wovon ich eine Abschrift habe. Es steht nämlich Sl. 4 statt *kānanê* „*māṁ gatu:*". Die Ansicht Schlegels *tathā satyaṁ* für eingeschaltete Rede des Nalus zu nehmen, war mir früher selber in den Sinn gekommen, allein die Erklärung des Commentars hat mich abgehalten ihr zu folgen, denn nach dieser Erklärung kann man nicht anders übersetzen als: Wie wird auf diese Weise wahr was du (bey der Gattenwahl) gesagt hast (nämlich „ich werde dich nicht verlassen"). Da ich aber die Scholiasten nicht für untrüglich halte, so möchte ich nun der Auslegung Schlegels den Vorzug geben, und dann wäre wohl auch die Pariser Lesart vorzuziehen: Wie, gesagt habend „so ists wahr" bist du, die schlafende mich verlassend, weggegangen? — Ich dachte schon bei meiner Uebersetzung in London daran, daß hier eine Anspielung auf S. 50 Sl. 30 seyn könne, wo Nalus der Damajanti sagt: Wie Du sagtest, so ist es, (mit andern Worten) „so ist's wahr". Damajanti wirft nun S. 58 dem Nala vor, daß er früher ihr zugebend, es gebo keine der Gattin ähnliche Arzney für jeglichen Schmerz — nun sie verlasse. Allein, wie gesagt, der Commentar will die Stelle auf das, was sich bey der Gattinwahl zugetragen, bezogen wissen. — Es kommt darauf an, ob man im Sanskrit eine Frage ohne Fragepartikel annehmen könne. Ist dies, wie ich glaube, der Fall, so sehe ich keine strenge Nothwendigkeit eine Versetzung anzunehmen. Ich werde suchen Belege hierzu zu sammeln, und im Falle ich keine finde, meine Uebersetzung der Sl. 6 zurücknehmen, und dann bliebe wohl kein anderer Ausweg als eine Versetzung anzunehmen. In jedem Falle ist der von Schlegel gegebene Aufschluß dieser Stelle sehr beachtungswerth. *çakyasê* nahm ich nicht für das verbum dessen Passiv auf den Inf. einfließt, sondern für dasjenige welches Wilkins durch *suffer, endure* etc. übersetzt. — „Duldest du (erträgst du es) alle jene Reden an mich zu richten?" — Dieses Distichon scheint die Vermuthung des Scholiasten veranlaßt zu haben, und hat mich ebenfalls veranlaßt ihr Gehör zu geben, ich glaube aber jetzt man könne annehmen, Damajanti erinnere den Nala an zwei verschiedene Epochen. — Ich bin in kurzem mit meiner Deutschen Uebersetzung des Nala fertig und werde darin einige Varianten der Pariser Handschrift nachtragen, deren jedoch nur sehr wenige sind, und keine von Wichtigkeit. — Ich theile ganz

die Ansicht Ew. Excellenz über das Hülfsverbum *çak;* man kann eigentlich nicht sagen, daß seine passivische Bedeutung auf den Infinitiv über-
gehe, sondern, während wir das Passiv an dem Infinitiv ausdrücken, wird
es im Sanskrit an dem Hülfszeitwort ausgedrückt.   Der Accusat. des In-
finitivs läßt sich wohl am besten durch „in Bezug auf" erklären, so daß
çakyatê jêtuṁ so viel heißt als, er ist leidend in Bezug auf das Siegen,
er wird vermocht, er wird gekonnt (wenn man so sagen könnte).

   Die Analyse des Hitopad. ist von Hamilton, mit dem ich selber davon gesprochen habe.   Er sah nicht gern, daß sie verbreitet würde, weil
er wußte, daß sie mehrere Versehen enthalte. — Mit Schlegel theile ich
vollkommen den Wunsch, daß es Ew. Excellenz gefallen möge, bald Ihr
für die Sprachwissenschaft so wichtiges Werk über die Amerikanischen
Sprachen herauszugeben.

Mit tiefster Ehrerbietung
Ew. Excellenz

Den 1ten April 1823.   Unterthänigster
Bopp.

Wilh. von Humboldt an Franz Bopp.

22.

   Ew. Wohlgeboren würden mich sehr freundschaftlich verpflichten,
wenn Sie morgen, Sonnabend mit uns essen, allein etwa nach 11. Uhr
zu mir kommen wollten, um mit mir den Ramayana zu lesen.

   Ihre in der That verdienstliche Abhandlung habe ich mit dem größten
u. lebhaftesten Interesse wiedergelesen, u. behalte sie nur noch hier,
weil ich über ein Paar Stellen mit Ihnen selbst zu reden wünschte.

Leben Sie herzlich wohl.   Ganz

2. Mai, Freitag. [1823].   der Ihrige,
Humboldt.

Franz Bopp an Wilh. von Humboldt.

23.

Ew. Excellenz

habe ich die Ehre hierbey das Heft der I. Bibl., welches durch Ihre ver-
dienstvolle Abhandlung*) so herrlich ausgestattet ist, mit vielem Danke zurückzuschicken.   Ich habe den abgedruckten Theil der Abhandlung nochmals mit dem größten Interessen gelesen und nehme mir die Freiheit,
mit Ew. Excellenz gnädiger Erlaubniß über Schlegels Anmerkungen, wie
überhaupt über die Auslegung einiger Stellen meine Ansicht auszusprechen.

———————
*) [Schlegel, Ind. Bibl. I. 433 ff.]

— Ich bin noch immer der Meinung, wie ich früher Ew. Excellenz zu schreiben die Ehre hatte, daß in dem Beispiel 8 der Instrum. *tếna* zu *bhavitavyaṁ* gezogen werden müsse, denn ich finde gewöhnlich bey ähnlichen Construktionen einen Instrum. bey den unpersönlich gebrauchten Partic. pass., und jedes verbum neutr. kann auf diese Weise passivisch gebraucht werden, wie *gaṁtavyaṁ tếna*, es ist zu gehen durch ihn.

Ich würde den Satz aktivisch so übertragen: „Und morgen wird dieser, nach Gehung, in des K. Teiches Nähe seyn", und passivisch: „Morgen ist durch diesen, nach Gehung, in des K.-T. Nähe zu seyn." — Ew. Excellenz geben auch selbst die Möglichkeit dieser Construction zu.

Zu Beispiel 17: — Ich sehe nicht ein warum, nach Schlegel, die Serampurer Leseart nicht zu rechtfertigen seyn soll, ich finde im Gegentheil diese Lesart ganz befriedigend, da sie vollkommen die Construktion des vorhergehenden Beispiels darbietet. Nach dieser Lesart muß aber das Sehen, wie auch Ew. Excellenz ganz richtig gethan haben, auf den Ochsen bezogen werden. Und warum sollte es nicht? Sagt doch, einige Zeilen vorher, Damanaka zum Löwen, daß der Ochse ihn zu sehen wünsche: *mahán ếvásáu dếvaṁ drashṭumicchati*. Das Gewünschte wird ihm nun zu Theil. — Die Pariser Lesart gefällt mir weniger, die Causal-Form erscheint hier nicht so gut an ihrer Stelle; ich würde wörtlich so übersetzen: „Hierauf wurde durch beide, nach Herbeyführung Sanjivaka's, des König Ansehen veranstaltet (zu machen veranstaltet)", man könnte im Englischen sagen: *the sight of the king was procured (to the bull)*; der Genitiv *rájñô* scheint mir hier erklärend für den Gegenstand der gesehen werden soll, doch bleibt in der London. und Pariser Lesart die Auslegung zweideutig, und ich läugne keineswegs die Möglichkeit der Schlegel. Auslegung. Doch würde ich auch in diesem Falle *rájñô* für einen ganz gewöhnlichen Genitiv nehmen — das Sehen des König wurde veranlaßt (in Ausübung gesetzt). Die Serampurer Lesart scheint mir darum die vorzüglichere, weil sie die einzige ist, welche keinen Doppelsinn zuläßt.

Beisp. 18 — Ich halte mich gern an dem, was Ew. Excellenz in der letzten Hälfte von S. 448 gesagt haben, mit Schlegel würde ich indessen gern *vimukta:* lesen, wenn eine Handschrift dazu berechtigte, denn *ákáçadếçaṁ* und *vimuktaṁ* etc. ist eine Art von Tautologie, da das erste schon die vom Feuer freye Gegend ausdrückt.

Beisp. 20 — Die Uebersetzung Schlegels scheint mir nicht zu verwerfen, doch sehe ich auch gerade keine Nothwendigkeit, sie anzunehmen, ein. Ich erinnere mich schwach auch ohne *iti* Gedanken oder Reden eingeflochten gefunden zu haben.

Beisp. 21. Die Schlegelische Uebersetzung finde ich von der Ew. Excellenz weniger in der That abweichend als sie mir anfänglich schien. Denn mit Gerundial-Construktion würden Ew. Excellenz die Stelle ungefähr so gegeben haben. „Nach (oder durch) Erkennung des die Schuld tragenden Buhlen wurde" etc., und Schlegels Auslegung ließe sich gerundialisch geben durch: Nach Bemerkung durch die Kupplerin, daß der Liebhaber die Ursache der Umarmung (des Gatten) sey.

22. Ich halte mit Schlegel *mế* für den Genitiv, wie Nal. 9, sl. 8.

In 23 und 25 theile ich Schlegels Zweifel gegen die Richtigkeit der Londoner Lesarten. — Beisp. 31 „Die von Schlegel vorgeschlagene Versetzung ist allerdings sinnreich und macht die Construction leicht und fließend; so lange sie nicht durch eine Handschr. bestättigt wird, muß man sich aber mit der Scrampurer Lesart behelfen, die sich übrigens sehr gut vertheidigen läßt. Die Stelle hat Aehnlichkeit mit Beisp. 16, *vijñáya* steht, wie *áhúya* ohne Subjekt, man kann sich *rámêna* hinzudenken, wie bei *áhúya pushharêṇa*. — Ueber den absoluten Nomin. bin ich noch nicht mit mir einig, ich habe bis jetzt die von Ew. Excellenz bezeichneten Stellen des Ramay. noch nicht betrachten können, weil es mir an einem Exempl. fehlt.

In tiefster Ehrerbietung
Ew. Excellenz

Den 5. Mai [1823].   Unterthänigster

Bopp.

Wilh. von Humboldt an Franz Bopp.

[17]   24.

Ich finde eben wieder einen Fall des sogenannten Part. indeclin, der mir sehr merkwürdig scheint. Ich schreibe Ew. Wohlgeboren die ganze Stelle ab, weil ich glaube, daß Sie keinen Ramayana bei sich haben.

I. 21. sl. 22. *vidyásamuditô ráma: çuçubhê bhîmavikrama:*
                  sahasraraçmirbhaguván çáradiva divákara:
      23. *gurukáryyáṇi sarvváṇi niyujya kuçikátmajê*
          úshustám rajanîntatra sarayvám susukhaṁ traya:
      24. *daçarathaṇrpasúnusattamábhyáṁ tṛṇaçayanê 'nucitê*
                              tadôshitábhyáṁ
          kuçikasutavacô 'nulálitábhyáṁ sukhamiva sá vibabháu
                                vibhávarî

Wie soll man hier sl. 23 u. 24.a construiren? Das Subject geht hier, wie öfter in diesen Constructionen, vom Singular zum Plural über. „Nachdem Kusika's Sohn zusammengeknüpft (vollendet) hatte alle Geschäfte eines geistlichen Lehrers, brachten die drei freudig dort die Nacht zu.“ Wenn *kuçikátmaja:* stände, so wäre es ebenso wie in der Stelle des Nalas, wo gesagt wird, daß indem Nalas bei der Damajanti stand, beide glücklich waren. Hier aber steht der Locativus, als hieße es *niyôjatê kuçikátmajê*. Dies Part. indeclin. wird hier wirklich ganz als ein declinirtes Part. behandelt. Halten Sie aber die Lesart für richtig, oder sehen Sie einen andern Ausweg?

Noch muß ich bei der ganzen Stelle bemerken. Bei *ush* finde ich gar nicht die Bedeutung „zubringen“, „sich aufhalten“, doch ist mir, als wäre sie mir sonst vorgekommen.

Die ersten Worte des letzten Verses kann man doch wohl nicht anders übersetzen als: „von den beiden nach der Rede des Sohnes des

K. Verlangenden". Doch weiß ich nicht, woher das lange *á* hier in das Part. von *lal* kommt, da hier nicht der Sinn eines causalen Verbum eintritt. Die Engländer übersetzen, *protected by the son of K.* Das finde ich aber gar nicht. — Ich construire nemlich: Die Nacht glänzte freudig vor den beiden treflichen Söhnen Daśarathas (der Ablat. oder besser wohl der Instrum.) welche da verlangten die Rede des Sohnes K. u. welche also zubrachten in dem ungeziemenden (nemlich für ihre Erhabenheit zu demüthigen) Graslager. —

Ich hoffe Ew. Wohlgeb. sind neulich gut in der Stadt angekommen u. danke Ihnen nochmals für den angenehm zugebrachten Tag.

Mit herzlicher Hochachtung

27. [Mai 1823].   Ihr

H.

Franz Bopp an Wilh. von Humboldt.

25.

Excellenz,

In der von Hochderselben mir gnädigst zugeschickten Stelle des Ramayana möchte ich *niyôjya* auf Rama beziehen. *yuj* mit *ni* heißt befehlen, auftragen, daher *niyôjana* Befehl. Ich übersetze: Rama glänzte wie die Sonne . . ., nachdem er die Guru-Geschäfte sämmtlich dem Sohne Kusika's aufgetragen hatte (ihn damit bekleidet hatte, sie durch ihn hatte verrichten lassen) wohnten die drei freudig die Nacht am Sarayu. Auf diese Weise wird die Construktion vollkommen ähnlich der von Ew. Excellenz citirten Stelle des Nalus. *ûshus* kommt von *vas* wohnen. — In der Auslegung des folgenden Sl. bin ich ganz mit Ew. Excellenz einverstanden. Doch glaube ich, daß *anulálitabhyâm* sehr gut die Causal-Form seyn kann. Sie waren lüstern oder begehren gemacht worden, „durch die zu verlangen veranlaßten". Wenn es nicht die Causal-Form wäre, so ließe sich das Part. pass. weniger begreifen. *óshitábhyâm* ist ebenfalls eine Causal-Form.

Ich höre, daß Ew. Excellenz Dienstag lesen werden und freue mich im voraus auf Ihren Vortrag.

In tiefster Ehrerbietung, Ew. Excellenz

Unterthänigster

Berlin, den 30ten Mai 1823.

F. Bopp.

Wilh. von Humboldt an Franz Bopp.

[18]   26.

Meinen herzlichsten Dank für Ihre gütigen belehrenden Zeilen. Ihre Auslegung ist offenbar die richtige. Ew. Wohlgeboren schreiben aber *niyôjya*. In der Calcutter Ausgabe des Ramayana steht *niyujya*. Dies ist also wohl falsch, oder kann man beide Formen brauchen? Es interessirt mich nur wegen der Regeln der Bildung dieses Gerundium's. — Daß ich *úshu:* habe verkennen können, gehört zu den Verstößen, über die man beschämenden Aerger empfindet. Freilich aber lautet diese Person in beiden Verben gleich. — Die part. pass. in dem letzten der angeführten Verse nahm ich, wie sie oft stehen in neutraler Bedeutung. Ueber *tadôshitábhyâm* muß ich mir noch einige Belehrung erbitten. Ich hielt das Wort für zusammengesetzt aus *tadâ* u. dem part. pass. *ushita*, woraus dann *ô* entsteht. Ew. Wohlgeb. erklären das part. für das des Causale u. nennen dies *ôshitábhyâm.* Allein dann müßte ja wohl die Zusammensetzung *tadáushitábhyâm* lauten. Ueber die Bildung des Part. der Causalform ist auch Wilkins Gr. mangelhaft. Es nimmt wohl bei *vas* ein Anfangs *ô* an, weil die Causalform *vási* einen langen Vocal hat?

Ich werde Dienstag bloß meine allgemeinen Ideen über Infinitiv u. Gerundium aus meiner Abhandlung (ohne Bezug auf Sanskrit) vortragen. Da ich aber diese §phen ganz umgearbeitet habe, so wird es mir sehr schmeichelhaft seyn, wenn Ew. Wohlgeboren bei der Sitzung zugegen zu seyn die Güte haben wollen.

Mit ausgezeichneter Hochachtung
Ew. Wohlgeb.

31. [Mai 1823].   ergebenster
                                                   Humboldt.

Franz Bopp an Wilh. von Humboldt.

27.

Excellenz!

Es ist bloß ein Versehen, daß ich *niyôjya* geschrieben habe, ich hatte nämlich das Substantiv *niyoga* im Sinne. Auch erkenne ich es für einen Irrthum, daß ich *ôshita* für eine Causalf. hielt, da wie Ew. Excellenz ganz richtig bemerken, das *ô* hier aus *a + u* entstanden ist, welches ich übersehen hatte, da meine Aufmerksamkeit vorzüglich auf *anulâlita* gerichtet war, welches kein Verbum neutrum ist und bey welchem also das Part. auf *ta* keine aktive Bedeutung haben könnte. Dagegen kann *ushita* sehr gut „gewohnt habend" bedeuten. Das Part. auf *ta* von *vas* in causaler Form würde *vásita* heißen müssen, soviel ich bis jetzt bestimmen kann, da *vá* (wegen des langen *a*) nicht in *u* od. *ô* übergeht.

Es wird für mich von größtem Interesse seyn dem heutigen Vortrag Ew. Excellenz beyzuwohnen.

In tiefster Ehrerbietung
Ew. Excellenz

Den 3ten Juni 1823.   Unterthänigster
                                                   F. Bopp.

Wilh. von Humboldt an Franz Bopp.

[19]   28.

Ich danke Ew. Wohlgeboren herzlich für das Vergnügen, das mir Ihre Recension des Bhagavad-Gita gemacht hat. Ich dächte, Schlegel müßte sehr zufrieden damit seyn.

Von den drei Stellen, in welchen Sie seine Uebersetzung berichtigen, haben zwei, die letzten, mir von Ihnen sehr richtig erklärt geschienen. In der ersten aber würde ich in Schlegels Uebersetzung nichts ändern. Es mag wohl seyn, daß das pracs. auch statt des potentialis steht, allein einmal ist dies hier immer wenig natürlich, da ein zweites Verbum wirklich im potentialis folgt, u. dann gewinnt hier offenbar der Sinn, wenn der Satz: daß die Menschen dem Beispiele des Gottes folgen, absolut u. im praesens steht. Warum aber Schlegel *mortales* statt *lôkî* gesetzt hat, begreife ich nicht.

In der zweiten Stelle ist der Sinn offenbar der von Ew. Wohlgeboren angegebene. Wenn aber *sukhaṁbhava:* ein Wort wirklich ist, so möchte ich es grammatisch nicht mit *araṁdama:* vergleichen. In diesem ist ein Verb. act. transit. mit einem accusativ verbunden, obgleich gerade diese Zusammensetzung, scheinbar die natürlichste aller, dem Sanskrit fremd ist. Diese Verbindung kann *bhû* nicht haben. Ich würde also hier *sukhaṁ* für ein Adverbium halten, wie es so oft ist.

Dann ist grammatisch alles richtig, u. es fragt sich nur, in wie weit der Gebrauch solcher Verbindungen legitimirt. So nehme ich auch Wilkins' Beispiel. Denn daß er die Einschiebung des anuswara für bloß euphonisch hält, ist doch wohl falsch, da keine allgemeine Regel vor *bha* die Einschiebung eines Nasalen fordert.

Die 3te Stelle ist offenbar, wie Sie sagen. Nur weiß ich nicht, ob man *pâtrê* nothwendig für die Person u. einen Dativ nehmen muß. Auch im wahren Sinn als Locativus u. als Abstractum „in der Ordnung", „Würdigkeit" bildet es den Gegensatz des Wortes sl. 22.

Ich schicke das Stück der Zeitung zurück, weil ich nicht weiß, ob Sie zwei Exemplare besitzen u. die Güte hatten, mir eines zu bestimmen. Sonst würde ich es mit großem Vergnügen aufbewahrt haben.

Mit hochachtungsvollster Freundschaft

der Ihrige,

30. [? 1823]   Humboldt.

[20]   29.

Ew. Wohlgeb. schicke ich mit meinem herzlichsten Danke die einliegenden Bogen zurück, und muß sehr um Verzeihung bitten, es so spät zu thun. Ich wünschte aber wohl zu erfahren, ob diese Grammatik fortgesetzt ist, u. wo man sie haben kann? Ich dächte, Sie hätten mir gesagt, daß Sie sie durch Klaproth besäßen.

Ist im Schlegelschen Bhag. Gîtâ nicht VI. 21. a. in *sukhamâtyaṁtikaṁ* das lange *a* ein Druckfehler? Ich weiß sonst gar mir seine Entstehung nicht zu erklären.

II. 39. b. übersetzt Schlegel die ersten drei Worte *cui sententiae
devotus*, als würde das Subst. vom Verbum regiert. Allein dann müßte
das erstere im Dat. stehen, wie II. 38. b. Hier wo der Instrumentalis ist,
muß man, dünkt mich, *qua sententia i. e. vi cujus sententiae devotus*
übersetzen. So thut es Schlegel auch wirklich in einer ganz ähnlichen
Stelle X. 7. b. Es ist aber wahr, daß in der Stelle, von der ich hier
rede, diese Uebersetzung weniger zum Sinn paßt, als die Schlegelsche.

Woher kommt *saṁjñita*, da doch *jñâ* zum Part. *jñâta* hat?

Lassen sich die Fälle, wo die 3. pers. plur. das *n* verliert, auf
eine ganz allgemeine Regel bringen? Mir ist nur die der reduplicirten
Verba bekannt.

Könnte Bhag. Gîtâ VI 10. b. *aparigraha* nicht heißen: der nichts
nimmt, nichts begehrt, oder muß man schlechterdings, wie Schlegel thut:
sine comitatu übersetzen?

Verzeihen Sie die vielen Fragen.   Mit herzlichster Freundschaft
der Ihrige,

30. [?]   Humboldt.

[21]   30.

Es hat mir unendlich leid gethan, Ew. Wohlgeb. so lange nicht zu
sehen.

Ich schicke Ihnen hier Ihr Manuscript mit meinem herzlichsten Dank
zurück. Besondere Bemerkungen wüßte ich nicht dabei zu machen.
Aber die Behandlung der Declination der Wörter, die in Consonanten
endigen, hat mich ungemein erfreut. Die von Ew. Wohlgeb. gewählte
Abtheilung verbreitet über die ganze Materie eine so befriedigende Klarheit, u. stellt so schön zusammen, was Wilkins höchst unzweckmäßig u.
für den Lehrling ermüdend zerreißt, daß man Ew. Wohlgeb. Anordnung
nicht genug loben kann.

Viele mir gerade jetzt obliegende Privatgeschäfte verhindern mich
noch, Sie zu bitten, unsre gewöhnlichen Lesungen wieder aufzunehmen.
Aber ich schmeichle mir, daß Ew. Wohlgeb. uns darum nicht minder
mit Ihrem gütigen Besuch, der uns immer höchst schätzbar ist, erfreuen
werden.

Mit der hochachtungsvollsten Freundschaft
Ew. Wohlgeb.

11. Febr. [1824].   ergebenster
Humboldt.

[22]   31.

Ich kann es mir nicht versagen, Ew. Wohlgebohren meine große
Freude über Ihre angefangene Grammatik zu bezeugen. Schon der erste
Bogen hat mir ausnehmend gefallen. Obgleich nur von den ersten Ele-

menten darin die Rede ist, zeichnet sich der Vortrag gleich durch Klarheit aus, u. geht, wo es nur die Gelegenheit erlaubt, wie bei dem Punkt der Setzung des Anuswara in der Mitte der Wörter, auch tief u. erschöpfend ein. Auch der Druck ist sehr schön. Ich wünsche Ihnen daher mit aller Wahrheit der Anerkennung des Verdienstes, welches Sie Sich dadurch erwerben, Glück zu einem so schönen Beginnen, u. statte Ihnen zugleich meinen wärmsten Dank ab.

Mit der hochachtungsvollsten Freundschaft

der Ihrige,

May, Abends [1824].   Humboldt.

32.

Ich sehe so eben, daß Ew. Wohlgeboren heute in der Akademie lesen. Es thut mir unendlich leid, daß die Schonung, die ich meinen Augen noch schuldig bin, mich verhindert schon heute auszugehen, u. ich bitte Sie, mich deshalb bei der Classe zu entschuldigen. Die Abhandlung, die Sie lesen werden, darf ich mir wohl die Freiheit nehmen, von Ew. Wohlgeboren nachher zu erbitten. Sie werden mich durch die Mittheilung ungemein verpflichten.

Mit der hochachtungsvollsten Ergebenheit

Ihr

13. [Juli 1824].   Humboldt.

[23]   ### 33.

Ich sage Ew. Wohlgeboren meinen wärmsten Dank für die mir gütigst mitgetheilte, anliegend zurückerfolgende Abhandlung. Ich habe sie mit dem größesten Vergnügen gelesen, u. mich eben so sehr des Scharfsinns der Herleitungen, als der darin sich beweisenden ausgedehnten Sprachkunde gefreut. Ihre Untersuchungen führen also im Griechischen auf einen Stamm ὁ zurück, u. ich läugne nicht, daß Ihre Gründe sehr viel Ueberzeugendes für mich gehabt haben. Dagegen zeugen einige Griechische Grammatiker (Dion u. Apollonius) nicht bloß hypothetisch, sondern geschichtlich, auf τ als Nom. von ξ. Wie ist nun dies zu vereinigen? Ich wünschte, Ew. Wohlgeboren hätten diesen Widerspruch mit aufgeführt. Es ist das Einzige, was ich, wenn es mir erlaubt ist, zu sagen, in Ihrer sonst so vollständigen Abhandlung vermißt habe.

Die Bogen der Grammatik habe ich mit fortgesetztem Vergnügen gelesen u. bin jetzt auf die Fortsetzung der S. 24 nicht beendigten Anmerkung vorzüglich begierig.

Mit der freundschaftlichsten Hochachtung

d. Ihrige,

20. [Juli 1824].   Humboldt.

34.

[24]   Ottmachau, den 15. August, 1824.

Ich benutze die frühere Abreise meines jüngsten Sohnes von hier, um Ew. Wohlgeboren die Inlage zu schicken. Ich habe mit dem größesten Interesse und Vergnügen die sämmtlichen nun von Ihnen herausgegebenen

Episoden gelesen u. wiedergelesen, und was mir bei der ersten noch irgend zweifelhaft geblieben ist auf den einliegenden Bogen genau angemerkt. Es wird mir sehr lieb seyn, wenn Sie mir darüber gelegentlich einige gütige Aufklärung geben wollten. Ich bitte Sie aber ja, meine Bemerkungen, auch wo sie scheinbar Einwendungen gegen Ihre Uebersetzung oder Erklärung enthalten, nur als Zweifel anzusehen, die mir aus Mangel an Kenntniß u. Uebung geblieben sind. Ich habe schlechterdings Alles aufgezeichnet, wo ich auch nur das leiseste Bedenken grammatischer, oder anderer Art hatte, und wenn ich über diese Punkte belehrt bin, so ist mir in diesem Stück, dem es doch nicht an schwierigen Stellen fehlt, Alles klar. Ueber die zweite Episode habe ich ähnliche Bemerkungen gemacht, nur kann ich sie nicht beilegen, weil ich nicht damit zu Ende bin. Bloß ein Paar Stellen werden Ew. Wohlgeboren finden, wo ich mir wirklich Einwendungen gegen Ihre Erklärungsweise erlaubt habe. Ich reise auch morgen von hier ab, halte mich aber noch unterwegs auf, so daß ich erst am Ende des Monats in Berlin eintreffen werde. Da Sie eine Reise vornehmen wollten, weiß ich nicht, ob ich das Vergnügen haben werde, Sie noch zu finden, doch schmeichle ich mir mit dieser angenehmen Hoffnung. Sie haben wohl dann die Güte, mich recht bald in Tegel zu besuchen. — Ich habe einen Brief von Schlegel aus Bonn gehabt, der folgende Stelle enthält, die Sie betrifft: „Mit Herrn Bopps Beurtheilung in den Gött. Anzeigen habe ich Ursache sehr zufrieden zu seyn, nur kann ich ihm schwerlich zugeben, daß in dem Hemistichium *sukhadu:khambhavô bhâvô* vor dem letzten Worte ein *a* privat. ausgefallen sey, u. daß die beiden letzten Wörter als für sich bestehende Begriffe einander entgegengesetzt seyen. Dies scheint mir die verschiedene Quantität nicht zu erlauben. So eben empfange ich zu meiner großen Freude Herrn Bopps Episoden aus dem M. Bh. Der Berliner Guß ist ja recht schön ausgefallen. Das ist nun also der zweite Sanskrit Text, den wir Deutsche binnen Jahresfrist ans Licht fördern. In England sind zwischen dem Hitop. u. dem jetzt zur Erscheinung bald fertigen Gesetzbuch des Manus 14 Jahre verflossen.“ — Ich habe die Bhag. Gita nicht hier u. erinnere mich nicht, was ich über die obige Stelle, als Sie mir Ihre Anzeige mitzutheilen die Güte hatten, für eine Ansicht hatte. Ich begreife indeß nicht, wie die Quantität sich durch Ihre Erklärung verändern sollte. Sie scheint mir dieselbe zu bleiben bei beiden Erklärungen. Soeben sehe ich erst, daß Sie vermuthlich das letzte Wort mit einem kurzen *a* in der ersten Silbe lesen wollen. — Leben Sie herzlich wohl. Ich freue mich ungemein Ew. Wohlgeboren bald selbst zu sehen.

Mit hochachtungsvollster Freundschaft

Ihr

Humboldt.

[25]   35.

Ich bin seit einigen Tagen wieder hier angekommen, u. kann Ew. Wohlgeboren nun auch einige Bemerkungen, oder besser meine Zweifel über Ihre zweite Episode senden. Sie erfolgen anliegend.

Sie würden mich sehr erfreuen, wenn Sie mich recht bald hier besuchen wollten. Außer nächsten Dienstag finden Sie mich jeden Tag der mit morgen anfangenden Woche. Ich wünsche ausnehmend, bald einen Tag mit Ihnen zuzubringen.

Mit hochachtungsvollster Freundschaft

Ihr

4. Sept. 1824.

H.

[26]   36.

Ich verreise morgen u. bedaure unendlich, daß ich vor meiner Abreise nicht habe dazu kommen können, mit Ew. Wohlgeboren ausführlich zu sprechen, u. über die Stellen Ihrer Episoden Ihre belehrenden Aeußerungen zu erfahren. Aber ich bin so mit Geschäften aller Art überhäuft gewesen, daß es mir in Wahrheit unmöglich war. Gestern hoffte ich Ew. Wohlgeboren in der Akademie zu finden, Sie kamen aber nicht, u. so muß ich Sie bitten, schriftlich die Versicherung meiner herzlichsten u. hochachtungsvollsten Freundschaft anzunehmen, u. mir Ihr gütiges Andenken zu erhalten.

Berlin, 5. Nov. 1824.   Humboldt.

[27]   37.

Ich bin gestern Abend wieder hierher zurück gekommen, u. freue mich sehr Ew. Wohlgeboren die hier für Sie vorgefundenen Anlagen schicken zu können.

Sie waren so gütig mir vor meiner Abreise zu versprechen, die mir dunkel gebliebenen Stellen in zwei der von Ew. Wohlgeboren herausgegebenen Episoden mit mir mündlich durchzugehen. Wäre Ihnen der nächste Freitag Nachmittag dazu angenehm, so würde ich Sie zwischen 4 u. 5 Uhr erwarten. Wünschten Sie einen anderen Tag, so bitte ich Ew. Wohlgeboren einen spätern zu bestimmen. Nur muß ich Sie ersuchen, mir vorher meine Bemerkungen zuzuschicken, da ich mich, weil die Sache mir indeß fremd geworden ist, darin orientiren möchte.

Empfangen Ew. Wohlgeboren die Versicherung meiner ausgezeichneten Hochachtung.

Berlin, den 7. Dec. 1824.   Humboldt.

[28]   38.

Ew. Wohlgeboren sage ich meinen herzlichsten Dank für das mir überschickte Heft Ihrer Grammatik. Es wird mir ein überaus erwünschtes Studium seyn.

Da Ew. Wohlgeboren Sonnabend von 5. Uhr an frei sind, so würde es mir sehr angenehm seyn, wenn ich Sie übermorgen, Sonnabend, nach 5 Uhr erwarten dürfte.

Die bisher durch Ew. Wohlgeboren Güte empfangenen Bogen der Grammatik lege ich bei, da Sie dieselben vielleicht gebrauchen könnten.

Mit der hochachtungsvollsten Freundschaft

der Ihrige,

9. Dec. Donnerstag. [1824].   Humboldt.

6*

[29]   39.

Wir haben Ew. Wohlgeboren Verlobungskarte erhalten, und ich eile Ihnen in unserm Namen von Herzen zu diesem Ereigniß Glück zu wünschen. Da Sie gewiß nicht an dem freundschaftlichen Antheil zweifeln, den ich an Allem nehme, was Ihnen begegnet, so darf ich mir schmeicheln, daß Sie von der Aufrichtigkeit meiner Wünsche überzeugt seyn werden.

Ich bin so frei Ihnen das Journal Asiatique zurückzuschicken, demselben aber ein Heft von mir, welches eine Fortsetzung der Langlois'schen Kritik enthält, u. Bemerkungen über diese Kritik, die ich hier ausgearbeitet habe, beizufügen.

Ich bestimme diese Bemerkungen für Schlegel.

Ew. Wohlgeboren würden mich aber sehr verbinden, wenn Sie dieselben recht genau durchgehen wollten. Ich wünschte nicht nur, daß Sie mir mündlich oder schriftlich Ihre Meinung über die behandelten Stellen sagen, sondern auch gleich in dem Manuscript alle Verstöße corrigiren möchten, in die ich bei der Flexion oder dem Schreiben der Sanskrit-Wörter verfallen seyn könnte.

Langlois' Arbeit scheint mir zugleich partheiisch und flüchtig, u. in den philosophischen Theil der Gitá scheint er mir wenig eingedrungen zu seyn, ja nicht einmal immer recht die verschiedenen zusammengehörenden Stellen vor Augen gehabt zu haben.

Mit der hochachtungsvollsten Freundschaft

Tegel, 8. Mai, 1825.

der Ihrige,
Humboldt.

[30]   40.

Ich schicke Ew. Wohlgeboren die Inlagen mit meinem lebhaften Dank zurück. Ich habe den Inhalt genau erwogen, auch mit Personen im Ministerium gesprochen. Da die Akademie wirklich Ihnen 500 Thlr. zur Reise zu geben beschlossen hat, so besorge ich, möchte jetzt ein Gesuch beim Ministerio um einen Zuschuß nicht wohl angebracht sein. Man würde gleich antworten, daß man zuerst abwarten müsse, ob Sie mehr brauchten. Es scheint mir also besser, erst gegen Ende des Jahres, wo Sie in London seyn werden, den bestimmten Versuch beim Ministerio zu machen. Man kann dann mit Grund sagen, daß Sie, zum Nachtheil der Sache Ihren Aufenthalt, ohne einen neuen Zuschuß, abkürzen müßten. Auch ist es leichter etwas im neuen Jahre, als in dem halb vollendeten, wo schon über alles disponirt ist, zu erhalten. Ich werde also, mit Ew. Wohlgeboren Genehmigung jetzt die Sache ruhen lassen, aber sie gewiß mit Eifer gegen Ende des Jahres betreiben.

Die mir neulich geschickten Erläuterungen haben mich über die schwierigen Stellen vollkommen belehrt.

नष्टो मोह: स्मृतिर्लब्धात्.

Ich bin so frei auf dem anliegenden Streifen Ihnen einen Vers, einen arabischen oder türkischen, zu schicken u. Sie um die Ueber-

setzung, mit gütiger Rücksendung des Streifens zu bitten. Es ist
die Inschrift eines Türkischen Säbels. Es könnte vielleicht auch Per-
sisch sein.

Ich werde am 30. d. M. in der Akademie eine Abhandlung über
die Bhagavadgîtâ, eigentlich nur eine Darstellung des darin enthaltenen
philosophischen Systems lesen, u. würde mich sehr freuen, wenn Ew.
Wohlgeboren gegenwärtig wären.

Leben Sie herzlich wohl! Mit der hochachtungsvollsten Freundschaft
der Ihrige,
20. [Juli 1825.]   Humboldt.

[31]   41.

Da ich in wenigen Tagen verreise, so schicke ich Ew. Wohlgeboren
mit meinem herzlichen Dank die Anlagen für Sie u. Herrn Ballhan [?] Rosen
zurück. Es hat mich sehr interessirt, zu sehen, daß man Ihnen in Absicht Ihrer in der That treflichen Grammatik Gerechtigkeit widerfahren
läßt. Die Langlois'sche Fortsetzung ist noch unbedeutender, als die Aufsätze der vorhergehenden Stücke. Ich habe noch keine Antwort von
Schlegel. Sie werden mich sehr verbinden, wenn Sie auch die Tabellen
wollen durch Vogt nach u. nach in meiner Berliner Wohnung abgeben
lassen. Ich finde sie dann bei meiner Zurückkunft. Den Brief an Nöhden
werde ich mit den nächsten Courier besorgen. Unsern Gesandten in
England Graf Maltzahn kenne ich nicht selbst. Aber mein Schwiegersohn
Bülow wird Ihnen einen Brief für ihn zuschicken. Er wird meiner darin
erwähnen, u. Maltzahn ist ein sehr gefälliger Mann.

Leben Sie herzlich wohl, u. machen Sie eine recht glückliche Reise.
Sollten Sie Schlegel sehen, so schreiben Sie mir wohl schon von Bonn
über seine Arbeiten. Von London aus hoffe ich gewiß auf Ihre Briefe,
die durch die Gesandtschaft gehen können.

Herrn Rosen bitte ich Sie zu sagen, daß ich gleich nach meiner
Rückkunft mir das Vergnügen seiner Bekanntschaft verschaffen werde.

Mit der hochachtungsvollsten Freundschaft
der Ihrige,
Tegel, 28. Jul. 1825.   Humboldt.

42.

[32]   Berlin, den 16. November, 1825.

Ich antworte Ihnen, liebster Freund, so schnell, als es die Schritte
erlaubten, die ich in Folge Ihres Briefes zu thun hatte, und befördere
den Brief durch die Post, damit er Ihnen auch schneller zukomme. Ich
freue mich sehr, daß Sie eine so wichtige Handschrift des Maha Bharata
gefunden haben, u. so ungern ich Sie hier entbehre, was mir wirklich
recht schmerzlich ist, so halte ich es doch für sehr wichtig, daß Sie dieselbe nicht allzu kurz benutzen. Ich habe mit dem Minister Altenstein
gesprochen, u. auch sonst die geeigneten Schritte gethan. Der Minister
ist der Sache u. Ihrer Person so günstig, als wir es nur immer wünschen
können, er befindet sich aber wegen Geldverleihungen allerdings in Ver-

legenheit. Das Resultat meiner Besprechung mit ihm ist, daß er Ihnen,
wie ich glaube versichern zu können, 300 Thlr., wenn Sie ihm schreiben,
wird auszahlen lassen können. Diese Summe ist sehr klein, da Sie,
mein bester Freund, doch aber Ihren Aufenthalt auf keine Weise scheinen
über den April bin ausdehnen zu wollen, u. ohne Zuschuß bis Februar auskommen, so ist doch im Grunde für kaum 3 Monate zu sorgen, u. dazu
sind 45 Pfund (die sogar zu 7 Thlr. jene Summe macht) doch vielleicht
ausreichend. Haben Sie nur die Güte ohne allen Verzug dem Minister
zu schreiben u. ihn um einen Zuschuß aus königlicher Casse zu bitten.
Sagen Sie, wieviel Monate Sie wohl über den Februar hinaus bleiben
möchten, u. bestimmen Sie entweder die Summe gar nicht, oder schreiben Sie, daß Ihre Zwecke mit 500 Thlr. erfüllt werden könnten. Meiner
bitte ich Sie nicht zu erwähnen. Sagen Sie in dem Schreiben ausdrücklich, daß Sie aus eignen Mitteln keinen Zuschuß weder jetzt machen,
noch etwa, wenn Sie auch dazu Geld aufnehmen wollten, künftig er-
setzen könnten. Dieß sage ich deshalb, weil der Minister vielleicht, um
leichter das Geld bewilligen zu können, den Namen Vorschuß brauchen
wird. Eine solche allgemeine Weise Ihrer Eingabe ist dann gut, damit
Sie Sich auf dieselbe beziehen können, wenn man einmal zurückfordern
wollte, was übrigens nicht geschehen wird. Wenn Sie schreiben, geben
Sie mir zugleich Nachricht, liebster Freund. Ich thue dann, auch in
Absicht der Summe, noch das Mögliche. — Ich habe den ganzen Sommer
hindurch sehr viel Sanskrit getrieben, u. doch hoffentlich wieder einen
bedeutenden Theil meiner Unwissenheit zerstreut. Ich habe alle meta-
physischen Stellen des Manus, das ganze 1. u. 12. Buch u. mehrere
andere gelesen, übersetzt u. abgeschrieben nach meiner Manier, die ich
gewiß keiner Presse aufbürden will, die aber zum Privatgebrauch für
Anfänger unvergleichlich ist. Ich habe viel im Schol. gelesen, u. verstehe doch nun auch in ihm viel mehr. Haben Sie doch die Güte mir
Haughton's Manus nebst Uebersetzung zu kaufen u. durch die Gesandtschaft, die mir öfter Bücher schickt, zu schicken. — Ihre Grammatik
habe ich nicht nur immer zum Nachschlagen gebraucht, sondern sie vom
ersten Buchstaben an bis in die 2. Conjugation (so weit bin ich bis jetzt,
also fast am Ende) Wort für Wort durchgelesen, alle Citate nachgesehen,
u. Alles aufgeschrieben, was mir der Bemerkung werth schien. Ich kann
Ihnen nicht sagen, in welchem hohen Grade mich Ihre Grammatik befriedigt hat. Sie ist in der That meisterhaft. Es ist nicht bloß die
methodische, klare u. einfache Zusammenstellung dessen, was schon vorhanden war, so ein großes Verdienst auch diese allein schon seyn würde,
sondern es ist die so schön durchgeführte Herleitung der Formen aus
den Wohllautsgesetzen. Wo es nur immer angieng, haben Sie diese auf
eine Weise verfolgt, die wirklich zu tiefer u. klarer Einsicht des Sprachbaus führt. Ihre Vorgänger, besonders Wilkins, haben Sie vielfältig berichtigt, u. es ist nichts mehr zu wünschen, als daß Sie nun den Ueberrest ebenso bearbeiten, um ein Werk hingestellt zu haben, das eine
dauernde, feste Grundlage des Sanskritstudiums bleiben wird. Meine
Bemerkungen sind dreifacher Art: 1, Druckfehler. Die meisten sind

in den Citaten, doch auch einige in den Sachen, u. da ein Paar für den Anfänger wirklich schlimme, von denen es nicht gut ist, daß sie nicht haben angezeigt werden können. So ist in der Declinationstafel çivayấi für çivấyấi, in §. 299., der die Personalendungen angiebt, für pers. 2 dual. imperat. âtmanêp. आते statt आ॒ते gedruckt. In der Conjugationstafel steht indeß áthấm, nur, daß einmal dafür ấtấm gesetzt ist. Die 3. praes. sing. von duh ist §. 103. b. dógdhi, §. 343 aber dhốkti gedruckt. Doch kann nur das Erstere richtig sein. Das zu Grunde liegende h theilt seine Aspiration, der Intention nach, immer gleich den tönenden Aspiraten, dem folgenden Buchstaben mit, u. nur, wo dieß wie bei dh, bh u. s nicht angeht, wirft dasselbe sie auf den Anfangsbuchstaben zurück. Solche Druckfehler sind aber selten, u. ich wundre mich mehr über die wirklich großre Korrektheit bei einer dem Setzer so fremden Sprache. 2. habe ich alle Stellen angemerkt, wo mir die Regel nicht ganz bestimmt, oder deutlich ausgedrückt schien. Auch dieser Fälle sind aber sehr wenige. 3. verschiedene Ansicht habe ich nur bei sehr wenigen Punkten gehabt. Ein solcher ist indeß das anuswara. Auch über die Personalkennzeichen ließe sich, dünkt mich, mehr allgemein leitendes sagen. Aber ich wiederhole es Ihnen, Ihre Grammatik ist ein treffliches Werk, an dem sich nicht einmal viel bekritteln läßt. Es ist mir nur leid, daß die Engländer sie nicht lesen werden. Es wäre aber doch die Frage, ob nicht ein Englischer Buchhändler sie gern Englisch übernähme; im Lateinischen sind die, welche Sanskrit in England treiben, nicht immer gleich geübt. Einen Uebersetzer, dessen Uebersetzung Sie aber noch nachsehen müßten, fänden Sie ja wohl. — Sollte es ganz unmöglich seyn, daß Sie Colebrookes Mscpt. des Maha Bharata hierher geliehen erhielten? Es wäre doch ganz anders, wenn Sie es ein Jahr hier benutzen könnten, als wenn Sie dort schnell vergleichen müssen, u. die Seereise ist so kurz. — Noch möchte ich Sie bitten, Sich doch zu erkundigen, ob über Afrikanische oder Süd-See-Sprachen etwas erschienen ist, u. es mir zu kaufen. Was ich besitze ist Folgendes: die Nyländerschen Schriften über die Bullom Sprache. A grammar and vocabulary of the language of New-Zealand. London, Wates. 1820. 8. A spelling Book for the Susoos. Edinburg. Ritchis. 1802. 8. Die ersten 7. Kapitel des Evangel. Matthaei, übersetzt von Wilhelm. 1816. 8. Finden Sie außer diesen etwas, brächten Sie es mir wohl mit. — Endlich giebt es eine Beschreibung der Tonga Inseln von Mariner, und ich denke von Davy einen Chinesischen Roman in Text u. Uebersetzung herausgegeben. Von diesen Büchern wüßte ich vorläufig gern den Preis. — Verzeihen Sie die vielen Bemühungen. Und nun leben Sie herzlich wohl, und arbeiten Sie in ungestörter Gesundheit u. heitrem Muth.

Mit der herzlichsten Freundschaft ganz der Ihrige,

Humboldt.

43.

[33]   Berlin, den 13. Januar, 1826.

Sie werden, liebster Freund, hoffentlich schon das Schreiben des Ministers haben, welches Ihnen die 300 Thlr. anweist. Die Academie übernimmt sie. Ich wollte Ihnen mit Fleiß nicht eher schreiben, als bis die Sache in der Academie durchgegangen wäre, u. das ist sie heute, ohne alle Schwierigkeit. — Ich danke Ihnen sehr für Ihren gütigen Brief, u. freue mich im Voraus, wenn Sie wieder hier sind, wieder Sanskritisches mit Ihnen besprechen zu können. Ich fühle mich jetzt sehr allein. Ich erinnere mich einmal gelesen zu haben, daß die Bhagavad Gita (nicht der Bhagavata Purana, dessen Jugend anerkannt scheint) sey für unächt, d. h. auch jung gehalten worden. Doch kann ich nicht finden, wo es steht. Ist Ihnen so etwas bekannt, oder könnten Sie nicht Colebrooke fragen, ob er Zweifel hat? — Daß es von Davy nicht Chinesischen Text giebt, ist mir leid. Die Uebersetzung allein kann mir nicht helfen. Aber von Mariner muß es Dialogues geben, nemlich Chinesisch u. Englisch. Diese hätte ich sehr gern. Vielleicht hätten Sie auch die Güte Sich zu erkundigen, ob sonst etwas Gedrucktes in dem neuen Chinesischen Styl *(kouan hoa)* vorhanden sey, u. schreiben es mir. — Rosen hat sein Examen gemacht u. sehr gut. Wegen seiner Abhandlung hat mich die Facultaet zu Rathe gezogen, u. ich habe ihm mit Wahrheit das beste Zeugniß gegeben. Ob ich gleich mit meinen Augen bei seiner kleinen Hand nicht Alles habe lesen können, hat mir die Anlage u. Ausführung sehr gut geschienen. Nun leben Sie herzlich wohl. Mit innigster Freundschaft der Ihrige,

H.

[34]   44.

Meinen herzlichsten Dank für Ihre neuen Belehrungen, liebster Freund. Ich bin, zum Theil wegen meiner Abhandlung, noch einmal alle das Indische betreffenden Aufsätze des Journal Asiatique durchgegangen u. vorzüglich die Burnouf'schen haben mir Gelegenheit zu mancher nützlichen Bemerkung gegeben. Ich schätze den jüngeren Burnouf wirklich ausnehmend. Ich bin da auch wieder auf die Anzeige Ihrer Grammatik gekommen, u. auf den Punkt, daß Sie den Nominativ der Sanskrit Wörter mit भ bezeichnen, da die übrigen Grammatiker es mit Visarga thun. Sie haben dadurch offenbar eine große Erleichterung in das Studium der Veränderungen der Zischlaute u. des Visarga gebracht. Allein ganz bin ich doch nicht mit mir einig, ob nicht die entgegengesetzte Methode die richtigere sey. Ich stelle mir nemlich die Sache so vor. भ steht nie am Ende eines Wortes, unsern h-Laut muß man also entweder ganz von dem Laut des Visarga absondern, oder dem Indischen *h* einen anderen Laut (vielleicht unser *ch*) beimessen. Wilkins Schilderung des Visarga p. 10. 12. halte ich daher für ganz unrichtig, u. es ist nur wunderbar, daß sie doch aus einheimischen Grammatiken herzustammen scheint. Wilkins scheint das Visarga bloß orthographisch zu nehmen. Denn sein Ausdruck: *h, when silent,* kann man doch nur so verstehen: wenn *h* nicht gehört wird, setzt man an dessen Stelle ein Visarga. Denselben Ton können, wenn Visarga, wie offenbar der Fall ist, ein Laut seyn soll, Visarga u. *h* nicht haben. Davon gehe ich aus, u. hierüber hätte ich auch in Ihrer Grammatik eine Anmerkung gewünscht, da wenn man p. 2. u. 13. vergleicht, doch, nach Ihnen, die Aussprache beider Buchstaben gleich ist, u. die Regel p. 53. nr. 81. a. nur eine orthographische wird. Denn ein in Visarga ausgehendes Wort muß nach den Prämissen, wie ein in *h* ausgehendes lauten. Darüber habe ich Zweifel. Mir scheint die Sanskrit Sprache eine Reihe von Zisch- u. Hauchlauten, denen sich *r* beigesellt, zu haben, die nach dem auf sie folgenden Buchstaben modificirt werden. Es sind dies die drei Zisch- laute, *r*, das eigentlich zwiefache Visarga, der Hauch der offenbar zwischen zwei nach p. 50. nr. 76. b. aufeinander unmittelbar folgende Vocale tritt, obgleich er nicht bezeichnet wird, endlich, ob dies gleich mit Zisch- u. Hauchlauten gar keine Aehnlichkeit noch Verwandtschaft hat, die Verwandlung von *a* in *o*. Dies *o* bleibt ganz unerklärlich, denn wenn auch in anderen Sprachen bisweilen ein *a* wegen eines ausfallenden Con- sonanten in *o* übergeht, wie *faux* aus *falsus* u. s. f., so scheint dies hier nicht anwendbar. Die Veränderungen dieser Zisch- u. Hauchlaute stellen Sie nun so vor, daß gleichsam der Grundton, der die Verände- rungen leidet, *s* ist, Wilkins u. die andern, daß es Visarga ist. Ge- wissermaßen könnte man die Sache gleichgültig nennen. Sie haben für Sich, daß im Griechischen u. Lateinischen dieser Endlaut ein *s* ist. Allein für ganz entscheidend halte ich dies nicht. Denn keine dieser beiden Sprachen hatte die ganze Reihe, das Visarga kommt bloß in altlat. Dichtern gewissermaßen vor. Die einigen spitzfindigen Griechi- schen u. Römischen Ohren hatten nur den dickern s-Ton herausgenom- men u. so endet bei ihnen der Nom. in s, bisweilen in r. Wilkins u. die übrigen scheinen nur für sich zu haben, daß in einer Pausa स in : übergeht. Wenn Sie also sagen: Als Beispiel diene *gajas*, so sollte man ganz streng genommen, *gaja:* erwarten, u. ich gestehe, daß ich p. 84. nr. 119. lieber sagen würde: Der Charakter des No- minativ ist einer der nach Maßgabe der nachfolgenden Buchstaben oder der Stellung überhaupt, einer der nach Reg. 72. u. 75—78 eintretenden Laute. Es schiene mir dies um so nothwendiger, weil der Fall, wo das *s* bleibt, wirklich der seltenere ist. — Es ist nun aber möglich, daß Sie wichtigere u. in der Sprache tiefer gegründete Ur- sachen haben, gerade das *s* als Grundform anzusehen, als die Ableitung im Griechischen u. Römischen, u. dann ist es freilich etwas Anderes. Sonst scheint mir, außer der Consequenz, ein Nebennutzen der Indischen Methode noch der, daß, wenn man den absolut stehenden Nominativ immer mit : bezeichnet, die Wörter, wo *s* zur Grundform gehört, mehr ins Auge fallen. Verzeihen Sie aber ja mein langweiliges Räsonne- ment, u. legen Sie es ja bei Seite, wenn Sie meinen, daß es sich von selbst widerlegt.

Was ist denn das letzte Stück des Journ. Asiat., das Sie oder Rosen haben? Meines ist das 41., d. v. November 1825.

Mit der hochachtungsvollsten Freundschaft

Tegel, den 17. Julius, 1826.

der Ihrige,

Humboldt.

Franz Bopp an Wilh. von Humboldt.

45.

Ew. Excellenz

habe ich die Ehre einige Bemerkungen über das Wisarga zu geneigter
Prüfung vorzulegen. Es ist mir nicht möglich von der in meiner Grammatik hierüber ausgesprochenen Ansicht abzugehen, obwohl es mir vielleicht nicht gelingen wird diesen Gegenstand vollkommen ins Klare zu
setzen. श und : scheinen allerdings eine verschiedene Aussprache zu
haben, श wird wahrscheinlich wie im Persischen, stärker aspirirt werden
ungefähr wie χ oder ch, auch findet man, daß es im Griechischen mit
χ geschrieben wird, wie Βραχμανοι, Αμιτροχατης aus *amitrahata*,
ομιχεω, μιχω von *mih*. Daß das Wisarga kein ursprünglicher Buchstabe sondern blos eine euphonische Veränderung sei, scheint mir dadurch bewiesen zu werden, daß es blos am Ende steht, wo die Buchstaben euphonischen Einflüssen ausgesetzt sind oder in Folge solcher
Einflüsse gesetzt werden; ein jeder selbstständige Consonante kann am
Anfange eines Wortes stehen, nur am Ende werden viele Buchstaben
nicht geduldet. Daß *s* und *r* auch vor Pausen in : übergehen und
daß sie eigentlich nur unter dem Schutze eines zu ihnen stimmenden
folgenden Buchstaben stehn können, scheint mir nicht gegen ihre Ursprüng-
lichkeit in grammatischen Formen zu beweisen, denn eine ganze Reihe
von Consonanten, nämlich die Tönenden, sind, wenn sie entsprechende
Dumpfe haben, vom Ende der Wörter ausgeschlossen. Man sagt *asti
puṇya:* wie man sagt *asti vêdavit*, nämlich weil *s* und *d* am Ende
nur unter gewissen Bedingungen geduldet werden. Wäre Wisarga ein
primitiver Buchstabe, der euphonisch verändert würde, so müßten
pita: Vater! und *râma:* gleiche Veränderungen haben, man müßte
râmarêti (nicht *râma êti*) sagen, wie man sagt *pitarêhi* . . — Ich
glaube, daß die Indischen Grammatiker mit Recht sagen, daß *s* in *u* über-
gehe, daher *râmô* aus *rama-u*, denn auch *l* geht im Italiänischen und
Franz. in *i* und *u* über, so erklärt sich die Deklination des Artikels *du*,
au, *aux* aus *d'(i)l*, *a(i)l*, *a(i)ls*, *chevaux* aus *chevals*. Die Erweichung
eines Consonanten in einen Vokal scheint überhaupt etwas sehr natürliches.
Das letzte Heft des Journal Asiat. ist das 45., welches mir heute Hr.
Rosen mitgetheilt hat; es enthält einen Artikel von Burnouf über Ceylon.

In tiefster Ehrerbietung

Ew. Excellenz

Berlin, den 24. Juli 1826.   Ganz gehorsamster

Bopp.

Wilh. von Humboldt an Franz Bopp.

[35]   46.

Es war mir ganz neu, hat mir aber eine große Freude gemacht zu
erfahren, daß Sie, liebster Freund, mit einer Arbeit über Grimm be-

schäftigt sind. Der Gegenstand interessirt mich ungemein. Sie werden
mir jeden Tag hier sehr willkommen seyn, mir Ihre Arbeit vorzulesen,
u. Sie wissen, daß wir um 2 Uhr essen. Wenn Sie aber glauben, daß
ich Ihr Concept leicht lesen könnte, so wäre es mir zugleich noch lieber,
wenn Sie es mir zwei Tage vorher schickten. Ich könnte dann mehr
darüber denken, u. Ihnen bei der Vorlesung gründlicher darüber reden.

Ich danke Ihnen sehr für Ihren gütigen Antheil an meinen Amerikanischen Arbeiten. Ich thue wesentlich nichts anderes, es vergeht kein
Tag, wo nicht etwas geschieht. u. das Mscpt. wächst mir unter den
Händen. Nur bin ich noch immer bei der Feststellung des Alphabets,
was ich nun endlich bei 24 Sprachen ins Reine gebracht habe, soviel
das möglich ist. Was kann alles Vergleichen von Wörtern helfen, wenn
man nicht weiß, wie sie lauten?

Mit der hochachtungsvollsten Freundschaft

der Ihrige,

2. 7ber, 1826.

Humboldt.

Wer sind denn die mir ganz unbekannten Berliner Jahrbücher?

[36]   47.

Ihr anliegend zurück erfolgender Aufsatz, theuerster Freund, hat
mich seitdem ich ihn empfieng, unablässig beschäftigt. Er ist unstreitig
das Wichtigste, was Sie bis jetzt über Sprachvergleichung geschrieben
haben, und was man überhaupt über dieselbe zu untersuchen vermag.
Es ist kaum möglich auf factisch zergliederndem Wege dem Wesen der
Sprachentstehung näher zu kommen. Der ganze Aufsatz ist voll der
scharfsinnigsten Bemerkungen, der überraschendsten Zusammenstellungen,
und spricht auf jeder Seite von einer vollendeten Kenntniß des ganzen
Indisch-Germanischen Sprachstammes. Ich traue mir, ohne alle verstellte
Bescheidenheit, weder genug Kenntniß des Sanskrits, noch der Germanischen Sprachen zu, eine solche Arbeit eigentlich beurtheilen zu können.
Ich will Ihnen indeß ganz offen, und so kurz ich kann sagen, was bei
mir doch noch die volle Ueberzeugung hemmt. Vielleicht kann es Ihnen
Gelegenheit geben, einigen Einwendungen im Voraus zu begegnen, oder
einigen Stellen mehr Ausführung und Deutlichkeit zu geben.

Die Sätze, die Sie beweisen wollen, sind, wenn ich Ihre Abhandlung
recht verstehe, folgende:

1., das Indische guna ist eine durch den Einfluß der Endungen
entstehende euphonische Umänderung des Wurzelvocals.

2., der Deutsche Ablaut ist, ob er sich gleich vom Indischen guna
durch die, wenn auch nicht ursprüngliche, Bedeutsamkeit, und den
größeren Umfang des Vocalwechsels unterscheidet, demselben doch darin
gleich, daß er dieselbe Entstehung hat.

3., es ist daher unrichtig, daß Grimm in dem Ablaut, eine mit
dem Alterthum und der ganzen Einrichtung unsrer Sprache tief verbundene Eigenschaft sieht, und ihn sogar der Reduplication vorangehen
läßt; der Ablaut gehört vielmehr in die Periode der Sprache, wo die

Beugungsendungen schon anfangen, Herrschaft über den nicht mehr in seiner ganzen Bedeutung aufgefaßten Wurzelvocal zu gewinnen.

Da der Ablaut das stärkste und scheinbar unwiderleglichste Beweis ursprünglicher Flexion war, so entscheidet diese Untersuchung auch über diese Grundfrage der Sprachbildung.

Soll man nun diese Theorie prüfen, so kommt es auf die doppelte Frage an:

1., ist das Indische guna wirklich der von Ihnen angegebenen Ursache zuzuschreiben?

2., ist nicht, wenn dies auch der Fall wäre, der deutsche Ablaut von demselben wesentlich verschieden?

Daß Grimm darin Unrecht hat, den Ablaut und das Guna immer in Eine Classe zu stellen, indem er doch jenen ganz in der grammatischen Bedeutsamkeit walten läßt, ist offenbar, u. rührt wohl von mangelhafter Kenntniß des Indischen her.

Sie suchen den Einfluß der Endungen auf das guna vorzüglich und man muß gestehen, allein aus dem Unterschiede herzuleiten, welchen die 2. Conjugation im Annehmen und Nichtannehmen des guna macht. Wäre dies aber wohl hinreichend? Muß eine Erklärung des guna nicht auf alle Fälle passen, wo es eintritt? Nun kann die Ihrige nicht bei der 1. Conjugation angewendet werden. Denn die Endungen der 1. und 6. Classe sind dieselben, u. jene fordert immer, diese verwirft ganz das guna. Bei der Ableitung der nomina sagen Sie selbst, daß die Natur der Endungen ganz unwirksam ist. Sie führen zwar Gründe an, dies zu erklären, allein sie erscheinen mir nicht genügend. Es ließe sich wohl begreifen, daß Nomina bald aus reinen, bald aus verstärkten Verbalformen entstünden; dann müßte aber die Abänderung des Vocals nicht von der Natur des Suffixes abhängen. Nun ist dies aber offenbar der Fall, u. mithin müßte auch, dünkt mich, wenn es auf die Kürze und das Gewicht der Endung ankäme, dies Gesetz gleichfalls bei der Ableitung gelten. Endlich aber sehe ich auch bei der 2. Conjugation noch Zweifel zu heben. Denn auf der einen Seite giebt es in den ersten vier Zeiten Endungen ohne guna, die vollkommen gleich leicht, als die mit guna sind. Erwägen Sie selbst *tha* der 2. plur. praes., das *hi* der 2. sing. imper., das sich vollkommen mit *mi* vergleicht, u. vor allen Dingen das *i* der 1. sing. praet. I. âtman. Auf der andern Seite haben gerade die langen und unbehülflichen Endungen der 1. Imperat. alle ohne Ausnahme guna. Waltete hier das von Ihnen behauptete euphonische Gesetz vor, wie ließen sich diese Ungleichheiten erklären?

Auf diese Einwendungen, liebster Freund, müssen Sie Sich gefaßt machen, denn ich gestehe, daß ich mir die daraus entstehenden Zweifel nicht zu lösen weiß. Ich habe oft darüber nachgedacht, woher gerade die bekannten Verbalbeugungen guna haben, aber nie etwas Genügendes herausgebracht, und ich gestehe, daß mir, wie ich eben sagte, auch Ihre Erklärung nicht zu passen, oder wenigstens nicht auszureichen scheint. Das guna grammatisch zu nehmen ist kaum möglich, da man gar keinen grammatischen Grund eines theils gar nicht, theils so wunderbar charak-

teristischen Vocalwechsels einsieht. Wäre er indeß bloß phonetisch, so
müßte guna überall erscheinen, wo das gleiche Lautverhältniß eintritt,
was doch nicht der Fall ist. So ist mir oft aufgefallen, warum in der
Declination kein guna erscheint? Die Anfügung einer Endung könnte doch
auch da auf den Stamm zurückwirken. Damit scheint zusammenzuhängen,
daß auch die Taddhita Suffixe keine conversion haben, dagegen die Kri-
danta und Unadi häufig, weil sie Wurzeln zu Primitiven haben. Das
guna scheint an das Verbum gekettet, u. da alle Substantiva, die durch
Unadi u. Kridanta-suffixe entstehen, von Wurzeln herkommen u. insofern Verbal sind, erfahren sie auch das guna, aber die aus andern Substantiven oder Adjectiven gebildeten nehmen nur Wriddhi an, weil sie
nicht unmittelbar von Wurzeln abstammen, sondern von Wörtern, die,
selbst schon von Verben abgeleitet, schon guna erfahren haben können.
Insofern scheint also guna doch dem Verbum ausschließlich eigenthüm-
lich u. insofern grammatisch. Es ließe sich indeß freilich sehr gut
denken, wenn nur die obigen Zweifel gelöst wären, daß dasselbe wirklich eine phonetische aber nur innerhalb des Verbums sich ereignende
Erscheinung wäre.

Ich habe mich gewundert, daß Sie den Umstand, daß der End-
Consonant einfach seyn muß, bloß bei der Verwandlung des *a* in *e* erwähnt haben. Sie hätten auch damit Ihre Theorie des guna bestätigen
können, da der doppelte Consonant den Stamm-Vocal gegen den Einfluß
der Endsylben auch da schützt. Es erklärt sich auch (wenn ich in
Ihrem System reden soll) daraus recht gut, warum im Griechischen ein
End-α zwar im Perf. Med., was immer einen einfachen Consonanten vor
der Beugung hat, nicht aber im Aor. 1 act. in *o* verwandelt, da der
Aorist meistentheils einen doppelten Consonanten erhält. Wo dies nicht
ist, tritt eine andre Conjugationsart ein. Ich weiß aber nicht, ob man
dies allgemeine Gesetz des guna nicht auch so erklären kann, daß, so
wie kein von Natur langer Vocal in der Mitte guna zuläßt, dies auch
kein durch position lang werdender thut.

Noch muß ich beim guna eine Kleinigkeit erwähnen, die aber doch
der Deutlichkeit schaden könnte. Wo Sie von der Diphthongirung des
Guna sprechen, thäten Sie wohl gut, ausdrücklich daran zu erinnern,
daß man Grund hat die Sanskritischen Laute *ê* u. *ô*, wenn wir sie auch
jetzt wie lange Vocale schreiben, für Diphthonge zu halten. In der Abhandlung thun Sie es, allein anfangs kann es weniger kundige Leser
irre führen. Selbst irre leiten kann, wie es mir scheint, die Vergleichung
dieser beiden Laute mit den Französischen *ai* und *au*. Sie sind, so viel
ich einsehen kann, nur orthographisch diphthonge, an sich aber einfache
Laute, wofür ich auch unsre *ā, ö, ū* halte.

λείπω, φεύγω, als durch guna entstanden anzusehen, war mir neu,
und will mir noch nicht recht ein. Doch möchte ich es nicht bestreiten.
Viel für sich hat es offenbar.

Komme ich nun zur zweiten Frage und zum Ablaut, so ist das
Wichtigste zuerst zu sehen, ob die Anwendung Ihres Gesetzes des Ein-
flusses der Endungen auch solche Zweifel läßt, als mir bei der Erklärung

des guna bleiben? Diese Prüfung anzustellen, aber bin ich nicht stark
genug in der Germanischen Conjugation. Davon abgesehen ist nicht zu
läugnen, daß der Ablaut bei weitem mehr grammatische Bedeutsamkeit
besitzt, als das guna, da er einen bestimmten Unterschied zwischen dem
Praesens u. Perfectum bewirkt, den Imperativ aus dem Spiel läßt, dagegen
oft auf das Participium einwirkt. Sollte dies, was so durchaus wie ein
organisches Gesetz aussieht, nun zufällig, u. einem Einfluß von Endungen
zuzuschreiben seyn? Es ist sehr wahr, daß die reinen Formen des Plurals
des Praet. für Ihre Meinung sprechen. Allein die ganze Erscheinung des
Ablauts führt doch eine Bedeutsamkeit mit sich, deren Gefühl sich unwill-
kürlich aufdrängt, u. welche den Ablaut in eine ganz andere Klasse, als
das guna, setzt. Das lateinische *ago, egi* macht denselben Eindruck auf
mich, u. es wäre freilich sonderbar, wenn die Germanische u. die Lateinische
Sprache in einem so wichtigen Punkt etwas besäßen, was der Griechischen
u. Indischen fehlte. Denn der von Grimm aus dem Griechischen angeführte
Vocalwechsel hat auch nicht den grammatischen Charakter des Ablauts.

Absichtlich grammatisch ist gewiß kein Vocalwechsel. Aller in
Ableitung u. Conjugation rührt, dünkt mich, immer entweder von der
Natur der Buchstaben od. ihrem Einfluß auf einander, oder vom Accent
her. In mehreren Sprachen, namentlich im Ungrischen verlangen sich
od. bilden sich starke u. schwache Vocale regelmäßig an. Allein vorzüglich wichtig ist der Accent, u. es ist offenbar, daß er oft die Beschaffenheit der ihm unterworfenen Laute verändert. So erkläre ich
condemno u. *damno*. Daß ein Wort seine Vocalgeltung abändert, wenn
es eine Sylbe mehr erhält, oder eine verliert, ist sehr begreiflich u. durch
viele Beispiele zu erweisen. So meine ich nun, läßt sich vielleicht die
Sache auf eine Weise erklären, in der sich Ihre Meinung mit der Grimmi-
schen, die auch die bisher angenommene war, vereinigt. Aus einem
wirklichen grammatischen Instinct formten die Germanischen Nationen
das Praeteritum anders, als das Praesens. Sie gaben ihm bald durch
Einsylbigkeit, bald bloß durch den Accent mehr Nachdruck. Dies erscheint
um so weniger unnatürlich, als der minder gebildete Mensch gewiß weit
eher geneigt ist, zwei verschiedene Zustände eines Begriffs, wie Praesens
u. Praeteritum, als zwei ganz verschiedene Dinge anzusehen, als beide
aus einem Gemeinsamen abzuleiten. Bei dieser Abänderung der Form
des Worts behaupteten nun die von Ihnen entwickelten phonetischen Gesetze ihr Recht. So konnte der Vocalwechsel aus der Einsylbigkeit oder
der schwachen Endsylbe, aber die Einsylbigkeit oder der starke Accent
der ersten Sylbe aus dem grammatischen Gefühl entspringen. Auf diese
Weise zeigt sich nun eine Verschiedenheit der Vocale des Praesens,
Praeteritum u. Participium. Denn um die Erscheinung vollständig vor sich
zu haben, muß man gleich auch dies hinzunehmen. Wurde aber einmal
dieser vom Ohr bemerkt so wurde er fortgebildet. Denn aus der Analogie
der bloßen Klangfülle muß gewiß in allen Sprachen Vieles erklärt werden.

Auf diese Weise könnte man sich vielleicht die Sache vorstellen.
Doch möchte ich nicht gerade darauf bestehen, daß dies die richtige
Erklärungsart sey. Nur davon, gestehe ich, kann ich, ohne andere über-

zeugendere Gründe für jetzt nicht abgehen, daß der Ablaut im Deutschen u. Lateinischen eine wirklich ursprünglich grammatische Erscheinung ist, und daß er daher ganz u. gar nicht mit dem guna verglichen werden kann, da bei dem guna, wie man es nehmen mag, gar keine grammatische Absicht zu erkennen ist.   Eher indeß möchte ich zugeben, daß auch das guna grammatisch ist oder war, ohne daß nur einer es recht erkenne, als das Grammatische im Ablaut abläugnen.   Ich fühle selbst, daß es sonderbar ist, daß dem Deutschen u. Lateinischen etwas so tief in das Wesen der Sprache eingreifendes eigen seyn soll, was dem Sanskrit fehlt, u. daß es zu den von mir selbst oft entwickelten Ideen mehr paßt, daß der Ablaut zuerst eine absichtlos, phonetische Vocalumänderung war, und dann grammatisch gebraucht wurde.   Aber der ausschließlich grammatische Charakter des Deutschen Ablauts steht, wie eine Thatsache vor mir, u. wenn man auch annehmen wollte, daß die Germanischen Stämme ursprünglich das guna, wie es im Indischen ist, besaßen, es aber zu dieser grammatischen Bezeichnung verwendeten, u. sich hierin von den zurückbleibenden Stammverwandten unterschieden, so weiß ich nicht, ob es nicht noch schwerer ist, zu begreifen, wie ein Volk, eine auf eine andere Weise in seiner Sprache existirende Lautbeschaffenheit plötzlich so umbeugt, als daß es ursprünglich eine eigenthümliche aufnimmt.

Dies, liebster Freund, ist es, was ich Ihnen jetzt über Ihren Aufsatz zu sagen weiß.   Ich werde ihn gewiß, so wie er gedruckt ist, von neuem studiren, u. dann vielleicht eine andere u. richtigere Ansicht gewinnen. Es schien mir aber doch gut, Ihnen offen auch meine jetzige zu sagen.

Ich füge diesem Briefe den Entwurf eines Briefes über die Schrift des Oberlehrers Schmidt an denselben hinzu.   Ich wünschte, daß Sie ihn, ehe ich ihn abschicke, lesen möchten, um so mehr, als Ihnen sein Ausdruck eines momentanen Merkmals nicht zu misfallen schien, u. ich diesen gerade besonders geprüft habe.   Ich bin weit entfernt, Ihnen zuzumuthen, eigentlich auch einmal in diese unbedeutende Streitfrage einzugehen, aber wenn Ihnen etwas in meinem Raisonnement als unrichtig oder partheiisch auffiele, würden Sie mich sehr verbinden, mir es anzuzeigen.

Sehr muß ich Sie um Entschuldigung bitten, Ihren Aufsatz so lange behalten zu haben.   Allein die Rückkunft meiner Frau aus dem Bade, das ihr Gottlob! eine recht heilsame Wirkung gemacht hat, ist mir als eine aufhaltende Störung zwischen die Beschäftigung damit gekommen, u. so muß ich um Ihre gütige und freundschaftliche Nachsicht bitten.

Mit der herzlichsten und hochachtungsvollsten Anhänglichkeit der Ihrige,

Tegel, den 26. September, 1826.   Humboldt.

Franz Bopp an Wilh. von Humboldt.

48.

Ew. Excellenz

habe ich die Ehre meinen lebhaftesten Dank auszudrücken für die gnädige Theilnahme, welche Sie meiner Beurtheilung der Grimm. Grammatik ge-

schenkt haben, und für die mir mitgetheilten höchst schätzbaren und
lehrreichen Bemerkungen, die ich nicht versäumen werde so gut ich im
Stande bin zu benutzen, indem ich versuchen werde die gemachten Einwände soweit es möglich ist, zu widerlegen, wobei ich denke, daß eine
schwache Widerlegung besser ist als gar keine. Ich nehme mir die
Freiheit Ew. Excellenz den 5ten und 6ten Bogen meiner ersten Abfassung
beizulegen. Seite 3 u. s. w. des fünften Bogens gebe ich eine gedrängte
Zusammenfassung der gewonnenen Resultate in Betreff des Vocalwechsels,
wobei ich einen Einwand vorgesehen und zu entkräften gesucht habe
durch die Bedeutung, die der Umlaut im Deutschen Conjunktiv, wie war,
wäre, gewonnen hat, weil das wahrhaft Charakteristische, der Modus-
Vocal i, der den Umlaut erzeugt hat, untergegangen. Vielleicht wird
man sich bei Untersuchungen über den Ursprung der Sprachformen durchaus von dem Gefühl lossagen müssen, welches durch die Gewohnheit
beim Gebrauche der Muttersprache, wie der fremden, sich in uns erzeugt,
weil was die besonnene Sprachphilosophie Ew. Excellenz mehr als irgend
etwas anderes beurkundet, die unabhängige kritische Untersuchung das
Gefühl gar oft auf dem Abwege findet. Bei der 6ten Klasse ließe sich
der unterdrückte Einfluß der Endungen durch das eingeschobene a erklären, was die Endung und den Stamm mehr auseinander reißt, die
sich nun, wie zwei fern stehende Feinde keinen Abbruch mehr thun. Derselbe Grund läßt sich vielleicht, obwohl weniger zuverläßig, auf die 1ste
Klasse anwenden. Hier wird das einmal hervorgebrachte Guna durch
den Wachsthum der Endungen nicht mehr in seine Schranken zurückgeführt, weil die Endungen durch das zwischentretende a ihre Kraft verloren haben, das Guna blieb also wie erstarrt und gefroren, und konnte
nicht mehr flüßig gemacht werden. Wenn man die zweite Conj. wie
im Griech. die auf μι als die einfachste und kräftigste, für die ursprüngliche ansicht, so hat man einiges Recht anzunehmen, daß dem *bodhámi*
ein älteres *bódhmi* vorausgegangen. Alle Einwände zu beseitigen und
alle Zweifel zu heben scheint mir durchaus unmöglich. Man könnte aber
sagen, daß man die Gesetze in dem Gesetzmäßigen suchen müsse, und
gesetzmäßig zeigt sich der Vocalwechsel bei den 3 letzten Conjugationen,
bei der 3ten und 4ten wirken die Endungen auf die Vermittelungssylben,
dagegen dehnt sich bei *karómi* der Einfluß bis zum Stamme aus. Sollte
man bei *tha* der 2. Pluralperson nicht ein Gewicht auf die Aspiration
legen dürfen, die nach der Aussprache der Indier einen eigenen Buchstaben
vertritt, so daß थ eigentlich die Verbindung von *t* und *h* ist, und gewiß
stärker als *mi, si* und *ti*? Beim Imperativ nehme ich *dhi* für die ursprüngliche Endung, die sich nur nach Consonanten gehalten hat, aber
dem gr. θι analog ist. Man könnte auch sagen, daß im Pl. die zweite
P. durch die Analogie der beiden übrigen im Guna gehalten werde,
dieses würde besser auf das *ta* von *advishṭa* u. s. w. passen. Am
meisten Schwierigkeit macht die 1. P. imper. Dagegen läßt sich wieder
in den romanischen Sprachen der Vocalwechsel aus meiner Theorie des
Guna erklären, *je tiens, je tenois, nous tenons*. Die 3. P. pl. praes. schließt
sich an den Sing. an, vielleicht wegen der Verstummung der Endung

oder um den Verlust des *t* in anderen Dialekten zu decken. Das Perfekt scheint aber die kürzeren Vokale auch im Sing. zu lieben, daher *je bois, nous buvons, je bus.* Die Ursache ist mir nicht klar.

Ew. Excellenz gelehrte Bemerkungen über den Infinitiv, die ich hier beilege, habe ich mit dem lebhaftesten Interessen gelesen; es ist eine treffliche Zugabe zu Ihrer meisterhaften Behandlung dieses Gegenstandes in der Indischen Bibliothek, und müßte durchaus gedruckt werden. Besonders gefreut hat mich die scharfsinnige und originelle Auffassung des Artikels, den Ew. Excellenz in die Kategorie der Zahlwörter stellen. — In Betreff des momentanen Merkmals möchte ich doch bemerken, daß man bei Eigenschaften überhaupt unterscheiden kann, ob sie auf eine Zeit beschränkt werden oder ob sie unabhängig von der Zeit als ein dem Gegenstand inwohnender Charakterzug dargestellt werden. Von dem Sanskritischen Suffix *a* (wie *ariṁdama*) habe ich in dem noch ungedruckten Theil meiner Gr. gesagt, daß es sich vom Part. praes. dadurch unterscheide, daß die Handlung, Eigenschaft oder Zustand nicht als auf die gegenwärtige Zeit beschränkt oder vorübergehend, sondern als ein bleibendes Merkmal gedacht wird. Wenn man sagt, das Blatt ist grün, so glaube ich, daß man von der Zeit ganz abstrahire, und also unentschieden lasse, ob es beständig grün bleibe.

Allein S. 7 bestimmen Ew. Excellenz den Begriff des Verbums mit größter Schärfe und Richtigkeit auf eine Weise, daß das momentane ganz zur Nebensache wird. Zudem kann man auch beim Verbum von der Zeit abstrahiren, in Sätzen wie, das Feuer brennt oder wärmt. Ich zweifle nicht, daß man in Sätzen wie, er kann alles, er darf alles, einen ausgelassenen Infinitiv zu suppliren hat; allein wie erklären Ew. Excellenz den Accusativ in *corayȧmȧsa*, da man sonst *as* nicht mit dem Acc. konstruirt?

Hierbei habe ich die Ehre Ew. Excellenx die Fortsetzung meiner Abhandlung zu überschicken, mit der Bitte derselben Ihre geneigte Theilnahme zu schenken und die Schwächen, die Sie darin wahrnehmen, mit Nachsicht zu beurtheilen.

Recht sehr hat es mich gefreut zu erfahren, daß das Bad der Frau Ministerin gut bekommen ist.

In tiefster Ehrerbietung
Ew. Excellenz

Berlin, d. 30. Sept. 1826.   Ganz gehorsamster
Bopp.

Wilh. von Humboldt an Franz Bopp.

[37]   49.

Ew. Wohlgeboren sage ich meinen lebhaftesten Dank für den belehrenden Genuß, den Sie mir abermals durch die mir mitgetheilten Bogen Ihrer Handschrift verschaft haben. Ich muß, wie beim ersten Theil Sie bitten, was ich darüber zu sagen im Stande bin, nicht als etwas anzusehen, das zu einer wahren Beurtheilung gereift wäre, sondern nur als

Zweifel, die ich um so freier ausdrücke, als solange Ihre Arbeit nicht
vollendet ist, Sie darin Veranlassung zu ausführlicherer Darstellung einzelner Theile Ihrer Meinung finden können.

Was Ew. Wohlgeboren gegen Grimm über das Participium in *tus*
im Deutschen sagen, hat meine vollkommene Zustimmung. Man kann
dies Participium nicht als etwas ansehen, das aus dem Praeteritum der
schwachen Conjugation entstanden seyn sollte. Es ist augenscheinlich
älter und ursprünglicher, u. ich glaube nicht, daß sich die Endung, wie
auch Ew. Wohlgeboren mir anzunehmen scheinen, erklären läßt. Man
kann sie nur in den verwandten Sprachen nachweisen. Auffallend ist
es indeß allerdings, daß dies Part. in *t* gerade immer die schwache,
das in *n* die starke Conjugation begleitet. Allein ich glaube, daß sich
dies erklären läßt, nur zwingt meines Erachtens diese Erscheinung, da
das Part. nicht aus dem Imperf. abgeleitet werden kann, das letztere
aus dem erstern abzuleiten. Nimmt man beide, als unabhängig von einander an, so wird jene Erscheinung so unerklärbar, daß sie mir, wie
eine Thatsache, dieser Annahme entgegen zu stehen scheint. Ich halte,
und auch Ew. Wohlgeboren deuten dies an, das Part. in *t* ursprünglich
gar nicht für ein Participium, sondern für eine Adjectiv-, wenn Sie wollen
Verbaladjectivform. Die Begriffe des Participiums u. Adjectivums sind
gewiß erst spät genau geschieden worden. Dagegen scheint mir in den
Germanischen Sprachen das Part. der starken Conjugation wirklich eine
Form des Verbi und mithin ein wahres Participium. Allein ich finde
das Charakteristische desselben nicht in der Endung, sondern nur in
dem Vocalwechsel. Wenn man nun diesen, d. h. die starke Conjugation zu verlassen anfieng, so war es natürlich, daß man auch jenes
Participium verließ. Man hielt sich nun an die Adjectivform, die man in
der Sprache vorfand, und bildete an sie das Perfectum u. die schwache
Conjugation an. Dies war, wenigstens früher, auch Ew. Wohlgeboren Meinung. Dann aber kann man nicht füglich das Praeteritum, als mit dem
Hülfswort thun verbunden ansehen. Sollte das aber auch so sicher seyn?

Bog. 11. S. 4. sagen Ew. Wohlgeboren, daß die starke Conjugation
der 1sten Sanskritischen entspricht. Ueber diesen Punkt, inwiefern Sie
nun die starke und schwache Conjugation im Sanskrit anzutreffen glauben,
werden gewiß auch andre Ihrer Leser eine ausführlichere Erklärung
wünschen. Ich verstehe Sie so, daß bloß das durchgängige guna die
Aehnlichkeit der 1. Sanskritischen Klasse u. der starken Conjugation begründet. Allein die Vergleichung scheint mir doch gar nicht recht zu
passen. Die 1ste Classe hat mehr guna als die st. C., da sie es überall hat, und den übrigen Classen fehlt es auch nicht daran. Der große
u. wichtige Unterschied der Germanischen u. Indischen Conjugation ist,
daß, indem beide in zwei Hauptklassen zerfallen, dieser Unterschied in
der erstern durch den Vocalwechsel, in der letztern durch die Zulassung
eines Bindevocals bestimmt wird. Dieser Unterschied scheint mir auf
die ganze äußere Physiognomie, u. das ganze innere Wesen beider Sprach-
stämme einen entschiedenen Einfluß auszuüben, und ich gestehe offenherzig, daß, wie Ew· Wohlgeboren Sich über das guna und die st. C.

auslassen, dieser charakteristische Unterschied, meiner Ansicht nach, verdunkelt wird, ohne daß man die Ueberzeugung gewinnt, daß er kein wahrer sey. Wenn ich Ew. Wohlgeboren Schreiben an mich mit Ihrem Aufsatz zusammennehme, so scheinen Sie gar anzunehmen, daß es ein guna giebt, welches nicht durch die Gewichtlosigkeit der Endungen entsteht, sondern über dessen Ursprung Sie Sich nicht erklären. Denn Sie sagen: „bei der 1sten Classe wird das einmal (ich möchte aber fragen, wodurch?) heran gebrachte guna durch den Wachsthum der Endungen nicht mehr in seine Schranken zurückgeführt." Insofern nun die 1ste Classe eine Conjugation mit nicht von den Endungen herrührendem guna ist, und die zweite Conjugation (nach Ihrer Abtheilung) eine ohne andres guna, als was in einzelnen Fällen durch die Endungen entsteht, könnte man in jener die starke, in dieser die schwache Conjugation erblicken. Aber jedermann muß fühlen, daß die 1. u. 2. Classe einen ganz anderen Charakter haben, als die st. u. schw. C., daß der ersten der Wechsel der Vocale nach Maßgabe der grammatischen Formen, der 2ten die Abwesenheit alles Vocalwechsels u. die Einförmigkeit der Bildung der schwachen Conjugation abgeht. Nebenher wird auch die Sanskritische Conjugation in ihrer ganzen Eigenthümlichkeit gewisser, wenn man die Eintheilung in st. u. schw. C. auf sie anwenden will. Denn die 6te, so offenbar mit der 1sten fast identische Classe wird man nun gezwungen, in Eine Linie mit der ihr ganz fremden 2ten zu setzen. Ew. Wohlgeboren erklären in der 6. Cl. den unterdrückten Einfluß der Endungen aus dem eingeschobenen a. Dies sonderbare Verhältniß der 1. u. 6. Cl. gegen einander kann ich mir, auch nach Ew. Wohlgeboren Ansicht, nicht anders erklären, als daß einigen Wurzeln ursprünglich das guna beiwohnte, andern nicht, u. daß man hiernach die Abtheilung annahm. Da man aber doch allen diesen Wurzeln dieselbe Conjugationsform zutheilte, so beweist dies, dünkt mich, recht augenscheinlich, daß das guna mit der Conjugationsform gar nicht zu thun hat, u. von unserm Vocalwechsel, dem Begriff u. Wesen nach, unterschieden ist. Der Unterschied der 1. u. 6. Cl. ist wirklich keiner, den die Sprache, sondern nur einer, den die Ordnungssorgfalt der Grammatiker macht. Damit Ihre Ideen über die hier nur kurz angeregten Momente dem Leser lichtvoller und übersichtlicher werden, hielte ich es für ausnehmend gut, wenn Ew. Wohlgeboren Sich bestimmter und deutlicher, sowohl über die Vergleichung der Indischen und Germanischen Hauptconjugationsarten im Allgemeinen, als über den Punkt, ob und wie nicht jedes guna aus der Beschaffenheit der Endungen herstammt, aussprechen wollten.

Die von Ew. Wohlgeboren angeführten Französischen Flectionen *je tiens*, *je tenois* cet. haben etwas sehr Auffallendes. Allein man wird doch irre, ob wirklich es die Endungen sind, die dies bewirken, weil Analogie nicht durchgehend ist u. man auch *tiendrois* mit ganz schwer gewichtiger Endung u. ebenso *je crains*, *je craignois* (nicht *cregnois*) *je craindrois* u. s. w. sagt.

Ich habe mich sehr gefreut, zu sehen, daß Ew. Wohlgeboren auch die Declination in den Kreis Ihrer Prüfung aufnehmen wollen. Sie werden mich ungemein verbinden, wenn Sie mir auch bei der Fortsetzung

7*

der Abhandlung das Vergnügen gönnen wollen, mich vor dem Druck damit
bekannt zu machen. Dies wird mich nicht hindern, sie auch nach demselben noch recht eigentlich zum Gegenstand meines Studiums zu machen.

Mit der hochachtungsvollsten Freundschaft

der Ihrige,

Tegel, den 7. Oktober, 1826.

Humboldt.

[38]   50.

S. 283. 284. der Jahrbücher scheinen Ew. Wohlgeboren mit Grimm
ungewiß, ob die Zuthat der schwachen Deutschen Conjugation von *thun*
oder vom part. pass. praet. herkommt.

Sollte nicht das Persische für das letzte bestimmt entscheiden? Denn
شد ist doch wohl ganz unstreitig von شد u. dem Auxiliar zusammengesetzt.

Nimmt man dies an, so ist die Analogie zwischen dem Sanskrit,
Deutschen u. Persischen viel größer u. auffallender, als bei der Hypothese
von *thun*, die auf das Persische keine Anwendung leidet. Das Persische
steht auch dann dem Deutschen näher, als dem Sanskrit.

Leitete man im Persischen das sogenannte Praet. verbi infiniti, das
einfache, vom Infinitiv ab, so bleibt die Sache auch ziemlich dieselbe.
Mir aber scheint zwischen dem eigentlichen componirten Perfectum u.
dem nur scheinbar einfachen Aorist kein anderer Unterschied, als den
der Sprachgebrauch allmählich gebildet hat.

Verzeihen Ew. Wohlgeboren diese Fragen meinem Verlangen, in
meiner Persischen Unwissenheit von Ihnen belehrt zu werden.

Von Herzen der Ihrige

4. [März 1827.]   H.

Von Ablaut u. guna finde ich gar keine Spur im Persischen, oder
entgehen sie mir nur? Sanskrit Worte in *ri* scheinen eben gleich in guna
genommen zu seyn, wie ma chen.

[39]   51.

Ich muß Ew. Wohlgeboren sehr um Verzeihung bitten, Ihnen erst
heute Ihren interessanten Aufsatz zurückzuschicken. Da ich Ende dieses
Monats zweimal in der Akademie lesen soll, u. kaum noch weiß, wie
ich das anfangen werde, so bin ich sehr beschäftigt.

Was in Ihrem gütigen Schreiben Ihre Lage betrift, hat mich am
meisten ergriffen, da Sie wissen, wie wahrhaft freundschaftlich und hoch-
achtungsvoll ich Ihnen ergeben bin. Allerdings halten Besoldungszulagen
jetzt beim Ministerium sehr schwer. Aber an Weggehen müssen Sie nicht
denken. Dies könnte man unmöglich zugeben. Auch zweifle ich, daß
die Lehrer in München bei der Universität sehr vortheilhaft gesetzt sind.
Ich hörte schon darüber Klage führen. Wir müssen einmal mündlich
recht ausführlich darüber reden.

Die Fortsetzung Ihrer Recension ist vortreflich. Die wahrhaft neue
Methode, deren Einführung man größtentheils Ihnen dankt, die Um-
wandlungen der Sprache aufzusuchen u. bis ins kleinste Detail zu ver-

folgen, entwickelt sich mit jeder Ihrer Arbeiten mehr u. verbreitet ein
helleres Licht über das Sprachstudium. Ich habe keinen einzigen Punkt
der Verschiedenheit der Meinungen zwischen Ew. Wohlgeboren u. Grimm
gefunden, wo ich nicht Ihnen vollkommen beiträte. Die Erklärung (Bog. 8.),
warum die schwache Deklination bei den Adjectiven nach u. nach über-
hand genommen, hat mir ganz vorzüglich gefallen, u. scheint mir ein
wahrer Triumph der von Ihnen befolgten Methode. Es liegt immer mehr
am Tage, welch einen Vorzug Sie vor Grimm schon darin besitzen,
daß Sie das Studium von der Wurzel aus auffassen, da Grimm leider es
nur von einem Zweige aus ergreift u. bei der mangelnden Kenntniß
des Indischen, nicht einmal in die Tiefe gehörig zurückgehen kann. Es
ist unendlich zu bedauern, daß Grimm nicht in einer Zeit schrieb, wo
das Studium des Sanskrits ihm gewiß nicht fremd geblieben seyn würde,
aber zu bewundern, daß er ohne dasselbe so unglaublich viel leistete.
Daß man auf historischem Wege so gut, wie auf philosophischem zu
wahren commentis in der Sprache kommen kann, haben Sie in Grimms
angeblichem Verbum *siman* sehr gut gezeigt.

Für Ihr gütiges Urtheil über meine Sinica bin ich Ew. Wohlgeboren
sehr verbunden. Da ich nun mehr Exemplare erhalten, lege ich eines
bei, das ich Sie zu meinem Andenken zu behalten bitte.

Mit der herzlichsten Freundschaft
der Ihrige,
4. April, 1827.   Humboldt.

[40]   52.

Ew. Wohlgeboren hatten die Güte, mir vor einiger Zeit über Ihre
Lage zu sprechen, und ich habe seitdem diese Sache keinen Augenblick
aus den Augen verloren. Allein erst in diesen Tagen habe ich Gelegenheit gehabt, darüber etwas an Herrn Min. von Altenstein zu bringen. Ich
habe dies durch den Geh. Rath Schultz gethan, den ich Ihrem Interesse
sehr günstig gefunden habe. Ich habe vorzüglich geltend gemacht, daß, da
Ew. Wohlgeboren hier in dieser Lage unmöglich bleiben könnten, Sie unstreitig genöthigt seyn würden, auf eine fremde Anstellung zu denken, und
daß der Tod des Herrn Nöhden in London Ihnen dazu leicht Gelegenheit
verschaffen würde. Diesen Weg bitte ich nun Sie auch zu verfolgen, die
Besorgniß, einen Mann, wie Sie, zu verlieren, wird wie ich mir gewiß
schmeichle, bewirken, daß man wenigstens das Mögliche für Sie versuchen
wird. Bei mir ist diese Besorgniß in der That nur zu reell. Denn ich
begreife, daß, wenn sich die Aussicht einer Verbesserung hier zu sehr
verzögert, Ew. Wohlgeboren andre Schritte thun müssen u. thun werden.
Wie schmerzlich mir insbesondere das seyn würde, brauche ich Ew. Wohlgeboren nicht zu versichern. Es hat mir sehr leid gethan, daß Ew. Wohlgeboren mich neulich hier verfehlt haben. Ich darf mir aber wohl mit der
Hoffnung schmeicheln, daß Sie mich bald einmal dafür gütigst entschädigen.

Mit der hochachtungsvollsten Freundschaft
der Ihrige,
22. Jun. 1827.   Humboldt.

[41] 53.

Ich danke Ew. Wohlgeboren herzlich für Ihr gütiges und schmeichelhaftes Schreiben von gestern. Die Zueignung Ihrer Grammatik wird mir gleich ehrenvoll und angenehm seyn. Es ist, meiner innigsten Ueberzeugung nach, ein vortreffliches Werk, nicht bloß als Grammatik dieser besonderen Sprache, sondern als Muster der Behandlung einer Sprache überhaupt. Ich kenne keine Grammatik, welche so wie die Ihrige, jeden Theil des Sprachbaus immer durch den andern erklärt, und daher so unablässig auf die Darstellung des Gesammtorganismus hinarbeitet. Die empfangenen Bogen haben mir große Freude gemacht, und ich statte Ihnen auch dafür meinen herzlichsten Dank ab.

Daß mein Gespräch mit Schulz auf den Minister gewirkt hat, ist mir sehr lieb zu hören. Ich habe gestern auch Süvern in das Interesse für die Sache gezogen. Wenn aber der Minister bloß auf eine Zulage anträgt, ohne dem König Mittel an die Hand zu geben, woher sie zu nehmen ist, so erscheint mir die Gewährung bedenklich. Doch habe ich so eben einen Schritt gethan, der hoffentlich einen Theil dieser Schwierigkeit heben wird.

Mit der hochachtungsvollsten Freundschaft

der Ihrige,

Tegel, den 7. Julius, 1827.

Humboldt.

[42] 54.

Ich schicke Ihnen, liebster Freund, Ihre Episode (Text und Uebersetzung) mit meinem herzlichen Dank zurück. Sie hat mich sehr interessirt, und vorzüglich auch das, was Sie über das Alter derselben und des ganzen Maha-Bharata sagen. — Ueber das Wisarga bin ich jetzt ganz mit Ihnen einverstanden. Es ist rein phonetisch, und kann, da es schwächer ist, unmöglich als der primitive Laut von स und र angesehen werden. Wie der Laut bei einer Pause wird, kann nicht entscheiden, da die Behandlung desselben auch in der Pause doch immer die verbundene Rede vor Augen hat. Wollte man auf diese Veränderungen achten, so müßte man eigentlich gar keinen bestimmten Laut als Endlaut in diesen Fällen annehmen, sondern die Totalität der Veränderungen. Ob aber die Veränderung in Wisarga eine Folge der Zeit ist, u. ob in der Urperiode des Sanskrits s od. r haben unveränderlich seyn müssen? ist mir zweifelhafter. Sollten alle diese Veränderungen nicht allein damit zusammenhängen, daß die Sanskrit Sprache eine allerdings zu große Empfindlichkeit für die Nachbarschaft gewisser Töne hatte, und dem Phonetischen überhaupt zu viel einräumte? — Für Ihre gütige Zueignung wiederhole ich Ihnen, theuerster Freund, meinen recht innigen Dank. Es hat mir eine wahre Freude gemacht, meinen Namen vor einem in jeder Rücksicht so ausgezeichnetem Werke zu sehen.

Mit der aufrichtigsten Hochachtung

der Ihrige,

Berlin, 25. Nov. 1827.

Humboldt.

[43]   55.

Ich danke Ew. Wohlgeboren ungemein, daß Sie mir noch die große
Freude gegönnt haben, Ihre anliegende Anzeige zu lesen. Sie enthält
treffliche allgemeine Ansichten, u. eine Menge äußerst belehrende einzelne Ausführungen voll scharfsinniger Auffindung · überraschender Analogien. Ich habe mir Mehreres, worin ich besonders einstimme angemerkt. Wir reden aber wohl einmal mündlich davon.
                          Von Herzen
                                          Ihr
       9. März, 1828.   H.

Ich beantworte noch zugleich Ew. Wohlgeboren gütiges Billet über
meine Abhandlung. Was Sie mir von der Unwahrscheinlichkeit sagen,
daß die Wurzelsylbe in ऋ verwandelt werde, überzeugt mich vollkommen. Ich bitte Sie in der Anlage zu lesen, wie ich die Stelle verändert
habe. Die sonderbare Wurzel *udhras* würde übrigens auch nach meinem
System nur *audhidhrasaṁ* haben können. Denn dies kommt heraus, wenn
der erste Vokal mit dem darauf folgenden Consonanten wiederholt, das
Augment gesetzt, u. der zweiten Sylbe ein *i* gegeben wird. Der Unterschied, der noch in der Form liegt, kommt daher, daß die Wurzel zwei-
sylbig ist, so daß die gewöhnlichen Regeln bei ihr nicht ausreichen.
Wollte man Ihre Regel 422. crude auf diesen Fall anwenden, nämlich
den schließenden Consonanten mit *i* wiederholen, so hieße
die Form *ausidhrasaṁ*.
Leben Sie herzlich wohl!   H.

Franz Bopp an Wilh. von Humboldt.

                          56.
                    Ew. Excellenz
beehre ich mich anzuzeigen, daß ich sehr bereit bin den Tausch in
Betreff unserer Lesungen in der Akademie einzugehen.
                    In tiefster Ehrerbietung
                          Ew. Excellenz
     Berlin, 27. März 1828.   Ganz gehorsamster
                                          Bopp.

Wilh. von Humboldt an Franz Bopp.

[44]   57.

Ich danke Ihnen herzlich, theuerster Freund, für Ihre gütigen Mittheilungen. Die Episoden lesen sich, meinem Gefühl nach, vortrefflich
in der neuen Art der Abtheilung. Dursch scheint mir die Sache gar

nicht in ihrem Wesen aufgefaßt zu haben. Weil das Wort die eigentliche Einheit der Sprache ist, weil der Verstand zum Verständniß die
Trennung der Wörter fordert, so ist ihre Absonderung in der Schrift
Sitte, seitdem man die Schrift nach vernünftigen philologischen Principien
behandelt. Ob diese Abtheilung erleichtert oder nicht? darauf kommt
wenig an. Die Regeln des Sandhi muß man freilich auf jeden Fall
kennen. Aber die Erleichterung liegt schon daran, daß das Auge nicht
unruhig den Elementen der langen Verbindungen nachspürt. Dursch
findet ein allein stehendes ऋ sonderbar. Ist denn *l'* in *l'homme* anders?
Der Reim steht der Abtheilung nicht entgegen, u. Dursch hätte sein
schon löcheriches Gefäß immer noch mehr zerschlagen können. Auch
im Deutschen giebt es wohl burleske Reime, wie Mahler, u. befahl
er. Darum schreibt man die beiden letzten Worte doch getrennt.

Die Uebersetzung der Grammatik finde ich im Ganzen klar u. genügend. So gut, wie das Original, liest sie sich indeß natürlich nicht.
Doch ist auch das Lesen einer oft corrigirten Handschrift an sich schwierig.
Ueber die mir mitgetheilten §§phen lege ich einige Worte bei, die aber
sehr unbedeutend sind.

Leben Sie herzlich wohl!

Ihr

2. Nov. 1828.

H.

[45]   58.

Ich danke Ihnen herzlich, liebster Freund, für die gütige Mittheilung u. die noch gütigere Erwähnung meines Aufsatzes.

Ich finde Ihre Darstellung sehr gut. Sie sagen den Hauptgrund
deutlich, daß der Verstand durch das Auge gleich das Sprachelement
sehen, die Abtheilungen nach dem festen Gesetz der Sprachabtheilung
gemacht wissen will, u. sich dagegen sträubt bald in einer Zeile lauter
einzeln stehende Wörter, u. bald in einer nur scheinbar Eines zu finden.
Hernach haben Sie die Einwürfe sehr gut widerlegt.

Wollten Sie aber nicht die Stelle ein wenig modificiren, wo Sie
sagen, daß alle Chinesische Wörter einsylbig sind? Das ist doch genau
genommen nicht der Fall.

Mir scheint *raucus* kein guter Ausdruck für dumpf. Ich würde
litterae surdae u. *sonantes* sagen. *Sonus surdus* wird in Forcellini
durch *sonus mutus, durus et insuavis* erklärt. *Sonans* ist hell,
dem entgegengesetzt. Vielleicht wäre *sonax* noch besser, doch scheint
es mir affectirt.

Es geht mit der Wortabtheilung gewiß durch, da Sie, bester Freund,
dabei beharren. Einige werden sehr scheuen, aber die meisten der jüngeren wenigstens u. der neu Kommenden folgen.

Gegen das Ende sagen Sie: der Grund der Verbindung da, wo Vocale zusammenfließen, läge *in linguae ingenio*, u. die Theilung sey da
schwierig. Ich finde das nicht. Allerdings gehen für den Ton die
Wörter zusammen. Das thun sie aber auch in den andern Fällen. Man

soll aber nicht die Abtheilung im Schreiben für den Ton, sondern für den Verstand machen. Dem Zusammenfließen kommt die Elision sehr nahe, u. da schiebt man in Lateinischer u. Französischer Poesie nur die Wörter zusammen.

Leben Sie herzlich wohl!

Ihr

10. Nov. 1828.   H.

[46]   59.

Ich benutze Ihre Erlaubniß, liebster Freund, Ihnen ein Stück meiner größeren Arbeit über Sprache zur gütigen Ansicht zu schicken. Es betrift die Sanskritische Formenlehre und enthält den Abschnitt derselben, in dem mehrere Punkte vorkommen, über die wir oft gesprochen haben. Besonders bin ich so frei auf das Causal-Praeteritum § 256—265 und meine Ansicht der Verba 10. Cl. Ihre Aufmerksamkeit zu richten.

Sie müssen nicht vor der Masse erschrecken. Ich lasse, meiner Augen wegen, jetzt so groß u. weitläuftig abschreiben, daß das groß scheinende Volumen sich doch auf einige Bogen reducirt.

Wo Sie offenbar Unrichtiges finden, bitte ich Sie inständigst, es gleich daneben auf meinem Aufsatz selbst zu bemerken. Ueber das, worin Meinungs-Verschiedenheit erlaubt ist, sagen Sie mir wohl Ihr Urtheil mündlich oder schriftlich.

Leben Sie herzlich wohl!

Ihr

5. März, 1829.   H.

60.

Kein Urtheil ist mir so wichtig, als das Ihrige, liebster Freund. Sie können sich also denken, wie viel Freude mir Ihre Zufriedenheit mit meinen Arbeiten gemacht hat.

Leider kann ich Ihnen aber den Aufsatz zu morgen Abend nicht schaffen.

Leben Sie herzlich wohl. Die andere Arbeit behalten Sie ja so lange Sie wünschen.

Von Herzen

Ihr

11. [März (?) 1829].   H.

[47]   61.

Tausend Dank, theuerster Freund, für Ihren gütigen Brief und die interessanten Beilagen, die ihn begleiteten. Ihre Uebersetzung habe ich an einigen Stellen verglichen, an andern bloß gelesen. Auf beiderlei Weise hat sie mir ungemein gut gefallen. Es scheint mir darin gerade der rechte Ton getroffen; und ich glaube, daß auch die bloß Deutschen Leser sie darum einer poetischen vorziehen werden, weil sie wirklich ein treues Bild des Originals giebt. Ich danke Ihnen sehr dafür, sehne mich aber auch sehr nach der Fortsetzung Ihrer Grammatik.

Schlegel glaubte mit der Trennung des न eine große Entdeckung gemacht zu haben. Ich sprach ihm schon, als er hier war, dagegen. Er folgt darin indeß doch eigentlich nicht ganz inconsequent dem Princip, da zu trennen, wo die Endconsonans nicht alterirt wird. Dann sind *tân api* u. *vanât tasmât* sich vollkommen gleich. Was haben Sie denn aber zur Vorrede des Ramayana gesagt? Schlegelischer giebt es nichts auf Erden.

Burnoufs zurückerfolgender Brief ist höchst interessant. Ich kenne zum Theil seine Arbeiten über das Zend. Sie sind sehr wichtig u. scheinen mir vortreflich gemacht. Daß er aber so vom Verstehen eines ganzen Textes spricht, wundert mich. Als ich ihn sahe, war er so weit noch nicht, sondern suchte nur mit Hülfe der 1sten Persischen Uebersetzung einzelne Stellen auf. Was er über Sie sagt, hat mich ungemein gefreut, so wie das Project der Uebersetzung. Sie wissen, wie ich über Ihre Arbeiten denke, theurer Freund. Sobald ich meine Recension bekomme, schreibe ich Burnouf selbst.

Colebrooke's Gramm. und Amara Cosha erfolgen anbei zurück. Die Gramm. ist wirklich ungenießbar. Der Mann hat gar nicht die Kraft gehabt, eine von den Indischen Grammatikern unabhängige u. freie Ansicht zu gewinnen. Einzelne Bemerkungen zeigen aber doch von tiefem Blicke in die Sprache. Ist Ihnen *bhavatât* in 3. u. 2. Person, was er Benedictiv nennt, je vorgekommen? oder ist das nur den Vedas eigen?

Meine u. meiner Töchter Gesundheit geht gut. Wir hoffen, daß es bei Ihnen eben so ist, u. haben uns herzlich über die glückliche Entbindung gefreut. Ich arbeite nicht soviel, als ich wünschte, theils aus innern, theils aus äußern Ursachen, da Sie wohl gehört haben werden, daß ich ein Geschäft aufgetragen erhalten habe, das mich fast wöchentlich auf zwei Tage in die Stadt bringt.

Mit der herzlichsten Freundschaft

Tegel, den 29. Mai, 1829.   der Ihrige,

                                                        H.

[48]   62.

Ew. Wohlgeboren danke ich herzlich für Ihr gütiges Schreiben vom 29. und dessen Beilagen. Sie würden mich sehr verbinden, wenn Sie mir aus der Königlichen Bibliothek, oder der der Akademie den 3. Band der Holländischen Akademie verschaffen könnten. Er soll eine Abhandlung über Denkmäler auf Java enthalten.

Die Bogen Ihrer lat. Gramm. habe ich schon zum Theil mit lebhaftem Interesse durchgesehen, und werde es noch thun, u. Ihnen gelegentlich meine Bemerkungen, wenn Sie es erlauben, mittheilen.

Die Classificirung der Declinationsbeugungen nach dem Consonantengewicht der Themata, die man benutzt, scheint mir sehr sinnreich und erleichternd für das Gedächtniß. Es entdeckt sich auch dadurch eine neue Analogie in der Sprache. Nur ist mir aufgefallen, warum Sie nicht für die Neutra der Adjectiva dieselbe alternative, als für die Feminina angenommen haben. Denn der Dualis *çrîmatî* ist um nichts schwächer, als der Singularis *primat* und soll doch, wie die Regel gestellt ist, die Analogie des Schwächsten haben.

Ob Ew. Wohlgeboren gut gethan haben, die Casus selbst in starke und schwache einzutheilen, stehe ich noch an zu entscheiden. Denn 1. theilt derselbe Casus diese doppelte Note, z. B. der Nominat., der im Masc. stark, im Neutrum schwach ist. Starke u. schwache Declination scheint mir daher ein richtigerer Ausdruck, als die Uebertragung auf Casus selbst. Zweitens ist der Sinn dieser Benennung im Sanskrit doch nicht ganz dem gleich, an den uns Grimm im Deutschen gewöhnt hat. Endlich hat die Einführung einer neuen Terminologie in eine alte Sprache, die einmal ihre eigenthümliche hat, meinem Urtheil nach, immer etwas Bedenkliches. Vielleicht aber bin ich nur zu furchtsam.

In r. 109 scheint mir der Ausdruck: *illas radices — immutant* zu allgemein und nicht richtig. Die Deutsche Ausgabe r. 110. sagt auch: die Indischen Grammatiker schreiben alle mit ऋ anfangende Wurzeln mit ऋ. Allein in allen Wurzelverzeichnissen, bei Wilkins, Carey, finde ich ja Wurzeln mit dem lingualen u. Wurzeln mit dem dentalen *n*. Da nun doch auch die letzten ihr *n* nach einem *r*-Laut verwandeln, so kann der Grund, warum die Grammatiker einigen Wurzeln das linguale *n* geben, nicht jene Verwandlung seyn, wie Ew. Wohlgeboren es vorstellen. Man schreibt z. B. *pramudati* od. *praṇudus,* und die Grammatiker schreiben von ersterem *ṇud*, von zweitem *nad*. Hierzu müssen sie mithin einen andern Grund gehabt haben. Ich fange daher an, zweifelhaft zu werden, ob man behaupten kann, wie Sie in der D. Gr. 110. thun, daß keine Wurzel mit ऋ anfängt, oder wenigstens, ob man gut thut, wie Rosen gethan hat, alle Anfangs-*n* der Wurzeln auszumärzen. Man vertilgt dann ganz das Andenken an einen historisch doch gemachten Unterschied zwischen Wurzeln mit diesem u. jenem *n*, was doch, wenn man auch den Grund des Unterschiedes nicht kennt, nicht rathsam ist. Wahr bleibt es indeß immer, daß die abermalige Veränderung des *ṇ* in *n* in der ganzen übrigen Conjugation gar nicht zu erklären ist. Ich halte aber, wie Sie schon wissen, die Wurzeln nicht für bloße Fictionen, und da wäre es immer möglich, daß die Wurzel, als solche, einen Anfangslaut hätte, den sie im flectirten Gebrauch verlöre. Ich wünsche sehr Ihre Meinung hierüber zu erfahren. Wie dem aber sey, so ist die Fassung von r. 109 d. Lat. u. 110. d. D. Gr. immer, wie es mir scheint, einer Berichtigung bedürftig.

Schlegel hat mir geschrieben. Er will nichts von unsrer Worttrennung hören u. vertheidigt sein System. Er führt aber keine neuen Gründe an, und meine Ueberzeugung befestigt sich dadurch nur noch mehr.

Da Sie mich so gütig mit einem neuen Exemplar Ihrer Episoden beschenkt haben, so lege ich Ihnen die 15 Bogen bei, die ich früher erhalten hatte. Ich habe in meinem neuen Exemplar die Sündflut mit Interpunktion versehen, u. finde, daß es sich viel besser so liest.

Leben Sie herzlich wohl! Mit innigster Freundschaft

der Ihrige,

Tegel, den 8. Junius, 1829.   Humboldt.

[49]   63.

Meinen herzlichsten Dank, theurer Freund, für das überschickte
Buch, das ich sehr bald Ihnen zurück senden werde.

Es freut mich sehr, wenn meine Bemerkungen einigen Werth für Sie
haben. Die Sache mit dem ऋ war mir ganz neu. Die Grammatiker
ändern also in gewissen Wurzeln diesen Buchstaben, auch nach ण nicht
in ऋ um. Das wußte ich nicht. Nun ist allerdings die Fassung von
§. 109. der lat. Gramm. vollkommen genau. Allein ich hätte dies doch
bei r. 94. b. gesagt. Haben wir schon genug Texte verglichen, sind
die Texte in diesen orthographischen Kleinigkeiten schon so beglaubigt
u. berichtigt, daß man sie dem Ausspruch der Grammatiker vorziehen,
diese darüber ganz ignoriren kann? Ein Grund ist freilich nicht einzu-
sehen, warum *nud* u. *nad* verschieden in diesem Stück seyn sollen. Allein
in der Sprache ist so Vieles bloß Thatsache, daß ich darauf kein großes
Gewicht legen möchte, u. die Autorität der Grammatiker läßt sich doch
nicht weg raisonniren. Sie müssen sich doch auf etwas gestützt haben.
Eine Bemerkung, daß der Gebrauch der Verwandlung nicht ganz allgemein sey, hätte mir doch um so nöthiger geschienen, da Sie bei *nṛt*
selbst die Verwandlung bezweifeln. — Wollen Sie wirklich die Terminologie der starken u. schwachen Endungen wirklich auch in das Verbum
aufnehmen? Ich möchte es widerrathen. Die Terminologie scheint mir
nicht nothwendig, u. ist kaum ohne einige Willkühr anzuwenden. Man
bringt da so leicht Theorien in die geschichtliche Darstellung der Sprache,
wo auch den Schein zu vermeiden gut ist. — Daß Schlegel Ihnen in
anmaßendem Ton schreibt, ist höchst tadelnswürdig. Er ist aber hierin
nicht zu bessern. — Leben Sie herzlich wohl!

Mit der hochachtungsvollsten Freundschaft

Tegel, den 12. Juni, 1829.   der Ihrige,

                                                        H.

[50]   64.

Ich danke Ihnen sehr, liebster Freund, für Ihren gütigen Brief vom
4. d. und dessen interessante Beilagen·

Ich habe die Abhandlung über die Zahlen sogleich gelesen, und
mich sehr daran gefreut. Sie enthält auch außer dem Interesse, welches
das Ganze einflößt, einzelne sehr scharfsinnige etymologische Bemerkungen. Die Muthmaßung, daß *eka*, der Begriff eins eigentlich ein Pronomen ist, ist der größesten Aufmerksamkeit werth. Ebenso die Zusammenstellung der Laute *tsch* und *f*. Bei diesem Punkt hätte man
noch *petorritum* von *petora*, nach dem Alter in Oscischer u. Galli-
scher Sprache 4 hinzufügen können. Im Walisischen ist *pedwar* (masc.)
4, im Bas-Breton *pevar* (masc.) *pedor* (fem.). Die Sprachlehren leiten
diese Wörter auf abgeschmackte Weise ab, sie sind aber offenbar die
Wurzeln von *petorritum*, u. bloße Lautabwechselungen mit *quatuor*.
Dies geht um so mehr hervor, als alle Zahlen dieser Sprachen mit ganz
kleinen Verschiedenheiten nur die Lateinischen sind. Ew. Wohlgeboren

haben *bis* nicht erwähnt. Sie halten es wohl aber auch für entstanden aus *dvi*. *Dua* ist auch in den Südsee Sprachen und *bi* in das sonst sehr abweichende Vaskische übergegangen.

Auf Ew. Wohlgeboren *formae auctae* u. *purae* will ich gewiß genau achten, wenn Ihre lat. Gramm. soweit gekommen seyn wird, u. die Sache mit völliger Unpartheilichkeit erwägen. Ich bin nur in den Sprachen der Einführung einer andern Terminologie, als die sich schon in ihnen vorfindet, nicht sehr geneigt. — Ihr schmeichelhaftes Urtheil über meinen Aufsatz über die Worttrennung u. den noch ungedruckten ist mir unendlich erfreulich gewesen. An dem letzten habe ich leider, seitdem Sie ihn kennen, nur sehr wenig arbeiten können, u. so ist er offenbar unvollendet. Ich muß also erst ihn weiter bringen, u. mich dann über die Form, in der er zu geben seyn wird, entschließen. — Wenn Ew. Wohlgeboren Herrn Katthoff das anliegende Schreiben zukommen lassen können, soll es mir sehr lieb seyn. Hätten Sie keine Gelegenheit, so erbitte ich es mir mit der Addresse des Mannes in Paris zurück. Ohne diese dürfte es unmöglich seyn es abzuschicken. — Ich lege Ihnen einen sehr hübschen Brief Lassens bei, der wieder eine Bestätigung einer Ihrer Behauptungen enthält. Sie haben wohl die Güte, da ich ihn noch nicht beantwortet habe, ihn mir bald wieder zuzuschicken.

Leben Sie herzlich wohl. Mit der lebhaftesten Hochachtung und Freundschaft

der Ihrige,

Tegel, den 14. Julius, 1829.   Humboldt.

[51]   65.

Ich danke Ihnen herzlich, theurer Freund, für Ihr gütiges Schreiben vom 18. Julius und habe mit demselben Bogen 19. nur die erste (Praes. u. Potent., nicht, wie Sie schreiben, letzte) Hälfte der Conjugationstabelle bekommen. Sie haben mir aber nicht Bogen 18. u. die Tabelle der Pronomina geschickt, um die ich noch bitten muß.

Mit Ihren Regeln 302. u. 308. bin ich vollkommen im Ganzen einverstanden. Die Eintheilung der Personalflexionen in *auctas* u. *puras* billige ich gänzlich. Der Ausdruck bezeichnet die Sache, der Unterschied dieser Flexionen ist offenbar u. liegt auch schon im bisherigen grammatischen System der Sprache. Man kann hiergegen die Einwendungen nicht machen, die ich mir gegen die starken u. schwachen Casus erlaubte. Dagegen gestehe ich Ihnen, daß ich nicht billigen kann, daß Sie diesen Unterschied positiv *(quae — nititur)* aus den Endungen ableiten. Das ist doch keine Thatsache, sondern eine Erklärungsart, eine Muthmaßung, an der selbst ich noch zweifle, u. viele andre gewiß noch mehr. Dies hätte ich in einer Anmerkung gesagt, oder mit einem Zwischensatz, nach meiner Meinung, gemildert gewünscht. Nur auf diese Weise, glaube ich, darf man Muthmaßungen in ein Lehrbuch aufnehmen. Vermißt habe ich auch den Eingang u. nr. 1. der R. 308. der D. Gr. Vielleicht steht das im Bogen 18. Aber dann war doch

die Zusammenstellung in der D. Gr. übersichtlicher u. zusammenhängender.
nr. 1. kann allerdings entbehrt werden. Ich sehe aber, daß ich, ohne
den Anfang von n. 300 a. u. vielleicht frühere Regeln zu besitzen,
nicht urtheilen kann. Allein in r. 300 b. sind Sie gar tief in Dinge
eingegangen, die mir auch nur in ein raisonnement über Grammatik,
nicht in eine Grammatik zu gehören scheinen. Ich kann es nicht läugnen,
daß mir in dieser ganzen Lehre der leichten u. schweren Endungen noch
sehr viel Willkühr zu liegen scheint. So kann ich dem r. 313. von
den Ausnahmen des Imperativs gegebenen Grunde gar nicht beipflichten.
Er ist sinnreich, aber überzeugt nicht. Wir können doch nur das Historische suchen, nur schweigen, wo nichts Historisches da ist, oder denn
vermuthen. Ich möchte gar nicht dafür stehen, daß es nicht auch Prae-
sentia in *ai* gegeben haben könnte, das Tempus *let* läßt mich sogar an
solche glauben. Die 1. Imper. ist endlich gewiß nicht ursprünglich u.
kaum je wie [ein] von Einem an sich selbst gerichteter Befehl. Es ist
mehr Ueberlegung, Wunsch, eig. Conjunctiv, nicht Imperativ.

Ich muß Ew. Wohlgeboren tausendmal um Verzeihung bitten, Ihnen
meine Bemerkungen so flüchtig mitzutheilen.

Von Dr. Rosen habe ich einen Brief vom 10. Julius. Er wollte
bald nachher nach Detmold zu seinem Vater auf einige Zeit gehen.
Vielleicht kommt er im Herbste hierher.

Ich reise zwischen dem 5. u. 7. Aug. ab.

Leben Sie herzlich wohl. Mit der hochachtungsvollsten Freundschaft

der Ihrige,

Tegel, den 23. Julius, 1829.   Humboldt.

Franz Bopp an Wilh. von Humboldt.

(Ueber Historische Sprachforschung.)

[Entwurf.]

66.

Ew. Exc. beehre ich mich hiermit d. 18. Bog. nebst der 1. Conj.-
Tabelle zu überschicken nebst dem so eben gedruckten 20. Bog. und
dem der Tabelle zu r. 239 [?]. Die Pronominal-T. ist noch nicht gedruckt.
— Ich bin Ew. Exc. sehr verbunden für Ihre Bemerk. über die besprochene Regel. Ich gebe zu, daß ich in R. 300b, um allen Anstoß zu
vermeiden, noch hätte einfügen können *ex mea sententia*. Allein ich
muß auch gestehen, daß ich von nichts eine festere Ueberzeugung habe,
als von der Richtigk. der Ans., daß die Vertheilung in verstärkte und
reine Formen von dem Einfluß der Endung ... und ich hielt mich darum
für berechtigt, die Sache als keinem Zweifel unterworfen darzustellen.
Gerne gebe ich aber zu, daß ich mich hierin wie in vielen anderen Sätzen

meiner Gramm. vielleicht irre, und ich habe um so mehr Grund Mißtr. in meine Ansicht zu setzen, als Ew. Exc. nach gründlicher und besonnener Prüfung und der vielseitigsten Verfolgung des sogenannten Gewichts-Mechanismus des Sanskr. die Ansicht hegen, daß man die Sache nicht als entschieden ansehen könne. — Da die englischen Gramm., und ich glaube hinzusetzen zu dürfen auch die Indischen, die Formen bloß hinstellen, ohne irgend Gründe anzugeben, oder Betrachtung darüber anzustellen, auf welchen natürlichen Gesetzen diese Formen beruhen, warum sie so und nicht anders lauten: so ist das was ich in meiner Gr. von Gründen oder Gesetzen der Spracherscheinungen sage, immer so zu verstehen, daß dies meine Ansicht sey, daß ich durch meine Beobachtung des Entwickelungs-gangs der Sprache zu dieser Ueberzeugung gelangt bin, in der ich mich jedesmal irren kann, und die ich gerne anderer unbefangener Prüfung überlasse. Ich stelle z. B. geradezu das य् (y) in yuyam und bhavéyam als euphonische Einschiebung, obwohl dies nicht die herkömmliche Meinung ist, und in den indischen Gramm. selbst schwerlich irgend eine Meinung über diesen Gegenstand herrscht, weil sie die Formen so nehmen und geben wie sie sind und nicht ergründen wie sie entstanden sind. Vom histo-rischen Wege glaube ich mich in meiner Gramm. nicht zu entfernen, weil ich die Formen immer so gebe, wie sie überliefert sind, od. in Schriftst. sind, und sie nicht meiner Theorie anbilde, sondern im Gegen-theil meine Theorie auf die vorhandenen überlieferten Formen stütze. Unter historischer Sprachforschung ist doch wohl diejenige zu verstehen, die eine Sprache durch alle ihre Zustände soweit hinaus als möglich verfolgt, und auch die Seiten-Linien, d. h. die stammverwandten Dialekte stets im Auge [hat], die oft wichtige Aufschlüsse über das relative Alter einer Form geben (und) Zeugniß ablegen, ob eine Form wohlerhalten oder verst[ümmelt]. Wo die eigentliche Erforschung der Sprache (das Streben nach Begreifung) anfängt, die doch auch wichtig für das Historische ist, haben wir [in] den Grammatiken, die das rein Positive geben, keinen Haltpunkt mehr. Ob Gegenstände, die ich in meine Gramm. ziehe, in ein Lehrbuch gehören, ist eine andere Frage. Da das Sanskrit-Studium seine Hauptwichtigk. in der Sprache selbst hat, und von den Meisten in dieser Beziehung betrieben wird, so scheint es mir auch beim Sanskrit mehr als bei irgend einer anderen Sprache (ein Bedürfniß) nothwendig oder wünschenswerth, in ein Lehrbuch, das doch zunächst für Sprach-forscher bestimmt, Gegenstände der höheren Sprachw. hineinzuziehen; es scheint mir nothwendig (soweit es ohne zu weitläufige Erörterungen ge-schehen [kann]) die Behandlung einer Sprache so einzurichten, daß man daraus ersieht, daß es einem (dem Verf.) nicht (blos) darum zu thun ist, die Schriftsteller einer Nation zu verstehen (zu lesen), sondern daß man den Organismus einer Sprache (den Entwickelungs[gang]) um seiner selbst willen darstellen will.

Es sollte mich freuen, wenn Ew. Excell. dies Ziel (Tendenz), wel-ches bei Abfassung meiner Gramm., besonders der lat. immer vor Augen stand, nicht misbilligen.

Da in sprachwissensch. Dingen niemand mit dem Grade der Schärfe

und Besonnenheit untersucht und prüft wie Ew. Excell., so ist mir von
Ihrer Seite geringer Beifall . . . ich werde vielleicht Gelegenheit . . .,
meine Ansichten hierüber in der Folge ausführlicher zu entwickeln.

Ew. Excellenz interessiren sich für den Gebrauch des so seltenen
Conditionalis. Eine Stelle aus dem Atharvav., die mir kürzlich wieder
in die Hände gefallen ist, wird Ihnen daher nicht unwillkommen. Es
steht darin der Condit. einmal mit und einmal ohne Aug[ment].

*ná 'ham imam (purushaṁ) védayady ahaṁ imaṁ védishyaṁ
kathaṁ té ná 'vaxyam.*

Wilh. von Humboldt an Franz Bopp.

[52]   67.

Es ist mir besonders erfreulich, theuerster Freund, Ihnen meine
glückliche Rückunft aus Gastein anzeigen zu können. Ich hoffe recht
bald das Vergnügen zu haben, Sie, wenn ich in die Stadt komme, zu
besuchen. Daß mir Ihr Besuch hier zu jeder Zeit angenehm sein würde,
brauche ich Ihnen nicht zu versichern; man kann nur Niemand in diesen
kurzen und regnigten Herbsttagen auf das Land einladen. Wir essen
immer um 2 Uhr. Die letzten Tage dieser Woche aber dürfte ich vielleicht selbst in der Stadt sein.

Ich bitte jetzt recht sehr um die Fortsetzung Ihrer Grammatik. Ich
bin im Besitz von 20 Bogen und drey Tabellen.

Burnouf wünscht, daß ich das Ministerium des öffentlichen Unterrichts bewege, einige Exemplare seines neuen Zend-Werkes zu nehmen.
Ich habe davon bis jetzt nur ein Heft erhalten in welchem 56 Seiten
Text befindlich sind. Ich wünschte zu wissen, ob wirklich bis jetzt
nicht mehr erschienen ist, und ob mir Ew. Wohlgebohren nicht einen
Prospectus des Werkes mittheilen könnten. Man muß doch dem Ministerium eine Idee der Sache geben.

Ich habe unterweges Chezy's Yajnadattabadha gelesen, großentheils um
mich in den Bengalischen Buchstaben zu üben. Ich habe aber, unter
uns gesagt, einen recht kleinen Begriff von dem Verfasser durch diese
Schrift bekommen.

Ist die Abhandlung des Dr. Stenzler schon in Berlin käuflich? Ich
wünschte sie zu besitzen.

Empfangen Ew. Wohlgebohren die ausgezeichnetste und freundschaft-
lichste Versicherung meiner Hochachtung

Tegel den 23. September 1829.   Humboldt.

[53]   68.

Es ist unendlich lange her, daß ich Nichts von Ihnen vernommen
habe, und diese Entfernung gerade von Ihnen, liebster Freund, thut mir
unendlich leid. Aber ich begreife, daß niemand in diesem Wetter auf
das Land kommen kann, und mit meinem Entschluß ganz an Einem

Orte und gerade hier zu leben giebt mir doch jeder Tag mehr Ursach zufrieden zu seyn. Ich schicke Ihnen, da Sie es doch vielleicht gern ansehen, eine kleine Schrift Adelung's, die natürlich kein großes Verdienst haben kann, allein immer nützlich ist. Ich bin sehr beschäftigt und werde von den Malayischen Sprachen in meiner Arbeit auf Allgemeineres übergehen, und so in der nehmlichen auch die Abhandlung über das Sanskrit die Sie schon kennen benutzen. Dieß wird mich nicht nur zum Sanskrit zurückführen, sondern mir auch Gelegenheit geben auf eine ungezwungene und meiner Absicht ganz entsprechende Weise über das große Verdienst Ihrer beiden Grammatiken zu sprechen. Es ist nur eine gewaltige Masse des Stoffes, die ich bei dieser Arbeit zu überwinden habe, und ich möchte sie wirklich überwinden, Resultate aus ihr, so wenig als möglich aber von der Masse selbst geben. Ich versichere Ihnen, daß ich bisweilen nach drey und vierstündiger Arbeit doch nur eine halbe Seite schreibe.

Ich habe dießmal von der Academie nicht den Zettel bekommen, auf welchem die Ordnung des Lesens gedruckt verzeichnet ist. Sollte er wegen der Klassenveränderungen noch nicht ausgegeben worden sein? hätten Sie ihn aber schon, so hätten Sie wohl die Güte mir den Ihrigen zu schicken, und Sich von Vogt einen anderen geben zu lassen.

Sagen Sie mir doch, ob ich bald etwas von Ihnen erhalten kann, und leben Sie recht wohl. Mit der innigsten Freundschaft

der Ihrige,

Tegel, den 6. Februar 1830.   Humboldt.

Franz Bopp an Wilh. von Humboldt.

69.

Ew. Excellenz

sage ich meinen verbindlichsten Dank für Ihr geehrtes Schreiben und die gütige Uebersendung des Briefes von Neumann. Ich wollte Ew. Excellenz diesen Morgen mündlich Antwort sagen, Sie waren aber zu meinem größten Bedauern so eben nach Tegel abgefahren. Ich werde sehr gerne die Ehre haben, im Juni statt Ew. Excellenz zu lesen. Der baldigen Erscheinung Ihrer Abhandlung freue ich mich sehr; hoffentlich wird die meinige, die ich bereits abgegeben habe, ebenfalls bald gedruckt werden. Sie enthält einige Erweiterungen, worüber ich mit Begierde dem belehrenden Urtheil Ew. Excellenz entgegen sehe. In der Hoffnung, daß Sie sich recht wohl befinden, verharre ich in tiefster Ehrerbietung

Ew. Excellenz

d. 22. März 1830.   ganz gehorsamster

Bopp.

Wilh. von Humboldt an Franz Bopp.

[54]   70.

Ich überschicke Ihnen, theuerster Freund, einen so eben für Sie
empfangenen Brief des Professors Neumann. Er schreibt Ihnen vermuthlich auch, daß er mit demselben Schiffe zurückkehren muß, was ich sehr
bedaure.

Ich danke Ihnen sehr für die Güte, welche Sie bey der Besorgung
des Abdrucks meiner Abhandlung gehabt haben; sie wird in sehr kurzer
Zeit fertig seyn.

Sie würden mich sehr verbinden, wenn Sie mir, liebster Freund,
jetzt sagen könnten, ob ich auf den Tausch unserer Vorlesungen bei der
Academie rechnen darf. Meine Reisepläne haben sich verändert, ich
werde den ganzen Junius u. Julius abwesend seyn, und muß daher,
wenn Sie verhindert werden, einen anderen Tausch zu treffen suchen.

Leben Sie herzlich wohl! Mit der aufrichtigsten Freundschaft

der Ihrige,

Berlin den 22. März 1830.   H.

[55]   71.

Ich habe Ihnen, theuerster Freund, für zwei sehr gütige Briefe, und
für Ihre Abhandlung und Ihr Wörterbuch zu danken, und thue dieß mit
der herzlichsten Freude. Die Abhandlung habe ich auf's neue mit großem
Vergnügen gelesen. Sie ist in jeder Rücksicht überaus wichtig, und voll
der scharfsinnigsten Bemerkungen und Herleitungen. Gegen eine einzige
Stelle würde ich mir, wenn ich das Manuscript mit Muße hätte sehen
können, eine Einwendung erlaubt haben. Sie sagen, daß *geras* und *keras*
kein *t* in der Flexion habe, und behandeln diese Wörter, als wäre nie
ein *t* darin gewesen. Dieß scheint mir nicht richtig. Sie haben ebensowohl als die anderen ursprünglich im Genitiv u. s. w. ein *t* gehabt,
nur ist die Jonische Aussprache mit Weglassung des *t* in *geras* durchaus,
in *keras* meistentheils allgemein geworden. Buttmann, dem Sie gefolgt
zu sein scheinen, spricht dem *keras* zu unbedingt sein *t* ab. *Kerata*
kommt, ob ich gleich jetzt keinen Vers anzugeben wüßte, sicher auch
in Wolf's Ausgaben im Homer vor. Passow bemerkt es ausdrücklich
in seinem Wörterbuch. Allein auch Buttmann spricht nur von einer
Jonischen Weglassung, nicht von einem ursprünglichen Mangel des *t*.

Ich bin so frei, Ihnen anliegend, liebster Freund, 5 Exemplare meiner
Abhandlung für Sie, Herrn Schmidt, Herrn Graff, und Herrn Becker, den
Sie jawohl bisweilen sehen, und dem ich zwei für sich und seinen Vater
in Offenbach bestimme, beizuschließen. Ich habe ein Exemplar an Remusat geschickt, und vorzubeugen gesucht, daß der unglückliche Neumann
nicht wieder wegen des chinesischen Theils meiner Abhandlung unhöflich
behandelt werde. Was man ihm im ersten Zeitungsartikel vorgeworfen
hat, halte ich wohl für gegründet. Neumann setzte ein zu großes Ver-

trauen in zu schnell erworbene Kenntnisse. Der Einsicht Schott's und Plath's in das Chinesische traue ich durchaus nicht, und möchte nicht durch sie vertheidigt werden.

Ich verreise am 1ten Junius c. und danke Ihnen nochmals für die Güte, am 10ten Junius in der Academie für mich lesen zu wollen. Ich hoffe Sie im August recht gesund und wohl wieder zu sehen. Mit der herzlichsten Freundschaft

der Ihrige,

Tegel, den 23. Mai 1830.   Humboldt.

[56]   72.

Ich danke Ihnen, liebster Freund, für Ihr gütiges Urtheil über meine Abhandlung. Wenn ich Ihnen aber von 2 Exemplaren für Herrn Becker schrieb, so meinte ich nicht den Professor Becker, sondern den jetzt hier anwesenden Dr. Becker, von dem ich glaubte, daß Sie mit ihm umgingen. Es kann jedoch bei der von Ihnen getroffenen Anordnung sein Bewenden haben. Den Wahlen Hegel's und Graff's gebe ich gern meine Zustimmung. Ich habe es immer unpassend gefunden, daß Hegel nicht schon längst in der Academie war. Sie finden auf umstehenden Blatte meine Zustimmung ausgedrückt. Nur mit vorschlagen möchte ich nicht, weil ich nicht gern bei der Academie etwas von mir ausgehen lasse. Bloß für Sie habe ich hiervon eine Ausnahme gemacht. Es ist mir sehr lieb gewesen, zu sehen, daß das Ministerium wenigstens einiges wieder für Sie gethan hat. Ich habe Ihr Wörterbuch schon vielfältig gebraucht, und äußerst nützlich gefunden. Wirklich daran zu bewundern ist die ungemeine Kürze. Ich hätte nie geglaubt, daß man in einem so kleinen Raum so unendlich viel bringen könnte. Mit der herzlichsten Freundschaft

der Ihrige,

Berlin, den 27. Mai 1830.   Humboldt.

[57]   73.

Ich schicke Ihnen, bester Freund, einen Brief und ein Manuscript des Herrn Heinrich Kurz in Paris, und Sie werden aus Beidem den Wunsch desselben ersehen, das Manuscript in die Jahrbücher für wissenschaftliche Kritik aufzunehmen. Sie würden mich sehr verbinden, wenn Sie die Sache bei der Redaction in Vorschlag bringen und von dem Erfolg Herrn Kurz Nachricht geben wollten. Ginge das Verlangen nicht durch, so wählen Sie wohl in Ihrer Antwort solche Motive, welche nicht verletzen können. Das Manuscript bliebe in diesem Fall wohl zurück, bis Herr Kurz wieder geschrieben hätte, was geschehen solle. Den Brief könnten Sie an Herrn Abel-Remusat auf der Königlichen Bibliothek addressiren. Ueber die Frage: ob man gut thun würde, die Recension aufzunehmen, oder nicht? kann ich, nach sehr flüchtiger Lesung und einer gewissen Furchtsamkeit über chinesische Dinge zu urtheilen, nur folgendes sagen. Die Recension beweist allerdings ein freieres und allgemeineres Nachdenken über die chinesische Grammatik, als man gemeinhin

8*

findet, allein die Begriffe des Verfassers davon sind bei weitem nicht
gereift genug, und im Styl ist eine sonderbare Unbehülflichkeit. In der
Sache gegen Julien theile ich zwar vollkommen seine Meinung, aber in
den allgemeinen Begriffen setzt Kurz eine ganz unnatürliche Verschiedenheit der Schriftsprache von der gesprochenen voraus. Er bedenkt gar
nicht, daß, was er gesprochene Sprache nennt, eine ganz unvollkommene,
größtentheils von Fremden gemachte Aufzeichnung der Laute ist, in der
gewiß viele Nuancen der wahren Aussprache übergegangen sind. Merkwürdig in der Recension ist die Abschweifung zur Vertheidigung Remusat's.
Offenbar ist hier Neumann gemeint. Es scheint mir aber bloß ein
falsches Gerücht zum Grunde zu liegen. Neumann hat mir nie so etwas
geäußert. Hätte er es gegen andere gethan, so wäre es sehr ungerecht.
Denn Remusat's Grammatik trägt offenbar das Gepräge einer ganz eigenen
Auffassung, wenn auch der Stoff derselben in einem früheren Werke
liegen sollte. Gerade dieser Stelle wegen wünschte ich indeß die Aufnahme der Recension, da Remusat und seine Anhänger gewiß glauben,
man habe die Recension deshalb nicht aufnehmen wollen. Neumann
aber kann die Stelle nicht verletzen, wenn er solche Aeußerung nie gemacht hat. Um alles vorzubereiten werde ich Herrn Kurz schreiben, wie
ich glaubte, daß man, den Gesetzen der Jahrbücher nach, nur von schon
wirklichen aufgenommenen Mitgliedern des Instituts Recensionen annähme.

Mit herzlicher Freundschaft

Ihr

Tegel, den 30ten Mai 1830.   II.

Franz Bopp an Wilh. von Humboldt.

74.

Ew. Excellenz

beehre ich mich anzuzeigen, daß die Recension von Kurz von der Redaction unserer Jahrbücher angenommen worden, und hoffentlich bald gedruckt werden wird. Die Stelle, welche auf Neumann sich bezieht, erregte jedoch einigen Anstoß, umsomehr, da Kurz ein Pamphlet gegen
Neumann vorbereitet, woraus bereits in der Spikerischen Zeitung vor
einigen Wochen einige der gehässigsten Stellen mitgetheilt worden. Unter
diesen Umständen war es wohl zweckmäßig, daß wir nicht ebenfalls zur
Verbreitung solcher Ausfälle Veranlassung geben. Ich habe es daher im
Auftrage der Gesellschaft übernommen, die Stelle etwas zu beschneiden,
doch so, daß alles was zum Lobe Remusat's darin gesagt ist, stehen
bleibt, so wie auch der Umstand, daß auf Veranlassung Remusat's die
besprochene handschriftliche Grammatik gedruckt erscheinen wird. Ich
werde an Kurz schreiben, daß die Gesellschaft seine Recension mit Beifall aufgenommen hat, daß man aber von dem fraglichen Gerücht darum
in unsern Jahrbüchern nicht reden könne, weil hier und überhaupt in

Deutschland ein solches Gerücht nicht bestehe, weil Niemand Remusat's große und eigenthümliche Verdienste um die chinesische Grammatik in Zweifel zieht. Ich glaube auch, daß es Remusat gar nicht angenehm sein kann, einen Vorwurf gegen ein Plagiat auch selbst in einer Vertheidigung verbreitet zu sehen. Ich schmeichle mir, daß Ew. Excellenz mit diesem Verfahren zufrieden seyn werden; und ich habe auch nur in der Voraussetzung, hierin ganz Ihrem Wunsche zu entsprechen mich zu dem Gesagten entschließen können.

Ihre vortreffliche Abhandlung habe ich nun mit der gespanntesten Aufmerksamkeit gelesen und die wichtigsten Stellen mehrmals und mir angezeichnet, um sie stets zur Hand zu haben. Der Gegenstand ist von äußerster Wichtigkeit, und Ew. Excellenz haben eine der tiefsten und verborgensten Uranschauungen der Sprache ans Licht gezogen und bis zur Evidenz bewiesen. Die Belehrungen, die Sie aus einem, von Ihnen zuerst gründlich durchforschten Sprachgebiete so scharfsinnig herauszufinden und von den Entstellungen der Grammatiker zu befreien gewußt haben, dürften auch, wie Sie mit Recht andeuten, auf andere uns näher liegende Sprachen ihr Licht verbreiten. Es wird mir daraus wahrscheinlich, oder es scheint der Erwähnung würdig, daß auch das im Singular der 1sten Person vorkommende म in seinem Ursprung identisch sein könne mit dem das nächste räumliche Verhältniß bezeichnenden Demonstrativstamm, den ich als das letzte Glied der Zusammensetzung र-म ansehe.

Auch was Ew. Excellenz von Neumann mittheilen ist sehr interessant und zeigt von feiner Beobachtung. Remusat wird aber, soweit er es verhüten kann, nicht gerne eine Ansicht über das Chinesische aufkommen lassen, die er nicht selbst in seiner Grammatik gelehrt hat.

Gegen die Ansicht, daß Graff nunmehr als hier wohnhaft angesehen werden könne, da er auf lange Zeit, wenigstens 6 Jahre, seinen Aufenthalt hier fixirt hat, hat sich in der letzten Sitzung, wie ich wohl vermuthete, Widerspruch erhoben. Man fand passender ihn zugleich mit J. Grimm zum ordentlichen auswärtigen Mitglied vorzuschlagen, und wir haben daher unseren Antrag dahin umgeändert. Er hat dann, so lange er hier ist, alle Rechte eines ordentlichen gegenwärtigen Mitglieds. Die beiden Wahlen werden in der Klassen-Sitzung vom 5ten Juli statt finden. Wenn Ew. Excellenz mit dem umgeänderten Antrage ebenfalls einverstanden, so wäre es mir sehr erfreulich und für Graff sehr wichtig und vielleicht entscheidend, wenn Sie mich mit einem Worte Ihrer Zustimmung beehren wollten. Die neuen Statuten fodern eine große Stimmenmehrheit, gestatten aber die Aufnahme einer größeren Anzahl ordentlicher auswärtiger Mitglieder: So sind auch Schelling, Cousin und Heeren als solche vorgeschlagen, und Letronne in der letzten Klassensitzung dazu gewählt worden.

Mit meinen herzlichsten Wünschen zum besten Erfolg Ihrer Badereise verharre ich in tiefster Ehrerbietung

Ew. Excellenz

Berlin, den 15. Juli 1830.

ganz gehorsamster

Bopp.

Wilh. von Humboldt an Franz Bopp.

[58]   75.

Ew. Wohlgeboren danke ich recht sehr für die Uebersendung des
Briefes des Dr. Kurz. Er ist mir sehr wichtig gewesen. Ich sehe nehmlich aus demselben nunmehr deutlich, daß diese Herrn die Angabe Abel-
Rémusats, daß *nai* ein Pronomen sey, für unrichtig erklären. Diese
Angabe aber machte die Grundlage der Neumann'schen Bemerkungen zu
meiner Abhandlung aus, und ohne diese Angabe würde ich jene Bemerkungen gar nicht aufgenommen haben. Es kommt also jetzt so heraus,
daß ich weniger durch Neumann als durch Remusat irre geführt worden
bin, insofern dies nämlich wirklich der Fall ist. Ich werde nun nicht
nur dieses an Herrn Kurz schreiben, sondern auch Remusat geradezu
fragen, was er von dem ihm durch Klaproth und Kurz schuld gegebenen
Irrthume hält.

Ihr Nalus hat mir eine große Freude gemacht. Ich sende Ew. Wohlgeboren mit meinem herzlichsten Danke die früher empfangenen Bogen
zurück.

Ich nehme mir zugleich die Freyheit Ew. Wohlgeboren ein englisches
Buch zu übersenden, von dem ich zwey Exemplare erhalten habe, und
dessen Besitz Sie vielleicht interessirt. Es scheint mir für die Kenntniß
der Indischen Sprachen nicht unwichtig.

Mit der hochachtungsvollsten Freundschaft

der Ihrige,

Tegel, den 2. November 1830.   Humboldt.

[59]   76.

Ich bin so frey, an Sie, liebster Freund, eine Bitte zu richten, von
der ich aber wünschte, da sie Ihnen Nachsuchen verursachen wird, daß
Sie sie nur gelegentlich erfüllten.

In dem Kavi-Gedicht, über das ich in der Akademie lesen will,
kommt dieselbe Schlacht vor, mit welcher die Bhagavad-Gita anhebt, und
man sieht auch deutlich, daß der Dichter diese gekannt hat, obgleich er
sich auf das Philosophische nicht einläßt. Ich wünschte nun sehr zu
erfahren, ob Sie wohl Auszüge (nicht den Text) von den unmittelbar
vorausgehenden und nachfolgenden Gesängen hätten, und ob Sie die Güte
haben wollten, mir dieselben mitzutheilen? am liebsten hätte ich den
Auszug aus diesem ganzen Buche des Gedichts; auch wüßte ich gern,
das wievielste Buch dieses ist? denn es giebt ja wohl auch für den
Maha-Bharata eine herkömmliche Abtheilung in eine gewisse Anzahl von
Büchern.

Lassen hat mir vor einigen Wochen geschrieben, und mir aufs neue
versichert, daß er mit seiner letzten Abhandlung durchaus nichts feind-
seliges gegen Sie im Sinne gehabt habe. Ich habe diese Gelegenheit

benutzt, ihm in meiner Antwort ernsthaft vorzustellen, wie Unrecht er
gehabt hat, sich in einigen Punkten scharf zu äußern, und ihn zur Fried-
fertigkeit ermahnt. Es wäre wirklich sehr schön, wenn Sie beide auf
den verschiedenen Wegen, welche Sie gehen, an der Aufklärung der
Indischen Grammatik arbeiteten. Von Ihrer Seite wird dies, nicht absichtlich, aber zufällig gemeinschaftliche Arbeiten von selbst nicht gestört werden, und ich würde es eben so wenig von Lassen glauben, wenn
nicht auf diesen immer der fremde Einfluß zu fürchten wäre.

Leben Sie herzlich wohl. Mit der hochachtungsvollsten Freundschaft

der Ihrige,

Tegel, den 25. November 1830.   Humboldt.

[60]   77.

Ich muß Sie, theuerster Freund, recht sehr um Verzeihung bitten,
daß ich so spät Ihren neulichen gütigen Brief beantworte und Ihnen erst
jetzt meinen Dank für die mir mitgetheilte Auskunft abstatte. Ich erhielt
spät das Monats-Heft der Jahrbücher, von dem Sie mir sprachen, und so
habe ich Ihre Recension erst vor wenigen Tagen lesen können. Sie hat
mir die größeste Freude gemacht. Man hätte den Verfasser des so anmaßenden Buches nicht gründlicher und bündiger, nicht kürzer und nicht
artiger abfertigen können, als Sie es gethan haben. Eine Menge einzelner
Bemerkungen in der Recension sind außerdem vortrefflich und zeugen
vom richtigsten und tiefsten Sprachsinn. Die Herleitung von *homo* hat
mich durchaus befriedigt. Ich wäre von selbst nie darauf gerathen. Es
erhöht aber ihren Werth, daß sie versteckt und schwer aufzufinden war.
Mit der von *mons* kann ich aber nicht einig sein. Die Ableitung des
Wortes für einen solchen Begriff aus einem Namen spricht mich schon
nicht recht an. Mir hat immer *mons* dasselbe Wort geschienen als das
Griechische *bunos*. Vorzüglich aber möchte ich Ihnen zur Entscheidung
einen allgemeineren Zweifel vorlegen, der auch auf ein anderes von Ihnen
angeführtes Wort paßt. Es wird mir sehr schwer, in reinen aus Einem
Grundquell herfließenden Schwester-Sprachen, in welchen der Geist derselben Sprachanalogie herrscht, wahre und ganz sprachwidrige Verstüm-
melungen anzunehmen. Diese, denke ich, finden sich nur bei so ge-
waltsamen Sprach-Umgestaltungen, wie im Neu-Griechischen vorkommen,
oder bei dem Uebergange von Wörtern in einen fremden Sprachstamm.
Wenn das Griechische und Gothische sich in *kumari* theilen, so schließe
ich daraus, daß dies Indische Wort zusammengesetzt war, und jedes der
Elemente schon in sich dem Begriff des Ganzen gewissermaßen entsprach.
Ich habe jetzt nicht Zeit nachzuschlagen. Aber das Litthauische *mergele*
und das Lateinische *virgo* möchte hier herbei zu ziehen sein. Zwey- und
dreysilbige Sanskrit-Wörter sind wohl überhaupt als Zusammensetzungen
aus einem früheren einsilbigen Zustande anzusehen. Vielleicht ließe sich
noch heute in den einsilbigen Sprachen Asiens manches auffinden. Auf
Ihre Etymologie von *mons* aber läßt sich das nicht anwenden, da dort
von bloßen Bildungssilben die Rede ist.

Durch einen neuen Tausch werde ich am 20sten Januar endlich in
der Akademie lesen und wünsche sehr Sie zum Zuhörer zu haben. Sie
erzeigen mir auch wohl die Güte in der Sitzung vom 13ten daran zu
erinnern, daß es bei meinem Lesen am 20sten bleibt.

Leben Sie recht wohl, theuerster Freund, und nehmen Sie die Versicherung meiner ausgezeichneten Hochachtung an.

Tegel, den 30. December 1830.   Humboldt.

[61]   78.

Da Sie Sich in diesem Augenblick mit dem Zend beschäftigen, so
dürfte es Ihnen, theuerster Freund, interessant sein, den anliegenden Brief
des jungen Burnouf zu lesen. Ich füge einen anderen von Remusat bei,
welcher mir eine sehr gründliche Untersuchung zu enthalten scheint. Ich
hatte ihm nehmlich von dem Briefe des Herrn Kurz an Sie geschrieben.
Sie werden sehen, wie vortheilhaft sich der Remusat'sche Brief von dem
flüchtigen und anmaßenden Tone des anderen auszeichnet. Leben Sie
herzlich wohl!

Tegel, den 31. Januar 1831.   Humboldt.

[62]   79.

Ich muß Sie, theuerster Freund, recht sehr um Verzeihung bitten,
Ihr gütiges Schreiben vom 16ten März erst so spät zu beantworten. Ich
wollte aber gern Ihre Recension mit rechter Muße und wiederholt lesen.
Sie hat mir die größeste Freude verursacht, und ich habe daraus zuerst
einen wahren Begriff von dem Zend geschöpft. Ich habe zugleich Ihren
Scharfsinn aufs neue bewundert, einzelne Verschiedenheiten auf allgemeine
Gesetze zurückzuführen, und die Gewandheit, jede grammatische Annalogie
beider Sprachen herauszuerkennen. Aus allem, was Sie sagen, scheint
mir doch hervor zu gehen, daß das Zend weit mehr als aus dem Sanskrit entsprungen anzusehen ist, wie das Griechische, welches sich eher
als eine Schwestersprache darstellt. Sie haben gewiß schon Bohlens
kleine Schrift über denselben Gegenstand empfangen, ich habe noch nicht
Zeit gehabt sie zu lesen. Ich zweifle indeß, daß diese Art der Untersuchungen recht für ihn gemacht sind. Ich freue mich, Sie, liebster
Freund, morgen über acht Tage hoffentlich in der Akademie zu sehen.
Ich komme auf jeden Fall, da ich lesen muß. Leben Sie herzlich wohl.

Mit aufrichtiger Freundschaft
der Ihrige,

Tegel, den 4ten April 1831.   Humboldt.

N. S. Das Verzeichniß der Bücher erfolgt zurück. Ich habe für
jetzt kein Bedürfniß sie zu kaufen.

[63]   80.

Ich werde am nächsten Donnerstage, den 9ten huj. außer meiner gewöhnlichen Reihe in der Akademie lesen, und bin so frei Sie, liebster
Freund, zu bitten, gegenwärtig zu sein. Ich trage den Schluß meiner

Abhandlung über die Kavisprache vor, und habe, da ich der Weitläufig-
keit der Sache wegen große Abkürzungen machen muß, das zusammen-
gedrängt, was den eigentlichen Charakter der Sprache ausmacht.

Die Recension von Benary habe ich, ob mir gleich noch der Schluß
zu lesen übrig bleibt, mit großem Vergnügen und in einigen Punkten
mit Belehrung gelesen. Nur der Ton (nicht der gegen Schlegel, sondern
sonst) hat mir nicht ganz gefallen, und nicht überall geschmackvoll geschienen.

Leben Sie herzlich wohl. Mit hochachtungsvollster Freundschaft

der Ihrige,

Tegel, den 5. Juni 1831.   Humboldt.

[64]   81.

Es hat mir sehr leid gethan, verehrtester Freund, seit meiner Rückkunft von meiner Badereise keine Gelegenheit gefunden zu haben, mich
Ihnen mündlich oder schriftlich zu nähern. Sie wissen aber sicherlich,
daß meine Gesinnungen der Dankbarkeit und Anhänglichkeit darum immer
die nehmlichen bleiben. Ich habe nur sehr fleißig gearbeitet, und bin
darum gar nicht in die Stadt gekommen. Ich benutze aber heute eine
sich mir darbietende Veranlassung, Ihnen eine Kleinigkeit von mir zur
gütigen Beurtheilung vorzulegen. Ich füge diesen Zeilen eine französische
Abhandlung bei, welche die Veranlassung zu dem Aufsatz, von dem ich
eben rede, gewesen ist. Der Verfasser hatte mir dieselbe geschickt und
mich gebeten, ihm meine Meinung über den behandelten Gegenstand mitzutheilen. Die Antwort, welche ich ihm hierauf zuschicken will, wird
Ew. Wohlgeboren durch Herrn Buschmann übermacht werden, den ich
gebeten habe, eine Abschrift davon zu machen. Der Gegenstand ist allerdings kleinlich und sogar mißlich zu behandeln, da man dabei in Ver-
muthungen herumirren muß. Er ist dennoch aber nicht uninteressant,
da er die Anfänge der Schrift und eine ganze wichtige Classe von Alphabeten betrifft. Sie werden darin auch eines Sanskritischen Schriftzeichens
erwähnt finden, welches bei Carey und Forster vorkommt, mir aber unbekannt war, und dessen eigentliche Bedeutung mir auch noch nicht klar
ist. Es soll zwar ein *a* sein, allein ich begreife nicht recht, welcher Laut
aus seiner Verbindung mit anderen Consonanten hervorkommt. Es würde
mich sehr freuen, hierüber durch Sie einige Auskunft zu erhalten. Aber
auch über die Ausführung des ganzen Gegenstandes wird mir Ihr Urtheil
sehr wichtig sein. Sobald Ew. Wohlgeboren meine Antwort empfangen
und gelesen haben werden, darf ich Sie wohl um die Rücksendung mit
der anliegenden Abhandlung ergebenst ersuchen. Ich denke Sie mir mit
Ihrer vergleichenden Grammatik beschäftigt, und werde mich sehr freuen,
bald etwas näheres davon zu hören.

Können Sie mir nichts genaueres über den Prüfer sagen, der Ihnen
die Meta-Grammatik zugeeignet hat. Er hat mir schlechterdings eine Beurtheilung seiner Schrift abdringen wollen. Darauf habe ich mich nun
zwar nicht eingelassen, allein ihm doch nicht verhelt, daß ein solcher

Weg bloß *a priori* mir zu historischen Sprach-Untersuchungen nicht geeignet scheine.

Empfangen Ew. Wohlgeboren die Versicherung meiner ausgezeichneten und freundschaftlichsten Hochachtung.

Tegel, den 21. November 1831. Humboldt.

[65] 82.

Ich sage Ew. Wohlgeboren meinen lebhaftesten Dank für die mir überschickten Sachen. Ich werde die Recension sogleich lesen und dann mit Vergnügen Ihnen sagen, woraus ich vorzugsweise Belehrung geschöpft habe. Der Panini erfolgt anbei, und ich werde ihn gewiß nie wieder von der Bibliothek abfordern, an die ich Ew. Wohlgeboren bitte, ihn zurückzuschicken, da ich Herrn Wilcken benachrichtigt habe, daß Sie ihn jetzt haben. Ich wollte etwas über das Alphabet darin nachlesen und wäre durch die inneren Schwierigkeiten wohl durchgekommen. Ich habe aber entdeckt, daß der Druck auch für meine Brille zu klein ist. Vielleicht können Ew. Wohlgeboren mir eine Aufklärung mittheilen. Die Javanischen Grammatiker brauchen das Wort *akshara* (nach ihrer Schreibung *haksoro*) wie im Sanskrit, nennen aber zum Unterschiede, den Consonanten mit seinem Vokal, da das Sanskritwort oft auch den Consonanten ohne Vokal andeutet, *legenno*. Ich wünschte nun zu wissen, ob dies letztere Wort in der Terminologie der Sanskrit-Grammatiker auch vorkommt, oder ob sie den Fall gar nicht bezeichnen? Carey hat nichts darüber. Mir fällt kein anderes Sanskritwort ein, woher *legenno* kommen könnte, als *lagna* in dem Sinne verbunden, zusammengefügt zu sein.

Ich danke Ihnen herzlich, theuerster Freund, für Ihre gütigen Wünsche zum neuen Jahr, die ich mit der Bitte um Ihr fortdauerndes Wohlwollen, für Sie und die Ihrigen von ganzem Herzen erwiedere. Mit unveränderlicher Freundschaft

Ihr

Tegel, den 30. December 1831. H.

[66] 83.

Ich habe mit großem Vergnügen und mit nicht geringer Belehrung Ihre Recension gelesen, liebster Freund. Die beiden Verfasser können sehr mit Ihnen zufrieden sein, denn Sie haben wirklich an ihren Schriften gelobt, was nur irgend zu loben war. Denn man muß gestehen, daß besonders Rask in so langer Zeit nach seiner Rückkehr blutwenig geleistet hat. Sehr begierig bin ich auf Ihre vergleichende Grammatik. Niemand ist so im Stande sie zu schreiben, als Sie, und Sie haben jetzt soviel im einzelnen vorgearbeitet, daß es Ihnen auch nicht schwer werden muß, dies nunmehr zusammenzustellen. Daß Sie Schlegel zugleich bedacht haben, kann man Ihnen gewiß nicht verdenken, und Sie haben es noch sehr gelinde mit ihm gemacht. Jetzt erlauben Sie mir einige einzelne Bemerkungen.

Zuerst bin ich auf Ihre Ableitung unseres Wortes M u n d gekommen, mit der ich nicht recht übereinstimmen kann; mir scheint in diesem Worte der Vokal vorzüglich bedeutsam, und ich würde daher auch nur nach einer Wurzel suchen, die denselben oder einen ähnlichen hätte. *Mantra* würde ich eher in Verbindung bringen mit *man*, da zur Rede auch der Verstand gehört, auch ist wohl in M u n d der Lippenbuchstabe sehr wichtig, da er auf die Weichheit der Lippen zu deuten scheint; im Begriff der Rede ist er müßig.

Eine höchst wichtige Bemerkung ist es, daß Sprachen in ihrer Entartung einander zufällig nahe kommen können, ohne daß sie einander darum wirklich näher als jede von ihnen der scheinbar ferner liegenden Ursprache stehen.

Für äußerst glücklich halte ich die Ableitung von *ahura* aus *asura*; es könne dabei, dünkt mich, gar kein Zweifel stattfinden. Ebenso ist es mit dem *Yama*.

Dagegen will es mir nicht recht einleuchten, daß das vokalische *r* eine Entartung von *ar* sein soll. Ich halte es wirklich für eine Art Vocal, worin das *r* doch anders gelautet hat, als wenn es wie ein wahrer Consonant vor *i* steht. Ebenso mag *r* anders am Schlusse einer Silbe als am Anfang klingen, und darum in mehreren Alphabeten hiernach verschiedene Zeichen besitzen. In dem mit dem Sanskrit verwandten Sprachen erscheint es freilich immer gunisirt.

Die Gothische Wurzel *bar* halten Sie doch auch für dieselbe mit der Sanskritischen *bhri*. Im Javanischen ist *babar*, also ganz wie *peperit*, gebähren.

Die Bestätigung Ihrer Vermuthung der genauen Verwandtschaft der Sanskritischen Endung *mahe* und der griechischen *metha* ist in der That sehr schön und ebenso was sich aus dem Zend über den Instrumentalis ergiebt. Durch Ihre ganze Abhandlung hin haben mich die Lautveränderungen, in welchen sich die Buchstaben nach Wahlverwandschaften anziehen und abstoßen, sehr interessirt. Sie können nur in Sprachen häufig sein, die sehr auf den Wohllaut achten, und in ihrem Organismus fest genug sind, um nicht für das Verständniß besorgt zu sein, wenn sie die etymologische Gestalt der Wörter beeinträchtigen.

Mit der herzlichsten Freundschaft

der Ihrige,

Tegel, den 3. Januar 1832.

Humboldt.

84.

Tegel den 10. Februar 1832.

[67]

Ich eile, theuerster Freund, Ihnen vorläufig meinen herzlichsten Dank für den mir so gütig überschickten Nalus zu sagen. Das Buch ist mir doppelt werth, weil ich darin durch Sie Sanskrit gelernt habe, woran ich mich immer mit wahrhaft dankbarem Vergnügen erinnern werde. Ich freue mich daher sehr, es in neuer Gestalt und mit neuer Sorgfalt von Ihnen behandelt, wiederzufinden. Sobald es gebunden sein wird, werde ich Vorrede und Anmerkungen genau durchgehen, und es wird mir eine große Freude sein, Ew. Wohlgeboren darüber zu schreiben. Das frühere Exemplar nehme ich mir jedoch die Freiheit Ihnen zurückzuschicken. Ich möchte Sie nicht von zweien berauben und Sie finden gewiß Gelegenheit sonst nützlichen Gebrauch davon zu machen. Meinem Bruder habe ich sein Exemplar, damit die Schrift schnell nach Paris kommt, gleich überschickt. Ew. Wohlgeboren kennen unstreitig einen mir von Herrn Türk empfohlenen Studenten Geisler. Sie würden mich durch Anzeige seiner Wohnung, um die ich ihn zu fragen vergessen, sehr verbinden. Mit der herzlichsten und hochachtungsvollsten Freundschaft

der Ihrige,

H.

Der Geisler hört bei Ihnen. Veranlassen Sie ihn mir selbst zu schreiben.

[68]   85.

Ich statte Ihnen, theuerster Freund, meinen wärmsten und herzlichsten Dank für Ihr gütiges Geschenk und die schmeichelhaften Aeußerungen Ihres Briefes ab. Es ist mir ungemein erfreulich, daß Sie die Güte gehabt haben, meinen Namen auch der neuen Umarbeitung Ihrer Grammatik vorzusetzen. Mein erstes Urtheil über dies wichtige Werk hat sich seit der Zeit, in der ich es so vielfältig gebraucht habe, immer aufs neue bestätigt. Es giebt keine Grammatik, in welcher die behandelte Sprache so in allen ihren Theilen durchdacht als ein zusammenhängendes System dargestellt wäre. Ich werde nicht nur die Zusätze sehr aufmerksam lesen, sondern freue mich auch das Buch jetzt in allen Theilen so zu Rathe ziehen zu können, wie Sie es nun aufs neue haben dem Publikum übergeben wollen.

Meinen Bruder würde Ihr Paket nicht mehr in Paris treffen. Wenigstens wäre es sehr ungewiß, da ich ihn im kurzen hier erwarte. Es bleiben jetzt nur zwei Wege übrig, entweder daß mein Bruder das Paket hier empfängt und die für Paris bestimmten Exemplare von hier aus hinbesorgt, oder daß ich Ihnen das Paket zurückschicke und Sie die Exemplare an die bestimmten Personen in Paris richten. Mir schiene aber das erstere das beste, und bis ich Ihren Entschluß weiß, behalte ich das Paket bei mir.

Von meiner Abhandlung schäme ich mich ordentlich zu reden, liebster Freund, da die Arbeit gar kein Ende nehmen will, doch werde ich gewaltsam vor meiner Badereise abschneiden, damit sie während meiner Abwesenheit durch Buschmann ins Reine gebracht werden kann, wo ich Sie dann recht dringend um Ihr aufmerksames Durchlesen bitten werde. Ich hoffe aber, daß Sie Sich überzeugen werden, daß sie soviel Stoff enthält, daß man die Länge der Arbeit begreift. Ich fürchte dessen im Verhältniß zur Wichtigkeit des Gegenstandes zuviel gehäuft zu haben. Es ist aber schwer, wenn man seine Behauptungen doch auf Thatsachen gründen will, hierin das rechte Maaß zu halten, und wer sich die Mühe geben will, in das Einzelne einzugehen, wird auch nicht dort häufig Interessantes für die Sprachforschung vermissen.

Es war die Rede davon, neue Mitglieder der Akademie für unsere Klasse aus Berlin selbst zu wählen, unter andern Herrn von Varnhagen. Haben Sie doch die Güte, mir zu sagen, ob dies schon so geschehen ist, daß die neuen Mitglieder eingeführt sind.

Leben Sie herzlich wohl. Mit der aufrichtigsten und unwandelbarsten Freundschaft

Tegel, den 24. April 1832.   Humboldt.

[69]   86.

Ich danke Ihnen sehr, theuerster Freund, mich auf die angebliche Entdeckung des guten Burnouf aufmerksam gemacht zu haben. Ich schicke Ihnen aber das mir übersandte Heft wieder zurück, weil ich dasselbe bereits selbst besitze. Es ist sonderbar, aber nicht zu leugnen, daß Burnouf bei recht vielen und gründlichen gelehrten Kenntnissen doch eigentlich den wahren Sprachsinn nicht besitzt. Zugleich aber geht ihm und allen Ausländern doch das ab, was sie aus Deutschen Schriften schöpfen könnten. Grimms Grammatik kennen sie gar nicht, und auch von Ihnen ist ihnen lange nicht alles in so vielen Abhandlungen und Recensionen Zerstreute bekannt. Ich bin indeß auch ganz der Meinung, daß Sie Burnouf, wenn Sie seinen Irrthum auseinandersetzen, auf eine sehr schonende Weise behandeln*). Er hat wirklich großes Verdienst um die Zend-Sprache und ist übrigens gar kein streitsüchtiger Mensch.

Ew. Wohlgeboren Paket werde ich meinem Bruder gleich nach seiner Ankunft übergeben. Ich verbleibe mit der hochachtungsvollsten Freundschaft

der Ihrige,

Berlin, den 2. May 1832.   Humboldt.

[70]   87.

Ich schicke Ihnen, theuerster Freund, den für Herrn Becker in Hildesheim bestimmten Brief, den ich nach unserer Verabredung eingerichtet habe. Wollte Herr Becker den Dr. Lieber von hier aus um Rath fragen, so könnte er demselben seine Umstände ausführlich auseinander setzen, und schickte er mir durch Sie seinen Brief vor dem 1. Julius, so könnte ich ihn über Bremen oder Hamburg schnell und sicher nach Boston befördern.

Für Ihre gütigen Mittheilungen sage ich Ihnen meinen wärmsten Dank.

Da *tadsch* sich im Persischen und im Kavi zugleich befindet, dem Arabischen aber ursprünglich fremd ist, so scheint es mir gewiß, daß man es im Sanskrit zu suchen hat. In den uns zugänglichen Büchern findet es sich freilich nicht. Sollte es aber zu kühn sein, es in der Wurzel तश् zu suchen? Der Nasenlaut kann darin kaum ein Hinderniß genannt werden. Rosen übersetzt diese zu einseitig durch *corrugari*.

_____

*) [Nach erster, hernach geänderter Schreibung: „dies auf eine sehr schonende Weise thun".]

Sie heißt aber nach Wilson und Wilkins auch eineugen, zuschnüren, und dies paßt auf eine persische Tiara, ein Diadem, einen Bund. Die Endung *ini* in dem Kavi-Wort *tadschini* nehme ich doch richtig für eine Fülle andeutend? Ich frage ausdrücklich, weil diese Endung auch als bloßes Femininum von Endungen in *in* genommen werden kann. So erinnere ich mich in diesen Tagen gelesen zu haben, daß Burnouf *padmini*, als Beiwort einer Frau, lieblich wie Lotus übersetzt. Ist aber auch nicht die Collectiv-Bedeutung von *ini* bloß auf Orte beschränkt, wo Pflanzen oder Thiere sich aufhalten?

Wir sprachen neulich von *tigris*. Wäre es nicht das einfachste, es von der Wurzel *tig* und der Kridanta-Sylbe *ra* abzuleiten. Die Bedeutungen der Wurzel passen gar sehr darauf.

Leben Sie herzlich wohl.

Ganz der Ihrige,

Tegel den 14. Junius 1832.

H.

Franz Bopp an Wilh. von Humboldt.

88.

Excellenz!

Vorgestern wieder hier eingetroffen, war gestern mein erster Gang, mich nach dem Wohlbefinden Ew. Excellenz zu erkundigen, in der angenehmen Hoffnung, Ew. Excellenz vielleicht selbst hier zu finden. Eine inzwischen von mir erschienene Abhandlung habe ich in Ihrer Wohnung zurückgelassen und bitte derselben eine geneigte Aufnahme zu schenken. Von meiner vergleichenden Grammatik sind bereits 6 Bogen gedruckt, die ich mich beehre Ew. Excellenz hiermit zu gelegentlicher Prüfung zu überreichen. Ihre vortreffliche Arbeit über die Kavi-Sprache habe ich vor meiner Abreise zu lesen angefangen und bin bis S. 133 gekommen. Ich bewundere die äußerst gründliche umfassende und gedankenreiche Behandlung ihres Gegenstandes. Man kann nur überall beipflichten, namentlich muß ich bemerken, daß mich auch die Herleitungen aus dem Sanskrit sämmtlich überzeugt haben. S. 10 kommt das Wort *saben* vor, wobei mir सब einfiel, doch nur ein flüchtiger Einfall, da ich das Wesen dieser Sprache noch zu wenig kenne, und erst die Folge Ihres Werkes, der ich mit größter Spannung entgegensehe, abwarten muß. — In Bezug auf die Wittwenverbrennung erlaube ich mir zu bemerken, daß im Maha-Bharata ein, ich glaube nur einziger Fall derselben vorkommt, den ich in meinem Conjugations-System S. 240 erwähnt habe. — Haben Ew. Excellenz vielleicht einen Tag bestimmt, wo sie zur Stadt kommen, so bitte ich mich gnädigst die Stunde wissen zu lassen, wo ich Ihnen aufwarten könnte. Ich wünsche nichts sehnlicher als Ew. Excellenz baldmöglichst in gutem Wohlseyn wieder zu sehen. Graff haben wir nun zum Mitgliede der Akademie vorgeschlagen und die Wahl in der Klassensitzung wird wahrscheinlich am 29ᵗᵉⁿ d. M. statt haben.

In tiefster Ehrerbietung Ew. Excellenz

ganz gehorsamster

Berlin, den 17. October 32.   Bopp.

Wilh. von Humboldt an Franz Bopp.

[71]   89.

Es ist mir sehr leid, theuerster Freund, daß ich Montag den 29ᵗᵉⁿ nicht in die Stadt kommen kann. Der Tag trifft gerade mit einem Familienereigniß zusammen, an dem es mir unmöglich ist hier zu fehlen. Ich bitte Sie daher, wenn es zur Wahl kommt, mich gütigst zu entschuldigen und meine Beistimmung zu erklären. Haben Sie wohl schon Schlegels neue französische Schrift gelesen? Ich bin bis Seite hundert gekommen und habe, ob er gleich alles tadelt, doch eine ungewöhnliche Milde im Tone gefunden. Er scheint in dieser Schrift den Lesern alle große Anstrengungen des Geistes und des Gemüths ersparen zu wollen. — Stenzler war vor seiner Abreise bei mir, und ich habe ihn mit Vergnügen gesehen.

Mit der hochachtungsvollsten Freundschaft

der Ihrige,

Tegel, den 24. October 1832.   Humboldt.

[72]   90.

Ich bin zwar sehr fleißig mit dem Lesen Ihrer vergleichenden Grammatik beschäftigt, liebster Freund, kann aber doch unmöglich abwarten, daß ich damit ganz zu Ende komme, ehe ich Ihren gütigen Brief, der so viele schmeichelhafte und freundschaftliche Aeußerungen für mich enthält, beantworte. Ich bitte Sie zu glauben, daß ich nie aufhöre auf diese Ihre gütige Freundschaft den höchsten Werth zu legen, und recht von innigem Herzen wünsche ich, daß es Ihnen und den Ihrigen auch in diesem Jahre recht wohl gehen möge. Es ist auch für die Wissenschaft wichtig, daß Sie in dem Laufe Ihrer schönen Studien nicht gestört werden mögen. Ich kann Ihnen nicht genug sagen, wie Ihre neue Arbeit mich mit wahrer Freude und Bewunderung erfüllt. Man sieht auf jeder Seite, daß Sie den Gegenstand, so ungeheuer auch sein Umfang ist, vollkommen in Ihrer Gewalt haben, und ich glaube nicht, daß irgend jemand jetzt in demselben Grade als Sie das Talent besitzt gerade immer die Punkte herauszuheben, aus welchen das Verfahren der Sprachbildung schlagend hervor leuchtet und die andere bei Seite liegen zu lassen. Man stößt daher bei Ihnen nur auf fruchtbare Bemerkungen, und es gelingt Ihnen eine ungemeine Fülle von Stoff dennoch auf einem sehr mäßigen

Raume zu verarbeiten. Auf Ihre Ausführung der Allgemeinheit der Agglu-
tination bin ich sehr begierig. Schlegel hat in jeder Art Unrecht, da man
sich bei der Entfaltung aus der Wurzel nichts deutliches denken kann.
Auf der anderen Seite aber kann man in den Sprachen wahre von aller
Agglutination freie Flexion nicht wegleugnen. Ich glaube eine Meinung
zu haben, die beiden Theilen gewissermaßen ganz Recht giebt, aber den
Erklärungspunkt in etwas legt, worin man ihn bis jetzt nicht gesucht hat.
— Ich habe mich gefreut zu sehen, daß die Akademie nun auch Zend-
Lettern hat. Aber damit, liebster Freund, bin ich nicht mit Ihnen einig,
daß Sie die Sanskritbuchstaben im Deutschen mit so vielen Zeichen
ausstatten. Ich werde für die Aspiration immer *h* hinzufügen und die
Palatinen-Buchstaben wie die Engländer schreiben. Man muß, dünkt
mich, darin das erwählen was den Druck und das Lesen am wenigsten
erschwert.

Meine Arbeit geht auch jetzt wenigstens zum Ende eines großen
Abschnitts. Mein Kapitel über den Buddhismus auf Java macht ziemlich
soviel als die Hälfte meiner ganzen bisherigen Schrift. Es ist fertig und
fordert nur noch eine letzte Durchsicht und einzelne Nachträge. Sobald
dies zu Stande ist, sehen Sie es, und ich lasse den Druck angehen. Es
sind dann gewiß funfzehn gedruckte Bogen fertig, und ich kann also den
Rest füglich während des Druckes abmachen. Meine körperlichen Schwäch-
lichkeiten machen nur das Arbeiten sehr langsam und rauben ihm viele
Stunden des Tages.

Sie besitzen, wenn ich mich nicht sehr irre, W[ilson, Catalogue] über
Mackenzie's Collection. Ich habe nur den ersten Theil; hätten Sie einen
zweiten, so würde ich ihn mit Vergnügen sehen.

Mit hochachtungsvollster Freundschaft
der Ihrige,
Tegel, den 11. Januar 1833.   Humboldt.

[73]   91.

Ich danke Ihnen sehr, theuerster Freund, für die gütige Mittheilung
des zweiten Bandes der Mackenzie Collection. Wenn Sie es mir aber
erlauben, so behalte ich das Buch noch etwas länger. Es steht Ihnen
indeß, wenn Sie es vermissen sollten, jeden Tag zu Diensten.

Heute aber habe ich eine andere Bitte. Ich finde pag. 53 des
Amara Kosha und die dazu gehörende Note über die sieben Oceane und
die verschiedenen Flüssigkeiten, welche sie enthalten, citirt und wünschte
die Stelle selbst nachzusehen. Vielleicht finden Sie aber, da die Stelle
unmöglich lang sein kann, es bequemer sie mir abzuschreiben als das
Buch zu entbehren, und mir genügt auch die Abschrift vollkommen.

In Ihrer vergleichenden Grammatik bin ich, und immer mit gleichem
Vergnügen und Interesse viel weiter vorgerückt.

Empfangen Sie, theuerster Freund, die erneuerte Versicherung meiner
ausgezeichneten und freundschaftlichen Hochachtung.

Tegel, den 30. Januar 1833.   Humboldt.

[74]   92.

Ich danke Ihnen sehr, theuerster Freund, für Ihre gütige Auskunft über meine neuliche Frage und glaube jetzt durch Ihre und Wilckens Belehrung gewiß zu sein, daß das Wort *ywang* weder Sanskritischen noch Arabischen Ursprungs ist.

Ich bin so frei Ihnen ein Stück des wichtigsten Kapitels des ersten Theils meiner Schrift zuzuschicken. Ich bitte Sie um eine recht ernsthafte Durchsicht desselben, und Sie können nicht glauben, wie dankbar ich den wahren Freundschaftsdienst erkennen werde, den Sie mir dadurch zu erzeigen im Stande sind. Obgleich mir jede Art der Berichtigung gleich willkommen sein wird, so wünsche ich doch Ihre Aufmerksamkeit vorzüglich darauf zu richten, daß man mir keine Unkunde des Sanskrits vorwerfen könne, also kein Uebersehen von Wörtern oder Formen, an die ich mich hätte erinnern sollen, und keine Irrthümer bei den aus dem Sanskrit gebrauchten Wörtern. Niemand kennt so gut, als ich, die Schranken meines Sanskritischen Wissens, und es fehlt gewiß nicht an Personen, die auf gegebene Blößen aufmerken; daher ist meine Besorgniß nicht ungegründet. Ich möchte Ihnen auch die Aufmerksamkeit auf die lateinische Schreibung der Sanskritwörter empfehlen, so klein die Sache auch scheint. Ich lege deshalb die Grundsätze bei, denen ich gefolgt bin und bitte Sie dies Blatt mir nicht wieder zu schicken, sondern zu behalten*). Wo ich darin von Ihrer Methode abgewichen bin, ist es nur meines besonderen Zwecks wegen geschehen, nicht weil ich sie im allgemeinen mißbilligte. Wo ein Sanskritwort, auch ohne alle Veränderung, als ein in das Javanisch aufgenommenes erscheint, wie *kala* und andere, lasse ich alle Bezeichnung der Sanskritischen Eigenthümlichkeit der Laute weg. Wenn Sie es mir gütigst erlauben und ich Ihnen nicht zu beschwerlich falle, so schicke ich Ihnen, sowie ich ein Stück von Ihnen zurück erhalte, immer ein anderes wieder.

Damit Sie auch die Folge der ganzen Schrift übersehen können, lege ich auch ein Inhalts-Verzeichniß des ersten Buches bei, das ich jetzt zuerst werde drucken lassen. Es ist ganz fertig, nur noch nicht ganz ins Reine geschrieben. Das dritte Kapitel desselben, von dem Sie jetzt den Anfang erhalten, ist das letzte darin. In den beiden ersteren, viel kürzeren, die Sie zum Theil schon gesehen, habe ich noch etwas zu ändern.

Das zweite Buch wird die Grammatik der Kavisprache enthalten, es ist ganz fertig und abgeschrieben. Da ich aber erst später die Javanische Urschrift des einzigen uns vorliegenden Kavi-Gedichtes erhalten habe, so muß ich es mit dieser noch einmal genau durchgehen.

Das dritte Buch enthält eine, jedoch nur ganz allgemeine Uebersicht des grammatischen Baues der Malayischen Sprachen. Es ist so gut als vollendet.

---

*) [Vgl. Methode etc., Abh. d. Berl. Ak. a. d. J. 1832, S. XV sqq; Ges. WW. VI, VII sqq.]

Bei den Bemerkungen, welche Sie die Güte haben werden zu machen, bitte ich Sie die Seitenzahl zu citiren. Ich bedaure wahrlich Ihnen so viele Mühe zu verursachen. Sie haben aber schon bisher meine Spracharbeiten durch Aufmunterung, Theilnahme und Belehrung so wesentlich unterstützt, daß ich jetzt gleichfalls auf Ihre Theilnahme und Nachsicht bei dem Unternehmen, was mein größtes bisher gewagtes ist und gewiß mein letztes sein wird, rechnen zu dürfen hoffen kann.

Ich lege Ihnen noch, bester Freund, einen Brief von Stenzler und einen von Rosen bei, da beide manche Sie vielleicht interessirende Notizen enthalten. Sie werden finden, daß Rosen mir zwei Erinnerungen gegen meinen letzten Aufsatz im Asiatischen Journal macht. Das Wort *titau* war mir wirklich unbekannt. Es scheint mir aber auch, daß diese einzelne Ausnahme wenig bedeutet, und daß es immer im allgemeinen wahr bleibt, daß in der Mitte der Sanskritwörter nicht zwei Vokale auf einander folgen.

Empfangen Sie die erneuerte Versicherung meiner herzlichsten und hochachtungsvollsten Freundschaft.

Tegel, den 19ten Februar 1833.   Humboldt.

[75]   93.

Ich danke Ihnen ausnehmend, theuerster Freund, für Ihre gütigen Bemerkungen, die ich jetzt durchzugehen beschäftigt bin und für das Ende Ihrer vortrefflichen Schrift.

Die Thatsache der neutralen Plurale von Singularen andren Geschlechtes, auf welche Sie mich aufmerksam machen, gehört zu den größten Merkwürdigkeiten, die eine Sprache darbieten kann. Wenn ich Ihre Anmerkung recht verstehe, so kann man von demselben Nomen, wenn dies ein Masculinum ist, einen doppelten Plural machen, einen männlichen und einen sachlichen, und so geschieht dies wirklich, nur daß die sachlichen das Uebergewicht haben. Der von Ihnen sehr scharfsinnig bemerkte Grund ist gewiß auch der richtige, und ich glaube hier bemerken zu können, daß, (wenn) einige Sprachen, welche in dem Verbum das Geschlecht in der dritten Person unterscheiden, dies (alle) auch nur im Singular, nicht im Plural thun*). Ich sage dies zwar jetzt nur aus dem Gedächtniß, glaube aber nicht mich zu irren, und einige Aehnlichkeit liegt offenbar in dem Fall. Um aber zum Zend zurückzukehren, so kommt es sehr darauf an, ob man diese Plurale wirklich als neutra oder nur als eine andere Form der Nomina überhaupt betrachtet. Ein kleines Bedenken erregt mir, daß, wenn ich die Sache recht verstehe, masculine Adjectiva können mit neutralen Pluralen, wenn der Singular ein Masculinum ist, verbunden werden. Dies scheint wirklich anzuzeigen, daß man jene Plurale, ihrer neutralen Form ungeachtet, doch wie Masculina behandelt. Sie fühlen gewiß, was ich sagen will. Der feine, aber hier sehr wichtige Unterschied liegt darin, ob man in subtilem, aber richtigem Bewußtsein bei der Mehrheit die lebenden Geschlechter in das sachliche

---

*) [Das eingekl. „wenn" u. „alle" ist von H.'s Hand eingesetzt.]

hinübergeführt, oder ob man in Verkennung und Vernachlässigung des
wahren Geschlechts-Unterschiedes den formloseren Endungen des neutralen
Plurals über sein Gebiet hinaus Geltung giebt? Beides kann in verschiedenen Zeiten, das letztere offenbar in späterer geschehen sein. Auch
kann sich beides so vereinigen, daß man sich die Ausdehnung der be-
quemeren neutralen Form, aus dem von Ihnen bemerkten Gefühle, gerade
nur im Plural erlaubt, nicht darum die Zahl der neutra im Singular vermehrt hat. Loben könnte ich übrigens die Sache doch nur sehr bedingt.
Durchaus richtig ist sie nicht zu nennen. Denn nicht die Persönlichkeit
überhaupt mit ihrem Geschlecht, sondern nur die einzelne Persönlichkeit
tritt in der Mehrheit zurück. Wenn beide Geschlechter in ihr vereint
sind, wie in Menschen, so ist dies im Grunde auch schon im Singularis derselbe Fall. Geht man aber auch hierauf nicht ein, so wäre die
Sache doch nur in derselben Art zu loben, als man die Unterdrückung
alles Geschlechts-Unterschiedes bei geschlechtlosen Sachen philosophisch
nennt. Es hat mir dies immer ein falscher Grundsatz geschienen. Die
Sprachen gewinnen durch diese Geschlechtslosigkeit nichts, verlieren aber
sichtbar an Anschaulichkeit und an deutlicher und zierlicher Gliederung
der Construction.

In Ihrer Vorrede haben Sie, bester Freund, sehr gut auseinander-
gesetzt was derjenige eigentlich leisten sollte, welcher eine Sprache lehrt.
Gar nicht, damit die Zöglinge mehrere Sprachen lernen, sondern damit
sie vergleichend Griechisch oder Lateinisch besser und leichter lernen, ist ein ver-
gleichendes Sprachstudium nothwendig. Es muß aber allerdings in die
rechte Epoche des Lernens fallen. Denn die Leichtigkeit des Verstehens
und Schreibens giebt es nicht, führt eher davon ab. Der Zögling muß
also lange den Stoff bloß als Stoff behandeln. Er kann ihm aber schon
besser zugerichtet gegeben werden, und darin liegt eben die Kunst, die
man auf den bisher eingeschlagenen Wegen nicht erlernt. Ihre neue
Schrift muß es jedem anschaulich machen, daß Sie bei weitem mehr auf
Ihrem Wege für das allgemeine nützliche Sprachstudium leisten als bloß
durch gelehrte Bearbeitung von Texten geschehen kann.

In Marsden's Malaiischem Wörterbuch steht *yogia* mit der Englischen
Erklärung *ought, behoveth, proper, expedient*, und mit der Bemerkung,
daß das Wort Arabisch sei. Giebt es wirklich ein solch Arabisches Wort?
Wäre das vorletzte *i* nicht lang, so würde ich es für das Sanskritische
yôgya halten. Die Arabische Schreibung ist nämlich يبي.

Mit hochachtungsvoller Freundschaft
der Ihrige,
Humboldt.

[76]   94.

Ich habe gestern, theuerster Freund, übersehen, daß es noch ein Heft
des dritten Kapitels meiner Schrift giebt, das Sie noch nicht gelesen
haben. Sie haben gelesen und mir zurückgebracht bis S. 428 und das
gestern mitgenommene Heft, welches das letzte dieses Kapitels ist, wird

mit S. 509 anfangen, so daß Ihnen dazwischen S. 429 bis 508 fehlt,
welche ich so frei bin Ihnen anliegend zu überschicken. Haben Sie aber
die Güte mir die diesem Briefe beigefügte Mappe, zu der ich den Schlüssel
hier einlege, sogleich leer zurückzusenden.

Ihre Bemerkung über *bhûka* und Woche hat mich weiter geführt.
Das Sanskritwort heißt bei Wilson zuerst *hole, charm*, und ich halte es
daher für das Lateinische *vacuus*, Spanische *hueco*, Italienische *buco*.
Das Malayische *buku*, Zwischenraum des Bambusrohres, kommt natürlich
eben daher.

Mit der hochachtungsvollsten Freundschaft

der Ihrige,

Tegel, den 30. März 1833.   Humboldt.

[77]   95.

Ich nehme mir die Freiheit, Ihnen, theuerster Freund, in der Anlage
den Anfang meiner Schrift zu geneigter Fortsetzung Ihrer Durchsicht zuzuschicken. Es ist meine Absicht, den Druck nun sogleich anzufangen,
als ich diesen Abschnitt von Ihnen zurück erhalte, und Sie würden mich
daher ungemein verpflichten, wenn Sie mir denselben recht bald wieder
zurücksenden wollten.

Für das schöne Exemplar Ihrer Grammatik statte ich Ihnen meinen
herzlichsten Dank ab. Es wird unter meinen Büchern ein dauernder
Beweis Ihrer gütigen Freundschaft bleiben, indeß ich die mir früher mitgetheilten Bogen auch habe binden lassen, um sie gewöhnlich zu gebrauchen
und nach Norderney mitzunehmen.

Herrn Minister von Altenstein habe ich auf die [unter] uns verabredete
Weise geschrieben. Sein Wille und seine Gesinnung entsprechen gewiß
unseren Wünschen. Allein seine Mittel sind allerdings beschränkt. Ich
vermuthe, daß Sie, liebster Freund, bereits mit Geheimenrath Schulz über
die Sache gesprochen haben. Sonst riethe ich Ihnen es, zwar nicht gerade jetzt, aber etwa in vierzehn Tagen zu thun.

Für die gütigen Erläuterungen, die ich durch Ihre zuletzt erhaltenen
Zeilen bekommen habe, bin ich Ihnen sehr verbunden.

Mit der hochachtungsvollsten Freundschaft

der Ihrige,

Tegel, den 25. April 1833.   Humboldt.

[78]   96.

Ich danke Ihnen ausnehmend, theuerster Freund, für Ihr Schreiben
vom 12. huj., das mir so ausnehmend nützlich gewesen ist.

Die aus Colebrooke nachgeschriebene Stelle ist von mir genau so
geschrieben als Colebrooke sie drucken ließ, nur daß bei ihm natürlich
keine Worttrennung ist. Ich werde dies noch bemerken und dann bloß
Ihre und Forsters Grammatik citiren.

Die noch unedirte Stelle über die Verbrennung der vier Wittwen
ist mir höchst wichtig gewesen, und ich wünschte dieselbe mit Ihrer Er-

laubniß abdrucken zu lassen. Ich bin so frei Ihnen meine Uebersetzung, wie ich sie beifügen wollte, zur Durchsicht vorzulegen. Ich bitte Sie, mir nicht als eine Anmaßung anzurechnen, daß ich einen Schreibfehler in Ihrer Abschrift zu finden glaube. Ich kann mir sonst aber das Wort *tasribhis* gar nicht erklären.

Ueber die Sache selbst erlaube ich mir noch folgende Bemerkungen. Als ich den verneinenden Ausspruch von den beiden Heldengedichten niederschrieb, wurde ich selbst sehr zweifelhaft, ließ mich aber durch Bohlen (Das alte Indien, I 295) verführen. Lesen Sie die Stelle doch selbst. Es entstehen nun mehrere Fragen, über die ich gern Ihre Meinung wüßte, obgleich ich fühle, daß es wohl unmöglich ist, sie mit Sicherheit zu beantworten. Soll man diese Stellen vom Verbrennen nun alle für neue Einschiebsel halten? Enthält der Râmâyana kein Beispiel dieser Art? Wenn dies so ist, muß man darum den Mahâbhârata für neuer oder für mehr interpolirt erklären? Windischmann setzt im Sankara die Gita sehr spät, und wie mir scheint doch nicht ganz mit Recht. Ich schicke Ihnen den Text der Stelle wieder mit, bitte mir ihn aber zurück aus.

Mit hochachtungsvollster Freundschaft

der Ihrige,

Tegel, den 16. Mai 1833.   Humboldt.

[79]   97.

Ich danke Ihnen auf das herzlichste, theuerster Freund, für Ihr Schreiben vom 21. huj.

Svô bhûtê „am folgenden Tage" zu übersetzen, war auch mein erster Gedanke, und da Sie es für das richtigste halten, so bleibe ich dabei. Mein Zweifel war, daß sich **morgen** immer auf ein **heute** bezieht, wie es auch in der Savitri der Fall ist, und ich kaum glaube, daß man *crastino die* „am folgenden Tag" übersetzen könnte. Darum rief ich das Substantivum *bhûta* zu Hülfe und verband damit die Heil ankündigende Partikel *śvas*.

Wegen meiner Uebereilung mit *varâṅganâ*: muß ich Sie sehr um Verzeihung bitten. Ich erklärte mir das Wort ohne Nachschlagen aus den Elementen. Auch hat die Herleitung von *aṅganâ*, Frau, wirklich Schwierigkeit. Von *aṅga* wäre sie die natürlichste, aber *na* ist kein Taddhita-Suffix.

patyuś hier Gatte zu übersetzen finde ich Schwierigkeit, da das letztere Wort gleich wieder vorkommt, und Gemahlin des Gatten mir überhaupt nicht wohl zu passen scheint.

Haben Sie mit Absicht *chitâgni* bloß durch Scheiterhaufen und nicht Feuer des Scheiterhaufens übersetzt? Nach Wilson ist *chitâ* schon für sich Scheiterhaufen.

Sie erlauben wohl, daß Herr Buschmann Ihnen die abgedruckte Stelle noch einmal vorlegt.

In Windischmanns Sankara S. 51 stehen einige Verse des Râmâyana

über die Selbstverbrennung eines lebenssatten Greises. Ich verstehe aber
in der Stelle das Wort *śarabhaṅga* nicht recht. Soll es heißen zer-
riebenes Gras haltend? Ueberhaupt scheint mir Windischmann die richtige
Meinung über die Wittwenverbrennung zu haben.

Mit hochachtungsvollster Freundschaft

der Ihrige,

Tegel, den 27. Mai 1833.

Humboldt.

98.

[80]   Tegel, den 1. November 1833.

Ihrer gütigen Erlaubniß gemäß, schicke ich Ihnen theuerster Freund
die ersten zwölf Bogen (A—M) meiner Schrift und empfehle sie Ihrer
gütigen Nachsicht, deren sie gar sehr bedürfen. Empfangen Sie zugleich
meinen herzlichsten Dank für Ihren wahrhaft freundschaftlichen Besuch
und die Versicherung meiner innigsten Hochachtung.

Humboldt.

[81]   99.

Ich danke Ihnen sehr, liebster Freund, daß Sie mich auf Potts
Recension und Burnoufs Artikel aufmerksam gemacht haben. Ich habe
beide mit großem Vergnügen gelesen. Beide Aufsätze sind sich auch
darin ähnlich, daß sie das Bestreben haben, den Tadel, den sie aussprechen müssen, mit soviel Lob als nur immer gehen will zu umwickeln.
Indeß ist darin Burnouf gegen Johnston glücklicher gewesen, als Pott
gegen Becker. Wirklich thut es mir leid, daß Pott bei so vielem Vortrefflichen in den Gedanken und in der Materie zu wenig Gewandtheit
im Styl besitzt. Einige Perioden der Recension habe ich wohl dreimal
lesen müssen, ehe ich sie verstanden habe. Er hat viel zu viel Leb-
haftigkeit gegen sein Maaß von Geschick im Ausdruck. Besonders sollte
er sich des scherzhaften Tons enthalten und ernst und einfach bei der
Sache bleiben. Ich kann nicht gerade finden, daß er die Becker'sche
Schrift zu scharf getadelt hat. Er hat es nur in einem zu beißenden
und aufreizenden Tone gethan, und dies hat denn wieder seine natür-
liche Gutmüthigkeit zu übertriebenem Lobe des Verfassers überhaupt und
seines ganzen Sprachwesens verleitet. Ich gestehe offenherzig, daß ich
mich damit nie habe befreunden können, und ich glaube auch Ihnen
geht es ebenso. Ich habe mich sogar sehr gewundert, daß Hartung, den
ich sehr schätze, so unbedingt diesem System zu folgen scheint. Becker
muß schon aus einem Briefe von mir vor meiner Reise ins Seebad gesehen haben, daß mich sein Wort nicht anspricht. Sein Bemühen, die
Wörter nach Begriffs-Etymologien zu ordnen, ist eigentlich ein Bestreben,
sich außerhalb aller Sprache zu stellen, und dies ist noch unmöglicher,
als mit Archimedes einen Punkt außerhalb der Erde zu fordern. Es
giebt ohne Wort gar keinen vollendeten Begriff. Dies hätte Pott noch
mehr ausführen können.

Burnouf ist wie immer gründlich und belehrend, und man läßt sich

darum gern eine gewisse Trockenheit gefallen, die einem oft bei ihm an-
weht. Wenn er aber so fortfährt, kann er noch viele Artikel über den
ganz ungenauen Upham machen. Ueber eine Kleinigkeit muß ich Sie
doch, lieber Freund, befragen. Er schreibt beständig, das zweite Ceylo-
nische Geschichtsbuch in der zweiten Silbe mit langem *a*, *Râjâratnâkari*.
Ich habe schon ein paarmal den Vokal an derselben Stelle kurz drucken
lassen, da es ja hier nur das Grundwort mit wegfallendem Endconsonanten,
nicht der Nominativ sein kann. Es ist wie *Dhyâni-Buddha*, *Brahma-
lôka* u. s. w. Doch wundert mich die Schreibung bei Burnouf, der sonst
sehr genau ist.

Hierbei fällt mir aber mit Bedauern ein, daß in meiner Schrift
S. 132, Anm. 1, vorletzte Zeile, ein Fehler begangen und stehen geblieben
ist, nämlich *Ayustêjâ* für *Ayustêjâs*, was gar nichts ist, da hier nothwendig der Nominativ stehen muß. Ich habe leider ohne eigenes Nachdenken Wilsons (Asiat. Res. XVI 487) nachgeschrieben, der sogar den
Namen nebeneinander in Sanskrit und Römischen Lettern und auch bei
den ersteren ohne Visarga setzt. Sie haben keine Bemerkung dabei gemacht; wahrscheinlich weil Sie glaubten, daß ich das Visarga in Römischen Lettern nicht bezeichnet. Wo ich aber den Nominativ brauche und
dieser ein Visarga hat, thue ich es nimmer, und ich sehe nicht ab, wie
man diesen Namen mit langem End-*a* für ein Grundwort nehmen könnte.
Diese Namen sind doch nur Composita, wo das endende Neutrum in
ein Masculinum verwandelt wird. Das *s* ist überdies hier stammhaft und
der Vokal bloß verlängert. Ich werde also die Stelle unter den Druck-
fehlern aufzählen, an denen der Setzer unschuldig ist.

Ich kann Ihnen nicht genug sagen, wie dankbar ich Ihnen für die
Güte bin, mit welcher Sie meine Bogen durchlesen. Sie sehen aber zugleich, liebster Freund, aus dem Obigen, mit wie viel Mißtrauen ich gelesen werden muß.

Mit herzlicher Freundschaft

Ihr

Tegel, den 27. December 1833. II.

[82] 100.

Ich danke Ihnen herzlich, liebster Freund, für Ihre gütigen neulichen
Zeilen, und für die Auskunft über *shah* und *padishah*. Die Herleitung
aus dem Zend in das Persische ist unleugbar richtig. Allein glauben
Sie nicht, daß das Zendwort wieder aus dem Sanskrit stammt? Pott in
seinen Wurzeln leitet das Persische Wort vom Sanskritischen *kâs* ab und
bringt dieses als eine reduplicirte Wurzel auch mit *iŝ* in Verbindung. Wie
steht es aber mit dem *k* des Zend-Wortes, das eher auf den Namen der
Kriegerkaste hindeutet?

Noch bitte ich Sie, meiner Unwissenheit in einem anderen Punkte,
an dem mir gerade viel liegt, zu Hülfe zu kommen. Im Chinesischen,
Barmanischen und Siamesischen, ebenso im Mexicanischen, werden Zahlen
nicht anders mit concreten Substantiven verbunden als indem man noch
ein vermittelndes Gattungs-Substantivum hinzusetzt. Eine Spur davon ist

in einigen Sanskritischen Sprachen, wie wenn wir: vier Stück Pferde,
die Römer *tria capita boum* sagen. Ich wünschte aber zu wissen, ob
im Sanskrit selbst dergleichen vorkommt? Es liegt in der Natur der
Sache, daß in allen Sprachen diese Art zu reden vorkommt, nicht gerade
nothwendiger aber natürlicherweise. Die Eigenheit der oben genannten
Sprachen ist nur das Durchführen dieser Idee durch zahllose Klassen auf
eine Art, die auf die Wortbildung zurück wirkt.

Ich habe seit meinem letzten Schreiben an Sie trotz des engen
Drucks das ganze Capitel über die Wurzeln (nämlich die Einleitung zu
dem Verzeichniß) in Pott gelesen, und zu meiner sehr großen Befriedi-
gung. Daß man unter einer solchen großen Menge von Ableitungen nicht
in jede einstimmen kann, versteht sich freilich von selbst.

Mit der hochachtungsvollsten Freundschaft

der Ihrige,

Berlin, den 6. Januar 1834.   Humboldt.

[83]   101.

Ich hoffte Ihnen, theuerster Freund, neulich mündlich meinen herzlichsten Dank für Ihre gütige Uebersendung Ihrer Pottischen Recension
abstatten zu können, habe aber sehr bedauert, Sie nicht zu Hause zu
finden.

Ihre freundschaftliche Belehrung über das sechssilbige Gebet*) habe
ich sogleich benutzt, den Ausdruck in zwei Wörter getheilt, und auch
die Uebersetzung, wie Sie bei der Correctur sehen werden, nur wenig
verändert.

Die Recension ist, wie alle von Ihnen herrührende, eine wahre Be-
reicherung des durch Sie in der That erst geschaffenen Studiums. Sie
besitzen die Kunst, Ihre Anzeigen, ohne daß die Beurtheilung der recen-
sirten Schriften dadurch leidet, immer zugleich mit neuen eigenen Ausführungen auszustatten. Auch, abgesehen von der zusammenhängenden
Theorie, liegt in Ihren Arbeiten ein Schatz von einzelnen Bemerkungen
über Wörter und Formen, von dem es höchst wünschenswerth wäre, daß
man ihn alphabetisch gesammelt besäße. Vielleicht könnten Sie einer
erweiterten Ausgabe Ihres Glossars dies, ohne zu große Mühe, beigeben.
In Ihr Lob der Pottischen Schrift stimme ich vollkommen ein, und ich
suche darin immer mehr, und soviel mir meine Augen irgend erlauben,
zu lesen. Die Episoden Ihrer Recension über Städler, der mir bisher
ganz unbekannt geblieben war, und Jäkel haben mich sehr unterhalten.
Es bleibt aber eine traurige Erscheinung, wie man die Zeit lieber mit dem
eigensinnigen Beharren auf unsinnigen Meinungen verderbt, als sie der Erlernung des Unbekannten zuwendet. Dagegen gestehe ich Ihnen, liebster
Freund, daß ich gewünscht hätte, daß Sie den Angriff auf Passow, und
sein wirklich höchst verdienstvolles Wörterbuch, nicht herausgehoben, oder
doch die ungerechte Härte des Pottischen Angriffs durch einige versöh-
nende Worte gemildert hätten. Ich lobe allerdings nicht, daß Passow

---

*) [IV B. M. 12, 13.]

die ganz unnütze Bemerkung über die gleiche Verschiedenheit des Geschlechts von *Pfeil* und *Veilchen* in beiden Sprachen gemacht hat. Er ist aber offenbar dazu nur gekommen, um seine Kenntniß des alten *Veil* anzubringen. Weiter aber scheint mir sein Verbrechen nicht zu gehen. Ich würde sogar nicht abgeneigt sein, auch ἰός, Gift, von demselben Verbum, auf welches Sie ganz richtig das Griechische Pfeil verweisen, abzuleiten. In sehr vielen Sprachen wird Gift durch eine Art Euphemismus metaphorisch bezeichnet, und man kann es wohl als etwas in den Körper Geschicktes, Geworfenes ansehen; unser deutsches G i f t, unser v e r - g e b e n sind ganz ähnlich, und das Französische *poison* ist bloß Trank, *potio*. Mit dem Pfeil steht aber Gift im bildlichen Begriff sehr nahe zusammen. Wie ein Pfeil dringt es in das Blut und bewirkt unvermeidlichen Tod oder Krankheit. Ich würde nichts dagegen haben auch das Veilchen hierherzuziehen, was aber Passow nicht thut. Denn das Griechische Stammverbum kann sehr gut auf das Sprießen der Pflanzen gehen, und es ist ganz gewöhnlich, einzelne Thiere und Pflanzen nach so allgemeinen Begriffen zu benennen.

Schleiermachers Tod macht die Wahl eines neuen Sekretairs bei der Akademie nothwendig. Ich weiß nicht, ob Sie, theuerster Freund, auf diese Stelle denken. In diesem Falle bäte ich Sie, es mir recht freundschaftlich zu sagen. Unter den übrigen Mitgliedern der Klasse schien mir Boeckh am meisten geeignet zu sein.

Ich hoffe, daß Sie die mir von Burnouf für Sie zugesandte Beurtheilung Ihrer vergleichenden Grammatik erhalten haben werden. Ich lege neue Bogen meiner Schrift bei, und empfehle mich Ihrem gütigen und freundschaftlichen Andenken.

Tegel, den 21. Februar 1834.   Humboldt.

[84]   102.

Ich danke Ihnen sehr, theuerster Freund, für Ihre gütigen heute empfangenen Zeilen. Es ist eine sehr große und seltene Bescheidenheit, daß Sie jeder Bewerbung um die Sekretair-Stelle der Akademie entsagen. Es ist indeß wahr, daß diese Stellen mit vielen zeitraubenden und von den wissenschaftlichen Arbeiten abziehenden Geschäften und außerdem noch bisweilen mit anderen Unannehmlichkeiten verbunden sind. Auch müssen die Eröffnungsreden bei den öffentlichen Sitzungen höchst lästig sein. Da wie ich zu meiner großen Freude sehe, Sie gleichfalls für Boeckh stimmen, so bin ich so frei, Sie zu bitten, am Tage der Klassenwahl meine Erklärung abzugeben. Wenn, was ich nicht recht weiß, Abwesende mitstimmen können, so bitte ich Sie, dies in meinem Namen für Boeckh zu thun. Sollten aber auch die Stimmen der Abwesenden nicht mitgezählt werden, so haben Sie doch die Güte in meinem Namen zu äußern, daß ich lebhaft bedaure der Sitzung nicht beiwohnen zu können, um Herrn Boeckh meine Stimme zu geben.

Es thut mir sehr leid, durch ein Mißverständniß um das Vergnügen gekommen zu sein, mich mündlich mit Ihnen zu unterhalten. Ich bitte Sie aber ja Sich nicht in der Stadt zu mir zu bemühen, wo es zu allen

Stunden mich zu finden unsicher ist. Ich werde schon suchen, Sie einmal bei Sich anzutreffen.

In Burnoufs Anzeige Ihrer Grammatik habe ich noch gelesen, was mir daran fehlte. Da es gar nicht Ihre Absicht war, eine lange Reihe von Zendwurzeln zu geben, so hätte er sich die Mühe der Ergänzungen sparen können. Bei *Vrihaspati* scheint er nicht gewußt zu haben, daß Sie schon in Ihrem Glossar eine Form *vrihas* annehmen. Im Ganzen aber hat es mich wieder gefreut, daß er doch immer das Verdienst Ihrer meisterhaften Arbeit anerkennt, und sich nicht zur Partheilichkeit dadurch verleiten läßt, daß er die gleiche Arbeit, die er aber gewiß viel weniger glücklich durchgeführt hätte, unter Händen hat.

Mit der herzlichsten Freundschaft

Tegel, den 26. Februar 1834.
der Ihrige,
Humboldt.

[85]   103.

Ich habe, liebster Freund, aus Ihrem gütigen Schreiben von gestern mit dem lebhaftesten Antheil ersehen, daß das Ministerium Ihre Wünsche nicht ganz unerfüllt gelassen hat. Zwar ist die Summe der Zulage nicht sehr bedeutend, indeß sind dem Minister die Hände in solchen Dingen auch sehr gebunden, und er hat Ihnen damit immer einen Beweis gegeben, wie sehr er die Wichtigkeit Ihrer Verdienste um die Wissenschaft und die Universität anerkennt. Von dieser Seite können gewiß auch Sie Selbst die Sache betrachten, und so wünsche ich Ihnen von Herzen Glück dazu.

Ihrer Ansicht über die Sache der Akademie stimme ich vollkommen bei. Man will diese Gelegenheit benutzen, Ritter wieder zurückzurufen. Gegen diese Absicht habe ich nichts, ich kann nur das Mittel nicht billigen, indem alle Wahlfreiheit dadurch verloren geht. Für die in meinem Namen gütigst gemachten Aeußerungen bin ich Ihnen sehr verbunden.

Burnouf hat auch mir seinen Commentar über den Yaçna geschickt, und ich habe im Blättern dieselbe Bemerkung unnöthiger Weitschweifigkeit, wie Sie gemacht. Sie haben gewiß recht, ihn milde zu behandeln. Es ist aber eine große Kleinlichkeit von ihm, sich stellen zu wollen, als habe er alles von Ihnen Entdeckte gleichfalls und früher bemerkt. Haben Sie doch die Güte, mir gelegentlich zu sagen, ob die Herausgabe des Textes des Vendidad jetzt vollendet ist, und im Fall sie es wäre, aus wieviel Lieferungen das Ganze besteht. Mein Exemplar scheint mir noch unvollendet.

Mit der herzlichsten und hochachtungsvollsten Freundschaft

Tegel, den 6. März 1834.
der Ihrige,
Humboldt.

[86]   104.

Ich bin so frei, liebster Freund, Ihnen die in diesen letzten Wochen wieder fertig gewordenen Bogen meiner Schrift, *Ee* bis *Ii*, anliegend zu übersenden.

Sie haben gewiß auch Lepsius Palãographie u. s. w. erhalten, vielleicht, da sie hier gedruckt ist, schon vorher gekannt. Ich habe sie ganz durchgelesen und läugne nicht, daß Sie meine Aufmerksamkeit sehr lebhaft angespannt hat. Es ist darin eine unverkennbar neue Ansicht eröffnet. In den einzelnen Erörterungen herrscht ein glücklicher Scharfsinn, und das ganze durch die Schrift durchgehende Raisonnement zeugt von höchst beifallswürdiger Methode. Von allen diesen Seiten zusammengenommen kann man der Schrift eine vorzügliche Wichtigkeit nicht absprechen, und es liegt, wie mich dünkt, mehr darin, als ich dem Verfasser zugetraut hätte. Ich wünschte aber außerordentlich, wenn auch nur kurz, Ihr Urtheil über die Schrift zu erfahren. Ich gestehe, daß mir, sowohl in den ersten Gründen derselben, als in den einzelnen Ausführungen, große Zweifel übrig geblieben sind. So nimmt z. B. der Verfasser an, daß das Spätere in der Schrift auch das Spätere in der Sprache war; *i* u. *u* sollen sich später und sogar nicht aus dunkel verwirrtem Laut, sondern aus *a* entwickelt haben. Mir ist sehr begreiflich, daß man in der Schrift manches Anfangs unangedeutet ließ, dem Leser mehr einen Anstoß gab den Laut zu ergänzen als ihn ihm vormalte. Darum brauchte aber derselbe Gang nicht in der Sprache zu liegen. Die Annahme, daß das Sanskrit ehemals von der entgegengesetzten Seite geschrieben wurde, scheint mir zwar scharfsinnig begründet, und ich möchte ihr am ersten beitreten. Das Fundament ist aber doch nur die Wendung der Oeffnung der Buchstaben nach der Linken hin, und nun müßte also zuerst deutlich bewiesen werden, daß alle Ausnahmen bildende Buchstaben wirklich späteren Ursprungs sind. Man entgeht sonst schwer einem irre führenden Zirkel im Beweise. Das über den Unterschied von *ar* als Guna des *r*-Vokals vor Consonanten und des *ar*, als Auflösung dieses Lautes von Vokalen gesagte, hat mir sinnreich und überzeugend zugleich geschienen. Dagegen kann ich die Behauptungen über das Anusvâra nicht theilen und noch weniger die ganze Theorie über die Zweisilbigkeit der Stämme. Es scheinen mir da die Conjugations-Classen bei dem Verfasser wunderbar in die Wurzeln einzudringen. Auch nimmt er gar keine Rücksicht auf die Möglichkeit, einen consonantartigen Laut so wie einen wirklichen Consonanten selbst an einen vorhergehenden Vokal anzuschließen. Ich bitte Sie aber um Verzeihung, Sie mit diesen Einzelheiten zu ermüden und empfehle mich auf das herzlichste Ihrer gütigen Freundschaft.

Tegel, den 22. April 1834.   Humboldt.

105.

[87]   Tegel, den 6. Junius 1834.

Ich danke Ihnen, theuerster Freund, mir Gelegenheit gegeben zu haben, wenigstens meinen lebhaften Wunsch zu der Herausgabe des Graffischen Werkes beizutragen, an den Tag legen zu können. Ich bitte Sie von der Inlage jeden Ihnen gutscheinenden Gebrauch zu machen. Daß ich der Unterstützung der Akademie nicht ausdrücklich darin gedenke, ist mit Absicht geschehen. Es kann der Sache nicht nützen,

wenn ich mir das Ansehen gebe, mich von der Entfernung aus, in die
Berathschlagungen der Akademie zu mischen, und ich selbst möchte dies
Ansehen vermeiden. Was ich in der Inlage sage, ist meine aufrichtige
Meinung, und insofern man auf diese etwas giebt, kann mein Wort wirk-
sam sein. Von Herzen

Ihr
H.

[88]   106.

  Ich danke Ihnen auf das herzlichste, theuerster Freund, für Ihre
beiden gütigen Briefe. Weit entfernt mich zu belästigen, erzeigen Sie
mir einen großen Gefallen, wenn Sie mich von demjenigen in Kenntniß
setzen, was bei der Akademie in unserer Klasse vorgeht. So hat es
mich sehr interessirt zu erfahren, wie die Vorschläge der neuen Mitglieder
in der Klasse angenommen und abgewiesen worden sind. Gegen Varnhagen ist man doch ungerecht. Vielleicht, allein Zumpt ausgenommen,
kann er sich in Kenntnissen wohl mit allen übrigen Gewählten messen,
und im schriftstellerischen Talent würde nur Steffens ihm vorzuziehen
sein; wenn dieser sich in seinen Productionen gleich bliebe.
  Sie erhalten anliegend, liebster Freund, die letzten Bogen meiner
Schrift. Die Einleitung, an der ich noch schreibe, hat einige schwer zu
überwindende Punkte. Die Materie der Flexion habe ich ausführlich zu
entwickeln versucht, ganz besonders um in Ihrem Sinne zu zeigen, daß
die Sanskritische durch Anhängung fruchtbarer und besser ist, als die
Semitische durch Vokalwechsel. Ich will Sie aber nicht länger mit demjenigen ermüden, was ich Ihnen gewiß vorlege, sobald es vollendet ist.

Mit hochachtungsvollster Freundschaft
der Ihrige,

Tegel, den 19. Junius 1834.
Humboldt.

[89]   107.

  Ich wünsche Ihnen, theuerster Freund, von ganzem Herzen zu der
abermaligen Vermehrung Ihrer Familie Glück. Ich hoffe, daß Mutter und
Kind fortfahren, eines vollkommenen Wohlseins zu genießen und werde
mich ungemein freuen, dies von Ihnen zu hören.
  Der Minister hat mir auf meine Empfehlung Rosens nicht geant-
wortet, was mich nicht Wunder nimmt, da er dies gewöhnlich bis nach
erfolgter Entscheidung aussetzt. Ich weiß, daß Schulze seine Absichten
auf Rückert hat, habe aber Grund zu glauben, daß er damit nicht durch-
dringen wird. Ich werde jetzt suchen, durch meinen Bruder auf ihn für
Rosen wirken zu lassen. Vielleicht thäten Sie dasselbe unmittelbar. Von
Rosen selbst fehlt es mir seit längerer Zeit an aller Nachricht.

Mit der hochachtungsvollsten Freundschaft
der Ihrige,

Tegel, den 22. August 1834.
Humboldt.

[90]   108.

Es hat mir unendliche Freude gemacht, daß Sie, theuerster Freund, mir gleich nach Ihrer Zurückkunft ein so liebevolles Zeichen Ihres freundschaftlichen Andenkens gegeben haben. Eben so sehr als hierfür danke ich Ihnen für die gütige Theilnahme an meiner Gesundheit. Mir ist die Zeitungs-Nachricht über meine Krankheit gänzlich unbekannt geblieben. Ich war eigentlich nie bettlägerig, aber sehr unangenehm an Schlaf- und Appetitlosigkeit und Nervenerregung leidend. Jetzt aber fühle ich mich davon wieder frei, und muß nur noch vorsichtige Diät und einige Mittel fortgebrauchen.

Windischmanns Recension, für die ich Ihnen sehr danke, habe ich sogleich gelesen, und sie hat die günstige Meinung über ihn bei mir bestätigt. Ein sehr frühes ausgebreitetes Wissen und eine mit richtigem Tact verbundene große Lebendigkeit in Auffindung auch sehr entfernt liegender Vergleichungspunkte scheinen mir ihn vorzüglich zu characterisiren. Daß er Ihrer nicht mehr und nicht anders bei einem Gegenstande gedenkt, über den Sie mit so wenigen Hülfs-Mitteln so Bewunderungswürdiges geleistet haben, ist nicht recht. Vielleicht durfte er aber vor Schlegel nicht weiter gehen. Ihre Recension über Windischmann hat mir während Ihrer Abwesenheit große Freude gemacht. Die Bemerkung über den Potentialis kannte ich schon aus Ihren mündlichen Mittheilungen aus der Zeit, an die ich mich so gern und so dankbar erinnere, als Sie die Güte hatten, mir Unterricht zu geben und wir den Hitopadesa zusammen lasen. Denken Sie doch ja bald an die Beurtheilung von Lepsius Paläographie. Es kommen in dem Buche so viele gewagte und doch vielleicht nicht ungegründete Behauptungen vor, daß es höchst wichtig wäre, daß eine bedeutende Autorität ihr Urtheil darüber aus spräche.

Ueber Wahls Nachfolger ist noch immer nicht entschieden. Gesenius beschützt beim Minister sehr dringend einen mir bisher ganz unbekannten Mann, Namens Rödiger in Halle selbst. Er ist der Corrector von Freytags Wörterbuch und soll (unter uns gesagt) nicht sowohl die Correcturbogen als die Handschrift selbst von vielen kleinen Unrichtigkeiten gesäubert haben. Ich glaube indeß doch, daß Rosen dahin berufen werden wird, und fürchte nur eine neue Schmälerung des Gehalts.

Graff hatte mich dringend ersucht, das erste Heft seines Sprachschatzes anzuzeigen. Ich kann mich aber dieser Unterbrechung meiner eigenen Arbeiten nicht unterziehen.

Meine Einleitung rückt zwar alle Tage vor, allein immer nur viel weniger, als ich wünschte. Zu einigen Abschnitten habe ich langer Vorarbeiten bedurft. So über die Barmanische Sprache, die es doch zu interessant war, auf der einen Seite mit dem Sanskrit, auf der andern mit dem Chinesischen zu vergleichen.

Leben Sie herzlich wohl und erhalten Sie mir Ihre gütige Freundschaft und Theilnahme.

Tegel, den 28. October 1834.   Humboldt.

[91]   109.

Ich bin so frei, liebster Freund, Ihnen durch diese Zeilen Herrn
Nicolaus Delius zu gütiger Berücksichtigung zu empfehlen. Er soll bereits bedeutende Fortschritte in philologischen Studien gemacht haben,
und was schon allein für ihn spricht, ist der Umstand, daß er sich als
Sohn eines der reichsten Kaufleute in Bremen ganz aus eigenem Antriebe
diesem Fach widmet. Er hat in Bonn bei Lassen ein privatissimum über
Sanskrit gehört, treibt es jetzt für sich, wünscht aber, im künftigen Se-
mester bei Ihnen zu hören.

Ich habe Graffs Vorrede jetzt gelesen und der sprachliche Theil hat
mich im hohen Grade befriedigt. Sehr bedauert aber habe ich, daß ihm
nicht ein Freund gerathen hat, den seine persönlichen Verhältnisse betreffenden zu unterdrücken. Wie kann jemand, um nur diese Betrachtung anzustellen, Muth haben, den Anfang eines weitaussehenden Werkes
zu kaufen, wenn der Verfasser selbst ihm vormalt, daß, und warum,
es wohl nie zu Ende kommen wird.

Mit der herzlichsten und hochachtungsvollsten Freundschaft

Tegel, den 12. November 1834.
der Ihrige,
Humboldt.

[92]   110.

Ich danke Ihnen sehr, theuerster Freund, für die gütige Mittheilung
des Rosen'schen Briefes und der Anzeige der Grammatik. Es hat mich
sehr gefreut, zu hören, daß es ihm wohlgeht, und daß er auch ohne
Sorgen für sein Auskommen ist. Mit seiner Anzeige bin ich, wenn ich
offenherzig gestehen soll, nicht ganz zufrieden. Sie enthält zwar einige
hübsche Bemerkungen, wie mir wenigstens die über *crepusculum* und über
die Verwandtschaft des Genitivs und Adjectivs geschienen hat. Er hebt
aber gar nicht genug Ihr großes Verdienst, und das in dem Werke von
Ihnen bewiesene Talent [hervor], die Verbindungen von Tönen und Formen
aufzufinden, die auf den ersten Anblick sehr entfernt liegen. Nicht einmal das sagt er gehörig, was dazu erforderlich war, die Zend-Grammatik,
ohne alle andere Hülfe, aus einem bloßen Texte herauszuziehen, obgleich
dies die Englischen Leser gewiß mehr interessirt hätte, als die Aufzäh-
lung der Vokale und Consonanten. Das Ende habe ich gar nicht recht
verstanden. Warum will er Ihnen *do better justice* bei der Fortsetzung
Ihres Werks? und was soll die feierliche Lobpreisung der Indischen
Grammatiker? Ich kann mir kaum vorstellen, daß hierin ein Vorwurf
für Sie liegen soll, sie nicht gehörig geachtet zu haben, und doch wird
die Bemerkung mit der Durchlesung Ihres Buches in so nahe Verbindung
gebracht. Mit der Hallischen Stelle scheint es für ihn nichts zu sein.
Es wäre daher wohl gut, jetzt auf eine Verbesserung der Lage des armen
Pott zu denken. Wenn Sie glaubten, daß es gut sei, Schulzen zu
schreiben, daß Rosen jetzt vorziehen werde in England zu bleiben, und
ihm den Vorschlag wegen Rödiger und Pott zu machen, so bin ich recht

gerne bereit dazu. Vielleicht halten Sie es aber doch für besser, den
Antrag an Rosen wirklich geschehen zu lassen. Es ist sonderbar, und
macht Burnoufs Urtheilsvermögen keine Ehre, daß er, wie mir Klaproth
erzählt, Potts Buch nicht nur gar nicht den verdienten Beifall schenkt,
sondern es durchaus tadelt und misbilligt. Klaproth, der dies Urtheil
gar nicht zu theilen versichert, war dreimal hier bei mir, und zweimal
war ich ganz allein mit ihm. Er ist doch in dem, was er treibt, ungemein bewandert und zu Hause und scheint mir der erste Europäische
Gelehrte, der die Chinesische Litteratur systematisch zu historischen Untersuchungen benutzt. Auch die Sprache scheint er mir sehr gut zu kennen,
und die Gespräche mit ihm darüber sind mir sehr lehrreich gewesen.
Da Sie doch vermutlich bald an Rosen schreiben, so haben Sie die Güte
ihm zu sagen, daß ich auf meinen letzten, schon vor langer Zeit an ihn
abgegangenen Brief noch ohne Antwort geblieben bin. Ich hatte ihn
darin gefragt, ob das von Singapore für Neumann angekommene Paket
schon direkt an ihn abgegangen sei, und hatte ihn gebeten, im entgegengesetzten Fall es mir zu schicken. Ich warte jetzt schon lange mit
meiner Antwort an Neumann darauf. Auch hätte ich gern Yates Sanskrit-
Bengalisch-Englisches Wörterbuch, das er wohl die Güte hätte mir durch
unsere Gesandtschaft zu schicken. Leben Sie recht wohl und theilen Sie
mir ja recht bald Ihre neue Abhandlung über die Zahlwörter mit.

Mit der hochachtungsvollsten Freundschaft

der Ihrige,

Tegel, den 25. November 1834.   Humboldt.

[93]   111.

Ich bitte sehr um Verzeihung, liebster Freund, neulich χέρας statt
χρέας geschrieben zu haben. Ich meynte S. 6 Ihrer Abhandlung. Nach
Passow hat man oft χρέατα. Ich kenne jetzt keine Stelle, und das mag
wohl falsch seyn. Aber die Auslassung des τ ist bloß Jonisch, nicht
ursprünglich. So auch Buttmann I. p. 199. Daher haben die Wörterbücher, auch Stephanus, immer im Gen. χρέατος. Κρέαος, unzusammen-
gezogen, ist mir ganz fremd.

Von Herzen Ihr

1. Jan. 1835.   H.

[94]   112.

Endlich bin ich im Stande, Ihnen, theuerster Freund, den Anfang
meiner Einleitung in reiner Abschrift zu schicken, und hoffe, ununter-
brochen, damit fortfahren zu können. Ich bin so frei, Sie zu bitten,
immer, wenn Sie eine Sendung gelesen haben, dieselbe Herrn Dr. Partey
zu schicken, von dem ich dieselbe zurückerhalten werde. Ihre Meinung
so wie Ihre Bemerkungen, um die ich Sie recht inständig bitte, erfahre ich
aber wohl gleich nach Ihrer Lesung geradezu in einigen gütigen Zeilen. —
Ihre Abhandlungen über die Zahlwörter habe ich mit größtem Interesse

gelesen, und danke Ihnen lebhaft für die freundschaftliche Mittheilung.
Sie tragen das Gepräge der Gründlichkeit und des Scharfsinns aller Ihrer
Arbeiten.

Mit der hochachtungsvollsten Freundschaft

der Ihrige,

Tegel, den 18. Februar 1835.   Humboldt.

[95]   113.

Ich habe einen Sanskritischen, von einem Herrn Brockhaus herausgegebenen Text erhalten, und erinnere mich nicht, je sonst von diesem
Herausgeber gehört zu haben. Sie würden mich ungemein verbinden,
liebster Freund, wenn Sie mir gütigst sagen wollten, wer er ist, und wo
er sich aufhält?

Ich habe den neulichen Theil meines Manuskripts durch Herrn
Dr. Partey wieder erhalten und danke Ihnen sehr für die Güte, ihn ihm
geschickt zu haben. Ich schmeichle mir mit der Hoffnung, daß auch Sie
dies Stück mit einigem Interesse gelesen haben werden. Die nächst-
folgenden Abschnitte berühren die Sprache näher, und gehen in mehrere
einzelne ein. Ich darf mir daher doch gewiß die Freiheit nehmen, Ihnen
auch die folgenden Stücke mitzutheilen, und mir versprechen, daß Sie
die Güte haben werden, mir Ihre Meinung über das Ganze, wie über
Einzelnes, freundschaftlich und unumwunden zu sagen?

Mit der aufrichtigsten und hochachtungsvollsten Freundschaft

der Ihrige,

Tegel, den 3. März 1835.   Humboldt.

[96]   114.

Ich danke Ihnen herzlich, theuerster Freund, für Ihren Brief und
die gütigen Nachrichten über Herrn Brockhaus. Den früheren, in dem Sie
mit so freundschaftlicher Nachsicht über meine neue Arbeit urtheilen,
habe ich gleichfalls erhalten. Ich schicke Ihnen die Fortsetzung in der
anliegenden Mappe (S. CXIII—CCXLV). Ich wünsche von Herzem, daß
auch die Folge, die nun genauer in die Sprache eingeht, sich Ihres Bei-
falls erfreuen möge. Sie werden schon in diesem Stücke speciellere
data finden. In diesem wiederhole ich meine Bitte, daß Ihre Aufmerksamkeit mich möge vor Unrichtigkeiten bewahren, die mir sonst leicht
entschlupfen. S. CCXXIII werden Sie eine Anmerkung über eine von
Ihnen gemachte Aeußerung finden. Ich bitte Sie die jetzige Redaction
derselben nicht für die letzte zu halten. Sie hat bis jetzt keinen andren Zweck, als daß ich Ihr Urtheil über meine Meinung erfahren möchte.
Hinzusetzen muß ich noch, daß mir auch der Form nach der Potentialis
zu den Vergangenheits-Tempora zu gehören scheint, und daß der Con-
junctivus seine Unbestimmtheit immer gern in die Vergangenheit versetzt.
Ich bitte Sie, auch dieses Stück nach gemachtem Gebrauch Herrn Partey
zuzuschicken und dies künftig immer zu thun. Ihre vortreffliche Recension
des Sprachschatzes muß ich leider einem nächsten Briefe aufbewahren,

da ich in diesem Augenblick von einer Arbeit für den Kunstverein gedrängt werde.

Mit der hochachtungsvollsten Freundschaft

der Ihrige,

Tegel, den 12. März 1835.   Humboldt.

[97]   115.

Die Recension des Sprachschatzes scheint mir, theuerster Freund, zu Ihren gelungensten Arbeiten zu gehören, und Graff kann sich sehr glücklich schätzen, daß sein Werk durch eine Anzeige eingeführt worden ist, welche die Beweise der Kennerschaft so sichtbar an sich trägt. Alle Seiten, von welchen aus sein Wörterbuch wichtig erscheinen muß, sind von Ihnen vortrefflich herausgehoben worden. Dabei haben Sie Ihren Aufsatz so reich mit den scharfsinnigsten und aus der tiefsten Sprachkenntniß geschöpften Bemerkungen ausgestattet, daß er dadurch allein zu einer eignen, gleich anziehenden und belehrenden Abhandlung wird. Was Sie über die Verbindung eines Pronominalstammes mit Adjectiven sagen, ist eine überraschend herrliche Entdeckung. Ich möchte Sie sehr bitten, diesen Punkt in Ihrer vergleichenden Grammatik weiter auszuführen. Diese Bildung zeigt die Sprache in einer ihrer ausdruckvollsten Schöpfungen, klarer und deutlicher als man es je erwarten sollte. Man sieht auch hieran, wie weit der von Ihnen zuerst durch Beispiele und Lehre eröffnete Forschungsweg in der Sprachzergliederung führt. Ihre Erinnerung gegen Grimms willkührliches Abscheiden von Wurzelsilben und Suffixen hat mich sehr gefreut. Es ist viel besser, das noch nicht wirklich Herausgebrachte mit recht sichtbarer Andeutung, daß es noch nicht erklärt werden kann, hinzustellen, als zu thun, als sei es erklärt. — Ueber das deutsche Wort *blind* möchte ich mir eine Bemerkung erlauben. Sie sagen, wenn man wüßte, was *bl* bedeutete, so könnte man *indu* mit dem Sanskritischen *andhu* vergleichen. Auf diese Weise läge die Stammbedeutung gar nicht in den beiden Anfangs-Consonanten. Mir aber scheint gerade im Gegentheil dieselbe darin zu suchen, die natürlichere Methode. Denn in mehreren deutschen Wörtern zeigt *bl* als Anlaut eine Schwäche an. Ich erinnere Sie nur an blinzeln, blöde, bloß, bleich, blaß u. s. w. Im Ursprung und im allgemeinen zeigen die beiden Consonanten wohl eine flüssige Bewegung an, die auf mehrere Dinge angewendet werden kann. Unter diesen ist wohl gewiß der der Schwäche, aber auch der der Verdunkelung durch Ueberfülle, und dieser paßt auf das Umwölkte des erblindenden Auges. Ich fühle sehr gut, daß diese Art zu etymologisiren nicht positiv angewendet werden darf, da sie zu unbestimmt ist. Aber die negative Kraft eine Etymologie abzuwehren, mit der sie im Widerspruch stände, besäße sie doch vielleicht, und auch im Griechischen finden sich mehrere ähnliche Beispiele des *bl*. — Ihre Erklärung des Hundes als beißenden Thieres ist überaus sinnreich. Ich habe nur bei der Annahme einer solchen Zerstückelung der Wörter immer das Bedenken, daß solche Umänderungen wohl nur da entstehen, wo gebildete Sprachen an Völker kommen, die ihren Organismus nicht mehr verstehen. Ein solches Verhältniß scheint mir aber beim Sanskrit, so wenig in Beziehung auf die unbekannte Muttersprache, als auf die Schwestersprachen recht denkbar. Ein Andres ist es bei Zahlwörtern und besonders bei zusammengesetzten.

Ich habe in diesen Tagen ein Lehrgebäude der aramäischen Idiome von Julius Fürst in Leipzig erhalten, das ich Ihnen doch, wenn Sie es noch nicht kennen, anzusehen rathe. Der Zweck des Verfassers ist die Uebereinstimmung des Semitischen Sprachstammes mit dem Sanskritischen zu zeigen. Er hält beide für einen und denselben, nur daß sie vor Einführung des Gesetzes des Baues der Stämme in die Semitischen Sprachen auseinander gegangen sind. So viel ich das Buch durchblättert habe, scheint es mir von richtigen Ideen auszugehen und gelehrte Forschung damit zu verbinden. Neu war mir aber, was er S. 87 § 98 behauptet, daß es mehrere Wurzelvokale gebe, nicht bloß *a*, sondern auch *i* und *u*. Ich habe immer geglaubt, daß bloß die Consonantenlaute wurzelhaft wären, und daher auch die einsilbigen Wurzeln immer aus zwei Consonanten zusammengesetzt gehalten, zwischen die später ein Bildungsvokal getreten sei. Haben Sie doch die Güte, wenn Ihnen die Schrift zu Gesicht kommt, mir Ihr Urtheil darüber zu sagen.

Mit der hochachtungsvollsten Freundschaft

Tegel, den 16. März 1835.   Humboldt.

Register.

10*

Gerundia (auf *ya*) 285.

Gerundialformen 48; N. 18 f. 22 f. 25 f. (Ger.-Konstr.) 33 ff. (-Bildung) 36.

Gerundium (Kasusbez. d. altind.) 285.

Gervinus 270.

Geschlechts-Unterscheidung in d. Spr. N. 88 f. 95.

Gesenius N. 99.

Gesetz u. Gesetzlichkeit (im Lautwandel) 50. 241; N. (in Spracherschein.) 69. 78.

Gesner, Conr., N. XXVI.

—, Joh. Math., N. IV f.

Geten (Jutschi) A. 126.

Gewichts-Mechanismus d. Skr. N. 69.

Gewichtsunterschied (d. Personalend.) 217 f. 314. 33; N. 50. (d. Konson. im Thema d. Deklin.) N. 64.

— u. Wandel (in Wortgeb.) 317.

Ghataparkaram 133; A. 214. 18.

Giese, Alb., 223.

Gildemeister 236.

Gîtagovinda 163; A. 51. 86. 92. 216. 19. 24 f.; N. XXXI.

Glagolitisch 211.

Glottik 281. 300.

Görres 10. 13; A. 17. 23. 85. 175.

Goethe (Briefe an) 203; A. 26. 36.

Göttingen 67. 70. 74.

Gött. Gel. Anz. 68. 75. 103. 6. 89; A. 254; N. 27. 29.

Goidelisch od. gaelisch 228.

Goldsmith, Oliver, 112.

Goldstücker, Th., 349; A. 167.

Gosche, R. A., 311.

Gotisch 32. 56. 103. 87. 209. 18. 43. 80. 303. 23 ff. 35. 55; A. 27. 32. 34.

—, def. u. indef. Dekl., 209.

—, Indeklin. 309.

—, Kompositionsfäh. 288.

—, Konjug.-Bildungen 253.

Gottsched N. XXVI.

Gräfe, Chr., 223.

Graf, K. G., 337.

Graff, E. G., 198. 205. 11. 15. 23. 40; N. 72 f. 75. 84.

—, Sprachschatz, Ahd., 186. 202. 5 f. 11. 92. 320; A. 252. 69 f; N. 97. 99 f. 102 f.

Graffunder A. 229.

Grammatik (Wissensch. d.) 187. 91. 96; N. VI. 68 f.

—, allgem., philos. (harm.) 352; N. 10. (Urbegr.) 13.

—, Chines. N. 75.

— d. rom. Spr. 260. 92.

—, Deutsche 118 f. 52. 211. 22. 356.

—, griech. 276; A. 29; N. 11 f.

—, lett. 310.

—, preuß. 304.

—, skr., (ind.) 28; N. 77. 100 (s. Sanskrit-Gr.).

— u. Logik 206; N. VI.

—, vergl., s. Vergl. Gramm.

—, vergl. u. hist. 80.

Grammatiker, griech. N. 39.

—, ind. 49. 110. 44—51. 53 f. 62. 70. 85. 88. 99. 264. 88 f. 342. 63; A. 110. 12. 82. 99. 211; N. 21. 64 ff. 69. 80. 100.

Grammatisch und hist.-krit. (Forschung) 280.

Gravität (Gewicht, Schwergewicht) 184. 347.

Gravitätsgesetze 199. 218 f.

—princip 333. 35.

—theorie 219. 333.

Grellmann N. XXVIII.

Gretsch, Nic., 208.

Grieb, Ch. F., 355.

Griechisch (Schwesterspr. d. Skr.) N. 78.

Griechisch, germ. u. lit., (das Fehlen des Nominativzeichens) 130. (gr., lit. u. got.) 323; (gr. u. got.) N. 77.

Griech. u. lateinisch 303. 21 f; A. 118; N. 14. 47. 89.

Grimm, Brüder, 151. 260. 310. 29. 56; N. XLf.

www.ingramcontent.com/pod-product-compliance
Lightning Source LLC
Chambersburg PA
CBHW020228030726
47497CB00009B/2994